El alhelí del capitán

by

Audrey Harrison

Dedicatoria

Este libro está dedicado a Julie y David Oliver. Y también a Queenie, su perra guía.

Conocí a Julie y a David gracias a mi trabajo como voluntaria en la organización benéfica *Guide Dogs* hace algunos años. Julie es ciega y sorda y su historia es absolutamente inspiradora. ¡Y que conste que no suelo usar esa palabra gratuitamente! Se trata de una mujer adorable que se encarga de explicar a los voluntarios -a quienes yo capacitaba- qué significa ser ciega en términos prácticos. Sus charlas son tremendamente amenas y divertidas y cada voluntario sale de ellas con la más absoluta convicción de que debe ayudar a alguien que pueda necesitarlo. El hecho que Julie disfrute de una vida plena de la manera en que la disfruta no hace más que demostrar cuán maravillosa y fuerte es como mujer. No admiro a demasiadas personas en este mundo, pero Julie se encuentra en los primeros lugares de mi lista.

David Oliver, el esposo de Julie, es un verdadero caballero. Contribuye enormemente con *Guide Dogs*, tanto junto a Julie como por su propia cuenta, y la organización no sería lo mismo sin él. Durante mi experiencia con ellos, David estuvo siempre dispuesto a responder a todas mis preguntas y colaboró conmigo cada vez que pudo, lo cual le agradezco infinitamente. Trabajar con él fue un verdadero placer.

El perro que aparece en este libro no está inspirado en Queenie, pero era mi deber mencionarla. Conocí a tantos perros asombrosos en mi voluntariado para *Guide Dogs* que podría parecer imposible tener favoritos, pero los tuve. Queenie era una perra de estupendo carácter que siempre seguía a Julie a donde quiera que fuera. Agradezco haber podido conocerla.

Capítulo 1

Londres
Comienzos de noviembre de 1806

Alexander lanzó un profundo suspiro. Había sido capaz de hacer frente a la Marina Francesa sin pensar siquiera en el peligro que aquello significaba para él mismo y para su embarcación, pero esto que ahora vivía era muy diferente. El ruido le ensordecía y las sombras y formas que constantemente danzaban frente a sus ojos abrumaban su mente mientras intentaba dar algún sentido a todos aquellos estímulos. Debía salir huyendo de allí a como diera lugar, pero estaba atrapado. Atrapado en un mundo de una oscuridad prácticamente total, de ruidos y de aturdimiento.

El tiempo parecía extenderse infinito delante de él. Entre el bullicio incesante distinguía voces, pero ninguna parecía querer acercársele ni ofrecerle ayuda. Por enésima vez en los últimos meses, estaba a merced de otros; un músculo se crispó en su mejilla ante tamaña frustración.

Finalmente pudo oír una voz familiar.

-¿Critchley? -preguntó con cierta nota de desesperación.

-Sí, Worthington. Aquí estoy -respondió el aludido.

-¡Maldita sea! ¿Dónde os habíais metido? -espetó Alexander con extrema rudeza. Había llegado a un punto en que parecía no importarle conmocionar a alguien que tuviera la mala fortuna de oír su vulgar manera de expresarse.

-Bailaba... -respondió sorprendido su viejo amigo Richard Critchley-. Os dije que había comprometido a la señorita Birkett para las dos primeras piezas.

Alexander fulminó con la mirada a Richard. Podía estar ciego, pero su rostro seguía siendo capaz de manifestar con total claridad los sentimientos con los que lidiaba.

-¡Sacadme de aquí ahora! ¡Ya no soporto un segundo más!

Richard se aproximó a su amigo y lo tomó por el brazo intentando tranquilizarlo.

-Apenas hemos estado una hora. Es vuestra primera salida al mundo exterior y es natural que os sintáis así. Daos tiempo -respondió en tono apaciguador.

Alexander apretó los dientes y la crispación en su mejilla se acentuó. Deseaba poder gritar al mundo su frustración por verse obligado a ser tan dependiente de otros. Respiró profundamente intentando mantener el control. Incluso en su actual estado no podía permitirse comportamientos abominables ni cometer la enorme torpeza de salirse de sus casillas en un salón repleto de personas.

-No me importa cuánto tiempo hayamos estado. De todos modos me parece una eternidad. ¡Os digo que me saquéis de aquí ahora!

Aunque esta vez se esforzó por hablar calmadamente, las palabras le salieron cargadas de impotencia y molestia.

Pero Richard no era de los que se daba por vencido con facilidad, aunque admitía que Alexander debía estarse sintiendo verdaderamente superado como para responder de esa forma. Su amigo no era dado a dramatizar. Sin embargo, el que alguna vez había sido frío e indiferente, ahora parecía completamente atormentado. El salón de baile estaba repleto y hacía muchísimo calor en él. Tal vez esa no había sido la mejor opción para dar inicio al retorno oficial de Alexander Worthington a la vida social londinense.

-Permitid que os acompañe hasta un rincón del salón para que os sintáis más a gusto. Si continuáis igual tras mi siguiente baile con la señorita Stobbard, nos iremos. ¿De acuerdo? -propuso Richard.

Lo cierto es que no podía marcharse aún, pues le había prometido a la señorita Stobbard bailar con ella. Sus rizos dorados y sus labios de botón de rosa atraían fácilmente la mirada de la mayoría de los hombres en cualquier salón de baile, especialmente de Richard, quien se mostraba particularmente interesado en ella.

Alexander suspiró frustrado dejándose conducir hasta el extremo más alejado del recinto, como su amigo había sugerido. Estaba totalmente supeditado a Richard y ello lo afligía sobremanera.

Dejó caer los hombros, derrotado, mientras los dos amigos se abrían paso en medio de la multitud. No solía comportarse de tan mal modo, pero aquellas ya no eran circunstancias normales.

Tras superar el gentío, Alexander fue conducido por Richard hasta una banca en donde finalmente se sentó.

-Os dejaré aquí y volveré a buscaros en media hora. Entonces podremos llamar al carruaje, si vos queréis -le explicó con entusiasmo antes de volver a desaparecer entre la multitud.

Alexander apretó los labios para evitar decir algo que después pudiera lamentar haber dicho e hizo un esfuerzo por dominar la expresión de su rostro para que pareciera menos reprobadora. La siguiente media hora no transcurriría muy rápidamente...

Había pensado que estaba completamente solo allí sentado, hasta que oyó un delicado suspiro a su izquierda.

-¿Hola? –preguntó quedamente. No quería hacer el ridículo de haber oído mal y que allí no hubiera nadie. Con tal nivel de ruido en el salón, la ligerísima percepción que habitualmente podía tener del entorno había desaparecido por completo.

-Hola -respondió una voz igualmente queda.

Alexander no tenía la menor idea de quién estaba sentado junto a él. Se suponía que debía aguardar a ser formalmente presentado, pero decidió que esta vez se saltaría las reglas. Descontando a Richard, esta era la primera persona que le dirigía la palabra en toda la velada y no deseaba desperdiciar la oportunidad. ¡Jamás se habría imaginado que un salón de baile pudiera llegar a ser un lugar tan tremendamente solitario!

-Vuestro suspiro sugiere que os divertís tanto como yo estando aquí -respondió, esperando que la persona a quien se dirigía no tuviera relación con los organizadores del evento. Tamaño insulto no sería visto con buenos ojos.

-¡Oh, no me importa estar en un salón de baile! -respondió clara y confiada la voz de una muchacha junto a él, aunque su tono seguía siendo sigiloso-. Es pasarme la noche entera cumpliendo mi papel de alhelí lo que me incomoda.

-¿Alhelí, decís? ¿Acaso mi amigo me ha traído a sentarme junto a las feas del baile? -preguntó Alexander del todo desconcertado.

Hacía tan solo unos meses se lo consideraba el mejor partido de la temporada y ahora Richard acababa de relegarlo a vegetar entre solteronas. Sin duda alguna, manifestaría su opinión con respecto a tal humillación en cuanto su amigo regresara.

-Así es, pero como vos tampoco estáis bailando, imagino que técnicamente vos también podríais ser considerado el feo del baile. Sé bien que algo así generaría una gigantesca conmoción universal, pero podría llegar a pasarle a la mejor de nosotras, creedme... -respondió herida la joven.

Alexander cayó en la cuenta que había sido tremendamente grosero con ella. A ninguna jovencita le agradaba el hecho de hallarse en vitrina para ser señalada con el dedo. Y su reacción inicial había sido lo suficientemente clara: sabía muy bien qué significaba para él ser clasificada como un alhelí. Pero el caballero que Alexander llevaba dentro intentó enmendar el error.

-Os ruego me disculpéis; no puedo ver del todo bien. Solo fue un comentario general sobre el lugar donde me encontraba en el salón.

Amelia miró por primera vez al hombre que se hallaba junto a ella. Sabía perfectamente de quién se trataba y también que jamás se habría rebajado a dirigirle la palabra en circunstancias normales. Era un hombre que se encontraba completamente fuera de su círculo social: un exitoso capitán de la Marina Británica que había amasado una fortuna antes de unirse a Nelson en la batalla de Trafalgar. Se las había arreglado con maestría para salvar a sus hombres cuando su nave había resultado terriblemente averiada, pero había acabado gravemente herido tras la refriega. Era un verdadero héroe para sus subalternos, aunque había perdido la vista a consecuencia de las lesiones. No se había sabido nada de él por más de un año hasta que, inesperadamente, reaparecía en sociedad aquella noche. Pero, aparentemente, las cosas no estaban saliendo del todo bien para él, pensó Amelia. Por lo pronto, no se hallaba rodeado de su habitual grupo de amigos, cosa extraña considerando que la única señal externa de sus lesiones que le quedaba era una línea de pequeñas cicatrices al costado de ambos ojos y otra muy leve surcando la frente. Era de esperarse que hasta los miembros más caprichosos de la alta sociedad británica fueran capaces de tolerar un puñado de cicatrices. Pero la realidad parecía indicar todo lo contrario.

-Sé lo que le ocurrió, capitán Worthington -respondió la muchacha.

Su tono seguía siendo frío. Él la había insultado y a ella todavía eso le resquemaba. Aceptaba que sus veladas sociales fueran casi siempre en compañía de las demás alhelíes, pero no le agradaba que, encima de ello, se lo recordaran.

-Pues entonces me lleváis ventaja. Os ruego me perdonéis, pero no creo reconocer vuestra voz... Veréis: me he visto obligado a recurrir a un ligero recuerdo de diversas voces conocidas para volver a estrechar lazos. A decir verdad, desearía haberles prestado más atención en el pasado... -respondió Alexander un tanto desolado.

Actualmente, su oído se hallaba mucho más agudizado y ello le permitía captar claves esenciales con respecto al entorno. Resultaba frustrante, por ejemplo, no poder reconocer las voces de personas que no había visto hacía tiempo.

-Nunca hemos sido formalmente presentados. Suelo ser encontrada ayudando a pulir estas bancas junto con las demás desafortunadas. Considero que moverse casi imperceptiblemente aquí sentada al ritmo de la música realza su brillo y, como si ello fuera poco, con el menor de los esfuerzos. En algunos bailes, prácticamente puedo ver mi rostro estampado en la madera de la banca al acabar la velada -respondió con cómica ironía la muchacha.

Las últimas palabras del capitán habían despertado sentimientos de empatía en ella, apaciguando la molestia que inicialmente sentía.

Después de todo, no era culpa de aquel hombre que ella se viera obligada a mantenerse marginada de la diversión.

La boca de Alexander se torció en un gesto de aprecio ante el buen sentido del humor de la muchacha.

-En tal caso, me gustaría haber descubierto estas bancas con anterioridad. Con mi envergadura, os podría haber ahorrado varias horas de esfuerzo.

Amelia rio de buena gana.

-Las bancas de las alhelíes han sido mi hogar durante más de dos temporadas, así es que ya estamos familiarizadas ellas y yo. Puedo orientar a las novatas sobre el sector con mejor vista o el ángulo más adecuado para ocultarse, dependiendo de sus preferencias, naturalmente -respondió con jovialidad.

-¡Dos temporadas! -exclamó Alexander sorprendido.

Aquel era el símbolo por excelencia de una verdadera solterona. Se preguntó entonces cuáles serían las circunstancias personales de la muchacha que la convertían de manera tan evidente en no digna de casarse. Su voz no sonaba propia de una mujer fea, si es que la fealdad pudiera sonar acaso de algún modo. Tal vez no tuviera dote, pensó.

-¿Nunca bailáis?

-En ocasiones -admitió Amelia-. Pero no en noches como esta en que el cotillón se extiende por apenas una hora y media. Ello reduce la cantidad total de bailes de la noche y resta oportunidades a aquellas de nosotras que somos marginadas.

-Sin embargo, el *Baker's Wife* puede resultar muy tedioso de bailar…

-Más bien diría que es mucho más tedioso aguardar a que el baile acabe cuando uno está ilusionada con el siguiente -replicó Amelia.

-Entiendo vuestro punto pero, creedme: ¡la pareja equivocada puede hacer que una hora y media parezca interminable!

-Sí, puedo imaginarlo -replicó Amelia fingiendo un cómico suspiro-. En tal caso, hallarse relegada a las bancas de las alhelíes no parecería tan terrible. De todos modos, ya me he habituado y no sería una situación tan insufrible de no ser por las miradas lastimeras que se deben soportar durante toda la velada.

-Supongo que ya he recibido mi cuota de ellas esta noche -comentó Alexander.

-Así es, pero al menos os ahorráis verlas -respondió Amelia enfáticamente.

Alexander se sintió algo conmocionado con la franqueza e intensidad de aquel último comentario.

-Nunca he considerado mi ceguera como una ventaja, pero al parecer vos acabáis de darme una buena razón para reevaluarlo... -replicó el capitán con cierta frialdad.

Habitualmente la gente tartamudeaba y se mostraba indecisa ante su situación actual en lugar de mencionar sin tapujos la ceguera cuando le dirigía la palabra, si es que acaso lo hacía. No estaba acostumbrado a que alguien se refiriera a su incapacidad tan abiertamente y hasta con cierta cuota de sorna.

-Os he perturbado. No pensé en lo que decía -replicó Amelia al caer en la cuenta de su torpeza al tiempo que posaba una mano sobre el brazo del capitán mientras lo estrujaba suavemente-. Lo lamento muchísimo. Ya que lucís exactamente igual a como lucíais antes de la batalla -flemático, con gesto adusto y reservado-, pensé que vuestra situación no os había afectado. Lo lamento sinceramente. Debería haber sido más delicada.

Su intención no había sido ofenderlo -¡esa era la última cosa en este mundo que desearía hacer al gran capitán Worthington!- y se maldijo a sí misma por comportarse tan ligeramente como en ocasiones lo hacía. A decir verdad, se merecía estar entre las alhelíes.

-¿Flemático, con gesto adusto y reservado? -Alexander preguntó incrédulo sintiendo que aquella descripción de su persona se le atragantaba.

Jamás se habría considerado a sí mismo un vanidoso, aunque se daba perfecta cuenta de su reputación como hombre apuesto y encantador, cada vez que considerarlo le convenía, naturalmente. Era capaz hasta de poner sus mejores atributos por escrito. ¿Pero no sería tal vez la descripción de aquella muchacha desconocida la cruda verdad de cómo los extraños realmente lo percibían? Tan solo pensar en algo así lo paralizó.

-¡Ahora entiendo que mi ceguera no es más que la menor de mis preocupaciones! -añadió con la conmoción claramente reflejada en el timbre de voz.

Amelia llevó su mano libre maquinalmente hasta la boca, aterrada. Allí estaba el más apuesto de los hombres que alguna vez había visto y ella acababa de insultarlo; ¡dos veces! ¡Gracias al cielo él no tenía ni la menor idea de quién era ella!

-¡Lo siento mucho! ¡Muchísimo! Las apariencias engañan. Estoy segura de que vuestra real disposición es estupenda -se defendió con la voz estrangulada. No sabía si reír o llorar ante la estupidez que había cometido.

Pero a Alexander le causó gracia su evidente mortificación. Entonces posó su mano sobre la de Amelia, que aún descansaba sobre su brazo, como si en medio de su aflicción hubiera olvidado retirarla.

-¡No os inquietéis! No me he ofendido. Con quienes sí me he resentido es con aquellos que evitan referirse directamente a mi ceguera y no osaré criticaros por tratarme con tanta naturalidad, como debe ser. Soy yo quien debiera disculparse. No vos.

-Al menos tampoco podéis ver mi zozobra, por lo tanto, supongo que debería sentirme aliviada. Pero os ruego que me creáis cuando digo que lo lamento muy sinceramente -reiteró Amelia.

Alexander sonrió abiertamente y por primera vez de manera genuina después de mucho tiempo.

-Por lo demás, me alegra no poder ver las miradas de lástima que mencionáis. Podría haber provocado una trifulca de proporciones de haberlas notado.

-Al menos ello habría hecho la velada mucho más interesante -replicó la joven con otro cómico suspiro-. ¿Habríais necesitado que dirigiera vuestros golpes?

-¿Habríais hecho eso por mí? Aquello habría sido muy justo de vuestra parte. No imagino de mucha utilidad luchar contra un rival que no puede verse, menos aún si el otro contendiente sí nos ve a nosotros. Confío en mis habilidades, pero no me habría agradado tan triste escenario.

-Ciertamente que requeriríais de alguna técnica que os permitiera mejorar vuestras opciones. Sería absurdo tomar parte en algo que jamás podríais ganar. Todos deseamos tener alguna posibilidad de triunfo en aquello que enfrentamos -reflexionó Amelia entrando de lleno en el espíritu de la conversación.

-Así es. Ahora percibo el error de mi parte al permitir ser persuadido a asistir a un salón de baile en mi primera incursión de regreso a la vida social. Lo cierto es que Critchley puede ser tremendamente convincente cuando así lo requiere... -respondió Alexander, en cierta forma para sí mismo.

-Sin embargo, creo que logro entender el razonamiento de vuestro amigo: ¡habíais estado ausente de los círculos sociales durante demasiado tiempo! -replicó Amelia vigorosamente.

El hecho de que él no supiera quién era ella le brindaba la oportunidad de ser algo más osada de lo habitual en sus comentarios.

-Así es, más de un año -admitió Alexander-. Aunque al parecer mis amigos no solo olvidaron dónde vivo sino también cuál es mi apariencia -añadió con amargura dado que nadie se le había aproximado desde que había hecho ingreso al salón aquella noche.

-Es una durísima manera de aprender quiénes son nuestros verdaderos amigos -admitió Amelia.

-Ciertamente, e incluso estoy dudando de la honestidad de Critchley. ¡Parece haberse esfumado por completo!

Su circunstancial acompañante podía ser todo lo encantadora que quisiese, pero él aún se sentía fuera de lugar. Era extraño tener la impresión de estar solo en medio de aquel océano de personas.

-Creo que el hecho que vos no tengáis rizos dorados y profundos labios rojos podría explicar su ausencia... -replicó Amelia entre risas.

-¡Ah, claro! ¡La señorita Stobbard! ¿Es la muchacha realmente un diamante?

-¡Claro que sí! ¡Brilla por sí sola en mitad del salón! Aunque tal vez su dote brille mucho más que ella misma, lo cual no es tarea fácil, pues esos rizos del color del oro son sencillamente perfectos -exclamó Amelia sin parar de reír.

Alexander se contagió con su jolgorio

-No me cabe duda de que estáis en lo cierto. Ya no me sorprende que Critchley esté tan deslumbrado. Siempre prefirió a las muchachas de cabello rubio. Sumado a tan suculenta dote, estoy seguro de que ya está a medio camino de enamorarse.

-Eso parece -respondió Amelia, tras haber observado la forma en que el señor Critchley miraba a los ojos a la señorita Stobbard cada vez que se cruzaban entre las piruetas del baile.

Pero la diversión de la muchacha en su puesto de observación se esfumó abruptamente al percatarse que, en esos precisos instantes, su tía se aproximaba con gesto indignado. Respiró hondo y preparó su ánimo para recibir las inevitables palabras severas de la mujer.

-¡Apartaos, niña! ¿Con qué derecho dirigís la palabra al capitán? -la reprendió duramente, ordenándole que la dejara a ella sentarse en su lugar, a lo cual Amelia obedeció en el acto.

-Ahora id y traed para mí algún bocadillo. Si no sois capaz de conseguir pareja, lo menos que podéis hacer es ser útil en algo.

Alexander había notado la súbita rigidez de su compañera de banca antes de que la mujer los interrumpiera y sus sentidos se pusieron en alerta. Al comienzo se sintió vulnerable pues no sabía qué estaba por ocurrir, pero lo comprendió todo al oír la manera en que la recién llegada la trataba. Se sentía furioso por las palabras que había lanzado a su acompañante. Las mujeres mayores efectivamente gobernaban la vida de las más jóvenes con suma estrictez, pero esta desconocida no solo le había parecido dominante sino grosera. Sus pensamientos se vieron interrumpidos cuando la recién llegada le dirigió la palabra.

-Capitán Worthington, ¡cuán complacidos estamos por su reincorporación a la sociedad londinense esta noche! Su presencia ha sido tremendamente echada en falta estos últimos meses -exclamó efusivamente la mujer.

A Alexander no le había agradado para nada la manera en que ella había conseguido sentarse junto a él, pero los buenos modales lo obligaron a responder con educación.

-Os agradezco vuestras palabras, pero me temo que vos me lleváis cierta ventaja. ¿Nos conocemos?

-¡Oh! ¡Por supuesto! ¡Qué estupidez de mi parte! -chilló estridente la mujer-. Soy Lady Basingstoke, esposa de Sir Jeremy Basingstoke. Se comenta que habéis perdido la vista por completo, pero no lo creo en absoluto.

-Pues es evidente que los rumores son ciertos, Lady Basingstoke -replicó Alexander, inclinando ligeramente la cabeza en dirección a la dama.

Pero el capitán no estaba dispuesto a entrar en detalles sobre su ceguera para satisfacer la curiosidad de chismosos. Naturalmente que recordaba a quien ahora tenía sentada junto a él. ¿Cómo olvidarla? Era una de las mujeres más intrigantes e insidiosas que la sociedad de Londres había conocido en mucho tiempo. Worthington estaba enterado que tenía dos hijas, una de las cuales había sido prometida de un cercano suyo. Todo el que conocía al caballero en cuestión, sabía perfectamente que la muchacha había hecho toda la labor de cazarlo, con la ayuda, naturalmente, de la arpía de su madre.

La boda se había realizado con apresuramiento y nadie había visto volver a sonreír al desafortunado caballero desde entonces. Su esposa era hermosa, nadie lo dudaba, pero también una mujer exigente, apostadora compulsiva y tenía la voz más chillona que podía imaginarse sobre la faz de la Tierra. La fortuna que se había asegurado con la boda ciertamente no duraría para siempre con tal estilo de vida. Todo el mundo sentía lástima por su esposo, pero también pensaba que había sido un bobo al dejarse atrapar tan fácilmente.

Cuando la segunda hija hizo su estreno en sociedad, los hombres solteros evitaron por todos los medios hallarse en alguna situación comprometedora que los expusiera a ser cazados por la muchacha y su madre. Tres años habían pasado y la joven seguía soltera. Alexander ya se había enterado de ello, pues Richard lo había puesto al día en todos los chismes del círculo que frecuentaban antes de retornar a la vida social. Estaba plenamente alertado sobre la situación de la más joven de las Basingstoke. Había perdido la vista, pero seguía siendo soltero, tenía una enorme fortuna y se hallaba en una situación tremendamente vulnerable. Todavía era presa fácil.

-Espero que estéis disfrutando de esta encantadora velada -exclamó Lady Basingstoke interrumpiendo su torrente de pensamientos.

-No mucho -respondió Alexander con honestidad-. Las cosas han cambiado un tanto desde la última vez que asistí a un baile.

-¡Naturalmente! Solíais bailar con frecuencia y muy graciosamente. Veros relegado a los márgenes de la sociedad por el resto de la vida debe ser una idea horrorosa -comentó la dama sin ninguna clase de tacto.

-Considero que no mortificarse por ello ayuda bastante -respondió Alexander ofuscado.

-Ciertamente, ciertamente... Y creedme que conozco la manera perfecta de dejar de pensar en vuestra desgracia. Permitidme que os presente a mi hija menor, Serena.

Solo entonces Alexander se dio cuenta que, muy probablemente, Serena aguardaba en los alrededores a ser presentada y no pudo evitar sentirse como animal acorralado. No podía mostrar debilidad ante aquellas dos lobas o, de lo contrario, le darían el golpe de gracia.

-Señorita Basingstoke... -saludó junto con una inclinación de cabeza en dirección al lugar donde percibía -más que veía- algún movimiento.

-Capitán Worthington... -respondió al saludo la señorita Basingstoke con el mismo tono chillón de su hermana-. Es un placer veros. Quiero decir... ¡Oh, Dios Santo!... No debería haber dicho «veros»... Me refiero a no decir nada sobre vuestros ojos. Evidentemente que no podéis ver. ¡Todo el mundo lo sabe! ¡Qué tonta soy! Quiero decir...

La muchacha continúo balbuceando y empeorando cada vez más un error meramente involuntario por el afán de enmendarlo.

-Señorita Basingstoke, a menos que os haya invadido la ceguera, lo cual sinceramente espero que no os ocurra jamás, os recuerdo que vos sí podéis verme a mí. No os aflijáis por vuestro supuesto error -la interrumpió Alexander con cierta frialdad.

A decir verdad, no eran sus palabras lo que le había molestado, sino su intento por enmendarlas de manera tan torpe. Entendía perfectamente que, en cierto sentido, a las personas no les era fácil manejar lo que le ocurría. En efecto, había sido ofendido por la primera muchacha, ahora ausente, a quien parecía no importarle su situación en lo absoluto, y ahora esto...

Suspiró profundamente al tiempo que sentía unos locos deseos de hallarse a kilómetros de distancia de allí.

-¡Oh! ¡Qué amable de vuestra parte! ¡Qué amable! -intervino Lady Basingstoke, empalagosa-. Serena parece a punto de desvanecerse de la congoja. ¡Pobre criatura! No fue su intención ofenderos. Estoy segura de que tan solo requiere algo de tiempo para recobrarse y todo estará bien. ¿Por qué no la acompañáis a dar un paseo por el jardín mientras se recupera, capitán Worthington? Apuesto que el aire fresco de la noche les sentará estupendamente bien a los dos.

-Eso sería muy amable de vuestra parte, capitán Worthington. Me encantaría -añadió Serena emocionada.

Alexander estuvo a punto de lanzar una carcajada ante la burda obviedad de ambas mujeres, pero se las arregló para gobernarse y disimular.

-Me temo que deberé negarme. Odiaría hallarme en la situación de que a la señorita Basingstoke le ocurriera algo y, debido a mi limitación física, yo me viera impedido de socorrerla. Estaremos más seguros si permanecemos en este atestado salón donde hay muchas personas que podrían venir en nuestro auxilio en caso de requerirlo -respondió con afabilidad.

Interiormente se felicitaba a sí mismo por su agilidad mental. ¡Después de todo, no había sido un glorioso capitán de la Marina solo a causa de su buena estrella! En su momento, había superado en habilidad a talentosos navegantes. No sucumbiría ahora cual presa de caza ante un par de mujeres intrigantes.

Lady Basingstoke musitó algo al oído de su hija y luego se volvió hacia alguien que acababa de acercarse. Según lo que Worthington oyó que le decía, pudo concluir que se trataba de su anterior acompañante de banca, pero la muchacha no replicó nada y fue enviada nuevamente lejos de allí a cumplir otros servicios. Ardía en deseos de saber quién era ella, pero preguntar sería inapropiado. Ni siquiera se la habían presentado, lo que probablemente significaba que se trataba de alguien de poca monta. Sintió un zarpazo de arrepentimiento por pensar de esa forma: incluso tras tan escasos minutos en su compañía, la chiquilla le había parecido la más encantadora de las personas que había conocido en muchos meses.

Todos con quienes se había relacionado tras regresar a casa habían evitado mencionar su actual problema o cometido errores tan torpes como los que había cometido la señorita Serena Basingstoke. Pero, salvo Richard y su hermano mayor, aquella desconocida había sido la única que había encarado de frente su ceguera y, aunque él no había reaccionado inicialmente de la mejor manera, ahora que lo pensaba, agradecía que así hubiera sido. Además, la muchacha parecía tener un sentido del humor muy similar al suyo, lo cual era poco habitual entre las damas. Era una lástima que sus caminos jamás se hubieran cruzado antes del accidente.

Lady Basingstoke se vio impedida de continuar sus progresos para atrapar al capitán Worthington debido a la súbita reaparición de Richard.

-Buenas noches, señor Critchley -saludó sonriente al recién llegado.

-Buenas noches, Lady Basingstoke, señorita Basingstoke... -respondió Richard con una inclinación de cabeza-. ¿Cómo os encontráis?

Richard sabía perfectamente qué clase de personas eran las Basingstoke y, a pesar de mostrarse amable, era consciente que él también constituía un blanco para aquellas dos «busca marido». No poseía la fortuna que la madre deseaba para su segunda hija, pero era lo suficientemente atractivo como candidato tras tres infructuosas temporadas de búsqueda.

-Estamos muy bien, muchas gracias. Justamente ahora decía al capitán Worthington que era una lástima que ya no estuviera en condiciones de bailar. ¡Serena adora bailar! -respondió Lady Basingstoke volcando toda su atención al recién llegado.

Alexander debió ahogar una estruendosa carcajada ante este último comentario. A decir verdad, apenas habían mencionado el asunto del baile, pero era evidente que él ya no le interesaba a la dama, no al menos por el momento, mientras un hombre soltero y físicamente capaz estuviera al alcance. Prestó entonces estrecha atención, interesado en saber qué excusa se le ocurriría decir a Richard.

El aludido sonrió a las damas con sus ojos oscuros centellantes.

-¡Es una verdadera lástima! Estoy de acuerdo en que mi amigo solía ser un espléndido bailarín. Además, tiendo a pensar que su conversación no es demasiado tediosa para las damas -respondió con amabilidad-. Pero desafortunadamente deberé raptarlo pues mi carruaje nos aguarda.

-Vaya... respondió Lady Basingstoke, con la desilusión abiertamente pintada en el rostro-. Es una lástima, pero si vuestro carruaje aguarda, no hay más remedio: Serena no podrá bailar con vos. ¡Lamentable! Os deseo buenas noches, caballeros. Venid, Serena. Por allí diviso a Lord Entwistle...

Tras decir esto, ambas damas se esfumaron tal como habían aparecido. Richard suspiró profundamente aliviado.

-Venid, Alex. Huyamos antes de que Entwistle les dé vuelta la espalda. No quiero estar aquí cuando comiencen a buscar una nueva víctima.

Aproximó su brazo a su amigo y Alexander se sujetó de él con la mano. Comenzaron entonces la difícil misión de sortear, ahora en dirección a la salida, un salón de baile atiborrado de gente. Tras cada disculpa que Alexander debía dar cuando tropezaba con alguien por no haber calculado bien su amigo y él la distancia necesaria para desplazarse, se juró a sí mismo que jamás volvería a honrar con su presencia un salón de baile en toda su vida.

Capítulo 2

Con desasosiego, Amelia había observado a lo lejos a su tía en compañía del capitán Worthington. No se hacía falsas esperanzas de que su brevísima conversación con él condujera a ningún lado. Sabía que un hombre así no se rendiría jamás ante ninguno de sus encantos, especialmente porque ni siquiera sabía quién era ella. Su incomodidad radicaba más bien en el hecho de observar a su tía y a su prima adulando a un hombre únicamente porque pensaban que era un blanco fácil. Esa era una conducta que jamás comprendería. Parecían no darse cuenta que eran evitadas por todos los hombres de su entorno de cualquier manera posible. Habría resultado una situación cómica de haberle estado sucediendo a un extraño pero, desafortunadamente, la comicidad del asunto no era tan evidente cuando el caso involucraba a miembros de su propia familia.

A la joven le había sido impuesta la autoridad de su tía. Su padre y Sir Jeremy Basingstoke eran hermanos. El padre de Amelia se había casado por amor, no por dinero, y había llevado una vida muy feliz junto a su esposa y a toda su familia. Habiendo tenido tan solo una hija entre ocho hijos varones, había rogado a su hermano de más edad y mayor fortuna que se hiciera cargo de Amelia para ayudarla a conseguir un buen marido. Sin embargo, decidió esperar hasta que la muchacha tuviera veinte años -edad de por sí bastante tardía para encontrar esposo-, pues el cariñoso padre se resistía a decir adiós a su única hija tan tempranamente. El tío de la joven se mostró abierto a alojar a otra persona en casa; su presencia atenuaría la cantidad de interacciones que debía tolerar al día con sus insufribles esposa e hijas.

Conforme la situación se desarrollaba, esta resultó incluso mejor de lo que el hombre había supuesto. Su sobrina era una muchacha encantadora bendecida con un rico cabello color castaño y profundos ojos marrones. Sus modales denotaban confianza en sí misma y, aunque no deslumbrantemente bella, sus rasgos eran armónicos. Su padre y su madre deseaban para ella un marido agradable y a Amelia con eso le bastaba. No se hacía falsas ilusiones: no tenía una dote digna de destacar y no era considerada una belleza clásica. Lo único que anhelaba era atraer a un buen hombre que pudiera amarla y con quien se sintiera a gusto. Había sido testigo de cuánta felicidad un matrimonio basado en el cariño podía traer a la pareja y añoraba poder lograr lo mismo en su caso.

Todo podría haber salido modestamente según lo planeado, salvo por un pequeñísimo detalle: Lady Basingstoke. La mujer deseaba por todos los medios casar a la menor de sus hijas y estaba decidida a conseguirle el mejor de los partidos. Por consiguiente, Amelia no recibiría la más mínima atención de parte suya hasta entonces e incluso, al llegar el momento, muy poco o nada le importaría la muchacha. En honor a la verdad, a Lady Basingstoke le desagradaba Amelia. No era tan bella como sus propias hijas, pero gozaba de dones mucho más valiosos que ellas: distinción, aplomo y confianza en sí misma. Pronto se convirtió en objetivo de la dama en cuestión desmoralizar a la muchacha y devolverla a sus padres soltera e insignificante.

Mientras Amelia vivió con ellos, Lady Basingstoke no tuvo reparos en utilizarla como sirvienta no asalariada. Le brindaba techo y comida, además de acompañarla a donde quiera que fuera. Ciertamente la había presentado a muy pocas personas en su círculo social londinense y, en tales ocasiones, había dejado en claro que la muchacha no tenía nada más en esta vida salvo su parentesco con ella. Sobra decir que, ante menuda carta de presentación, Amelia había acabado más veces relegada al rincón de las alhelíes que bailando en mitad de la pista. Además, la mayoría de las personas la trataba con el mismo recelo con que trataba a Lady Basingstoke y a su hija, asumiendo que ella también estaba dispuesta a forzar una situación comprometedora con el fin de conseguir una propuesta de matrimonio.

Si Amelia hubiera tenido otro carácter, habría resultado tremendamente dañada por la manera en que se la trataba, pero se tomaba la situación con filosofía. Estaba fuera de su control modificarla por el momento, pero esperaba que, una vez acabada la actual temporada -ya su tercera-, sus padres estarían más dispuestos a recibirla de regreso en casa de una vez por todas. Llegada la hora, tendría que aceptar que se quedaría soltera para siempre. Mientras su tía fuera su promotora, no habría matrimonio posible para ella en esta vida.

Relacionándose con la sociedad desde su situación marginal, se había dedicado a observar a hombres como el capitán Worthington a la distancia, hombres que se hallaban en lo más alto de la pirámide social y entre los más cotizados. En el caso particular del uniformado, Amelia podía entender completamente por qué él se encontraba en tal posición. Nunca habían sido formalmente presentados pero, desde su primera temporada en sociedad, cada vez que el joven había asistido a las mismas fiestas que ella, había estado pendiente de cada uno de sus movimientos.

Sin embargo, no había ni la más remota posibilidad de que Amelia se dejara llevar por la imaginación y soñara con un romance y propuesta de matrimonio de un hombre como ese. Jamás se permitiría a sí misma llenar su cabeza de pensamientos tan absurdos. Ello no significaba, sin embargo, que la muchacha fuera incapaz de apreciar el lustroso cabello negro atado en una cola de caballo -como dictaba la moda entre los marineros y navegantes de aquel entonces- o su tez tostada por el sol, la cual empalidecía paulatinamente conforme más días pasaba Worthington alejado del mar. No había daño alguno en admirar a un hombre así de atractivo, deporte favorito de todas las damas que la rodeaban, por lo tanto, ella no era distinta a nadie en tal sentido.

En efecto, la piel de Worthington ya había empalidecido bastante, habiendo transcurrido varios meses desde su participación en aquella fatídica batalla. Sus ojos azules parecían estar hechos de la mismísima agua del mar que él tanto amaba, aunque ya no miraban vivaces de un lado a otro del salón de baile como lo habían hecho en el pasado. Era un hombre corpulento que daba la impresión de salirse de los lindes de su levita, la que hoy en día se ceñía a su silueta tal como su uniforme naval lo había hecho entonces. Sus rasgos concordaban con su corpulencia: una nariz larga y una boca generosa de labios llenos que complementaban aquellos ojos profundos, lo primero que llamaba la atención de quien quiera que lo observara. Era un hombre endemoniadamente atractivo que tal vez no sonreía demasiado, pero que siempre había tenido la seguridad en sí mismo de saberse indestructible y dueño del control absoluto.

Así habían sido las cosas para él hasta entonces. Al presentarse aquella noche en el salón, Amelia lo había divisado a la distancia desde el otro extremo de la pista de baile. En cuanto lo vieron llegar, muchos de sus supuestos amigos lo escudriñaron de pies a cabeza con total descaro, limitándose a cuchichear y reír nerviosamente entre ellos sin dirigirle ni media palabra. El caballero que lo acompañaba pareció no darse cuenta de la conmoción causada tras su ingreso y el del capitán, pero cuando se está obsesionado con hallar algún rostro bonito entre la concurrencia, como Richard lo estaba, todo lo demás pasa a un segundo plano. Nadie se había aproximado a ellos, situación muy diferente a tantas otras veladas en las que el capitán Worthington era requerido desde todos los rincones posibles del salón. Amelia se había sentido profundamente dolida al darse cuenta cuán abiertamente era evitado por sus anteriores amigos.

Consideraba que aquello no era más que otra demostración de cuán superficial era la sociedad a la que se había incorporado mientras se hospedaba con su tío. No sentiría ni una pizca de remordimiento cuando pudiera dejar toda esa miseria humana atrás y regresar junto a su familia. Entendía perfectamente las razones que había tenido su padre para enviarla a pasar algún tiempo en Londres, pero tan solo le hubiera gustado tener a uno de sus ocho hermanos con ella para que le hiciera compañía. De esa forma, al menos habría podido ridiculizar lo que observaba y tomarse las cosas con humor. Pero, sin nadie con quien compartir, debía guardarse su opinión y en ocasiones lo que observaba llegaba al extremo de irritarla, como lo ocurrido aquella noche cuando el otrora popular capitán Worthington era sencillamente ignorado por quienes antes se postraban a sus pies. En ese momento, había sentido deseos de zamarrear por los hombros a cada uno de los presentes en el salón. Gobernándose, se limitó a observar con los dientes apretados. Con la notoria expresión de molestia que sin lugar a dudas reflejaba en su rostro, no era de extrañar que no recibiera ninguna invitación a bailar.

Su vida había sido muy solitaria desde su llegada a Londres. No era aceptada ni recibía un trato amistoso de parte de su prima Serena, quien había seguido el ejemplo de Lady Basingstoke y le prestaba escasa atención, salvo para manifestarle alguna exigencia o darle una orden. Amelia pensaba que era una lástima que su prima hubiera tomado tal camino. Habría aceptado de buena gana una amistad femenina tras haber vivido toda su vida rodeada de hermanos varones.

Por dicha razón, su estancia en Londres adoptó un patrón de comportamiento regular, el que consistía habitualmente en la elección de actividades en las cuales ni su tía ni su prima le acompañaran. Huir de sus parientes londinenses le permitía conservar la cordura, dado que se encontraba muy lejos de sus seres queridos, quienes de seguro le habrían ofrecido la compañía y el afecto que tanto anhelaba.

El único amigo con el que contaba en la ciudad era el indomable perro de raza San Juan que su tío había adquirido para que le hiciera compañía en sus incursiones de caza, pero este había decidido muy rápidamente que el animal no le era útil y lo había descartado. La servidumbre de la mansión en Londres había intentado hacerse cargo de él, pero era un animal enorme y, sin el debido entrenamiento, se había vuelto tremendamente rebelde. El tío de Amelia insistió en conservarlo únicamente por la enorme suma de dinero que había pagado por él; se negaba a asumir la enorme pérdida que muy probablemente enfrentaría si se deshacía sin más del animal.

Amelia quería mucho a la indisciplinada bestia. Era un perro grande y robusto y su tamaño solía atemorizar a muchos, aunque en realidad se trataba de un animal tremendamente amistoso. Su nombre era Sansón, el cual le sentaba a la perfección, pues su pelaje era largo, rubio y rizado. Era opinión unánime que el perro era ingobernable, pero a Amelia le simpatizaba. Ella misma se sentía en ocasiones igualmente ingobernable, especialmente cuando observaba la manera en que sus parientes londinenses se comportaban. Se las arreglaba para sacar a Sansón cada mañana a dar un largo paseo. Solía ser la primera en despertar de toda la familia y una prolongada caminata matutina habitualmente le relajaba los nervios. No había necesidad de que la acompañara alguna sirvienta. Sus caminatas eran muy temprano y las personas que eventualmente podrían criticarla por no ir acompañada de una chaperona a esa hora aún reposaban cómodamente en sus camas. De todos modos, Amelia dudaba de que se hiciera comentario alguno sobre ella si, por casualidad, era vista caminando sola por ahí. Su escasa importancia social no la movía a engaños. Además, en compañía de Sansón se sentía completamente segura. Muy pocos se animarían a acercársele llevando a su lado a ese enorme guardián dorado.

Sansón parecía comprender que Amelia era una forastera en esa familia y, a pesar de seguir siendo de comportamiento impredecible, solía ser más amable con ella que con cualquier otro habitante de la casa.

La muchacha lo llevaba hasta Green Park cada mañana tomando distintas rutas para intentar mantener vivo el entusiasmo del animal por el entorno. Siempre se mostraba muy emocionado en cuanto salían al exterior, corriendo un largo trecho delante de Amelia, para luego regresar a ella y volver a adelantársele hasta el siguiente olor en el camino que le pareciera atractivo.

La joven disfrutaba de la paz que reinaba en el parque al romper el día. Más tarde se llenaría de personas vestidas a la última moda deseando mirar a otros y que otros las miraran a ellas, tal como ocurría en Hyde Park no muy lejos de ahí, pero apenas se divisaba un alma a esa hora de la mañana. En esas condiciones, Amelia podía pasear y disfrutar la sensación de estar en pleno campo, aunque esa no fuera más que una falsa ilusión. Tratándose de una muchacha campesina por naturaleza, extrañaba los placeres que la vida rural podía darle.

A la mañana siguiente de otro baile en el cual se había unido, como de costumbre, a las demás alhelíes, salió a su paseo matutino habitual. La fiesta había acabado ya muy entrada la noche, pero como había permanecido sentada la mayor parte del tiempo, no se había sentido excesivamente cansada una vez terminada. Se había levantado temprano y había tomado su ruta favorita rumbo al parque.

Mientras avanzaba, de pronto Sansón comenzó a ladrar enérgicamente y Amelia se sobresaltó. Había divisado a un par de personas acercándose y debía moverse con premura o, de lo contrario, los extraños serían saludados por el perro en su peculiar manera.

-¡Venid acá, muchacho! -exclamó avanzando en dirección al animal.

Mirando apenas de reojo a Amelia, Sansón se lanzó a correr a través de la hierba sin hacer caso alguno a sus palabras. La joven gruñó de impotencia y corrió tras él. Mientras más rápidamente lo atrapara, más pronto podría comenzar a disculparse.

Dos hombres avanzaban en su dirección. Con el corazón desbocado, cayó de inmediato en la cuenta que se trataba del capitán Worthington y de su amigo, el señor Critchley. Comenzó a correr a mayor velocidad; lo último que necesitaba en esta vida era que Sansón se le arrojara encima al mismísimo capitán Worthington. Podía causarle algún daño y el hombre ya había vivido suficientes tragedias últimamente. No deseaba ser la causa de ningún sufrimiento adicional.

-¡Sansón, venid acá os digo!

Amelia respiraba con dificultad intentando acortar la distancia que se había formado entre ella y el perro.

Alexander oyó el ruido que hacía Sansón en su alocada carrera. Aunque no logró interpretar correctamente qué caos era aquel, también oyó los llamados de Amelia.

Critchley se plantó en frente de Alexander con la esperanza de poder evitar que el perro lo arrollara. Sin embargo, y ante la sorpresa de todos, el animal disminuyó la velocidad de su carrera conforme se aproximaba a los dos amigos hasta llegar a detenerse por completo, jadeante, delante de ellos.

-¿Qué demonios está ocurriendo? -preguntó Alexander, sintiéndose una vez más frustrado por su indefensión y dependencia absoluta de otros.

-Pues se trata de un perro, que más bien parece bestia, totalmente fuera de control y una insignificante muchachita, tal vez la dueña, que se aproxima -respondió Richard con un tono de voz que delataba cuán ofuscado se encontraba.

Sansón comenzó observando detenidamente a ambos hombres antes de volcar toda su atención en Alexander. No paraba de mirarlo fija e intensamente. De pronto, avanzó lentamente hacia él y comenzó a moverse en círculos entre sus piernas, restregando amistosamente su cuerpo contra ellas. Luego se sentó a su lado izquierdo para rozar el hocico en la tela de su pantalón en busca de una caricia.

Alexander rio de buena gana ante tal comportamiento.

-Pues no parece portarse como una bestia en estos momentos... -replicó mientras rascaba afectuosamente la cabeza de Sansón, para gran deleite del animal, mientras este la inclinaba en dirección a la pierna izquierda de Alexander con la larga lengua asomada por un lado del hocico.

En esos momentos, llegó Amelia chillando y se plantó frente a los dos caballeros de una manera bastante menos digna que Sansón.

-¡Lo lamento! -exclamó jadeante-. Normalmente no circula nadie por aquí a estas horas de la mañana, de lo contrario no lo habría dejado suelto.

-Dudo mucho que alguien de vuestro tamaño sea capaz de sostenerlo, así fuera con su correa -replicó secamente Richard-. Deberíais controlarlo mejor o alguien podría resultar herido.

-Lo lamento muchísimo. Es un animal grande y torpe, aunque no feroz -se defendió Amelia ruborizada ante el duro tono que había empleado el señor Critchley.

Alexander reconoció de inmediato su voz. Estaba seguro de que se trataba del mismo timbre femenino que había oído hacía tan solo un par de noches en el baile al que había asistido. Sintió que se le aceleraba el pulso al darse cuenta de que por fin podría averiguar quién era aquella muchacha.

-Por ahora no parece estar causando problemas, así que no hay daño alguno -intervino en tono tranquilizador.

Sansón pareció haber entendido, pues comenzó a golpear alegremente la cola contra el suelo al oír las palabras del capitán.

-Parece ser bastante amistoso -añadió Worthington.

-A decir verdad, no suele ser tan amable -admitió Amelia con una sonrisilla y una mirada de enorme sorpresa dirigida al perro-. Su saludo habitual consiste en brincar ante el recién llegado y lamer el rostro de quien quiera que le parezca más apetecible.

-¡Pues gracias al cielo que no le parecí así de apetecible!

-De seguro estáis perdiendo la razón, Alexander. Por lo normal, sois considerado tremendamente atractivo por todo el que os conoce –intervino Richard sin poder evitar la mofa.

-En algún pasado remoto quizás, pero ahora temen que la ceguera sea contagiosa -replicó Alexander con cierto dejo de amargura.

-De ser así, lo que resta de temporada se volvería muy interesante. Los bailes serían muchísimo más divertidos de lo que son actualmente; algo así como jugar a la gallinita ciega -intervino Amelia chispeante.

Alexander rio a carcajadas, ya del todo convencido de que aquella voz correspondía a la misma dama que había conocido en el baile.

-Pues sería por partida doble ahora que habéis evitado que caiga en la sensiblería, señorita...

Amelia se sonrojó intensamente.

La etiqueta dictaba que no debía estar charlando con aquellos dos caballeros pues nadie los había presentado formalmente y, sin lugar a dudas, no le correspondía presentarse a sí misma. Algo así iba contra toda regla de cualquier sociedad educada.

-Yo.... bueno... - tartamudeó indecisa.

Richard observó entonces más detenidamente a la muchacha. Milagrosamente, Alexander se había recobrado en seguida en cuanto ella había comenzado a hablar. Su amigo ahora solía tardar horas en salir de uno de aquellos oscuros estados de ánimo en los que se sumía cada vez que caía en la cuenta de cuánto había cambiado su vida. Sin embargo, una simple frase de aquella chiquilla insignificante tenía a Alexander riendo de buena gana, algo que ocurría muy rara vez como para pasarlo por alto.

-¿Ya os conocéis? –preguntó, picado por la curiosidad.

-Así es. Nos conocimos en ese desastroso baile al que me llevasteis hace tres noches. ¡Hasta el día de hoy tengo pesadillas con él! -respondió Alexander sintiendo que lo recorría un escalofrío.

Richard se quedó observando a Amelia, intentando identificarla. Era evidente que ella misma no se presentaría.

-¿No sois acaso la sobrina de los Basingstoke? -preguntó al reconocerla finalmente, adoptando de inmediato cierta actitud de cautela. Si se parecía en algo a sus primas, sería preciso evitarla a como diera lugar.

-Así es -admitió Amelia a regañadientes.

Sintió que las mejillas se le encendían al lograr descifrar finalmente la expresión de recelo en el rostro del señor Critchley y no pudo evitar maldecir para sus adentros a su tía y a sus primas.

-Pues bien, señorita Basingstoke, es un placer conoceros oficialmente. Fuisteis un rayo de luz en medio de una velada francamente oscura -afirmó Alexander entusiasmado.

Estaba sorprendido de que se tratara de quien se trataba, principalmente debido a la manera humillante en que su tía se había comportado con ella. Pero ya podría explicarse aquel misterio más adelante. En cualquier caso, no tenía el mismo recelo que su amigo pues, a pesar de haberla tratado por tan breve tiempo, sabía muy bien que ella no se parecía en lo absoluto a sus parientes.

-Os lo agradezco. Y ahora, si me disculpáis, necesito continuar mi paseo. Mientras más energía gaste Sansón, más tranquilo estará por el resto de la jornada. Así evito que todo el mundo que se tope con él lo regañe -explicó la muchacha.

-¿Sansón? -preguntó Alexander mientras acariciaba el cuello del animal-. Es un nombre espléndido.

-La servidumbre en casa suele llamarlo simplemente «la bestia» -admitió Amelia-. ¡Muy bien, muchacho! ¡Hora de irnos!

La joven dio los primeros pasos para retomar la marcha, pero Sansón parecía dudar si quedarse o seguirla. La indecisión del perro le dio a Alexander la excusa que estaba necesitando para prolongar el encuentro. Por alguna razón que no acababa de entender, deseaba estar en compañía de la muchacha. Salvo Richard, ella era la única persona que lo trataba como un ser humano normal, por lo tanto, no le agradaba la idea de que se marchara tan pronto.

-Parece ser que he conseguido un nuevo amigo, señorita Basingstoke -exclamó con naturalidad-. ¿No os importaría si os acompañáramos en vuestro paseo?

-Bueno.... naturalmente que no me importaría. Pero, ¿estáis seguro de que queréis hacerlo? Tal vez se esté comportando civilizadamente ahora, pero en cuanto comience a corretear por ahí, conoceréis su verdadera personalidad. ¿No os parece mejor permanecer en dichosa ignorancia de su habitual comportamiento? Creo que al fin ha logrado encantar a alguien hasta hacerlo creer que sabe comportarse. Sería una verdadera lástima matar la ilusión tan pronto.

-Creo que estoy dispuesto a correr el riesgo -exclamó Worthington dando un paso adelante.

Richard extendió el brazo rozando el codo de su amigo a modo de señal. Alexander aprovechó el gesto para permitirse posar su mano en el brazo de su amigo sin ser necesarias las palabras. Aquello era algo que detestaba hacer, pero resultaba preciso si pretendía llegar sano y salvo a destino.

Ante el más absoluto asombro de Amelia, en cuanto el grupo retomó la marcha, Sansón permaneció impasible junto al capitán. Avanzaba ligeramente por delante de él, pero su cuerpo mantenía siempre el contacto con su pierna. La joven era incapaz de quitarle los ojos de encima: el animal se estaba comportando de una manera completamente distinta a su habitual carácter impetuoso.

-Estáis demasiado callada, señorita Basingstoke. A pesar de que nuestro primer encuentro fue tan breve, ya me habitué a mucho más de vos -comentó de improviso Alexander mientras avanzaban.

-Me preocupa que el hechizo que parecéis haber lanzado sobre Sansón pronto pudiera ser lanzado en dirección mía. No logro hallar ninguna otra razón por la cual pudiera estar actuando de manera tan distinta a su carácter habitual. ¡Jamás camina al ritmo del amo!

-¿Acaso la idea de que vos caminéis a mi lado es lo que os aterra tanto? -preguntó Alexander en tono de chanza.

Amelia respondió entre risas.

-Según considera mi tía, soy incapaz de desplazarme dignamente. Es probable que os haría trastabillar y rodar por el suelo si caminara junto a vos. Preferiría seguir junto al perro, si fuera vos. Nunca pensé que diría esto, pero Sansón es, por lejos, vuestra opción más segura.

-En tal caso, estáis a salvo de mis hechizos. Hoy prestaré atención solo a Sansón. Aunque algún día no muy lejano, exigiré que seáis vos quien tome su lugar a mi lado.

Richard avanzaba junto a ellos sin acotar ningún comentario a la charla. Estaba tan complacido como estupefacto. ¿Alexander flirteando? Aquello era, definitivamente, una señal de mejoría. Al parecer, la señorita Basingstoke no era tan evidente como lo era el resto de su familia, aunque él seguía sintiéndose menos inclinado a confiar en ella que lo que parecía sentirse Alexander. A Richard la reputación de la familia lo impulsaba a mantener cautela. Pero, de todos modos, se llenó de esperanzas por su amigo. Si podía coquetear con una muchacha, no pasaría demasiado tiempo antes de que estuviera de regreso al redil y volviera a ser perseguido por las jovencitas de sociedad, como en sus mejores épocas.

Alexander, por su parte, consideraba que la mañana se estaba volviendo muy agradable. Estaba dichoso de haber descubierto quién era la muchacha desconocida. Sin poder evitarlo, su voz había llenado del todo sus pensamientos durante aquellas últimas noches desde su primer encuentro. Sin embargo, las opciones de averiguar quién era ella le habían parecido muy remotas, particularmente porque no tenía intenciones de volver a participar en eventos sociales.

Pero lo más sorprendente de toda aquella situación era que, con Sansón caminando a su lado, Worthington se sentía experimentando un particular sentimiento de confianza en sí mismo que hasta ahora desconocía. La sensación de tener al perro en permanente contacto con su pierna era agradablemente tranquilizadora y ello parecía permitirle caminar de manera mucho más relajada de lo que solía hacerlo. Cierto era que seguía sosteniéndose del brazo de Richard, pero la presencia del animal le brindaba un sostén adicional.

Continuaron el paseo hasta alcanzar las puertas de acceso al parque. Alexander se había mostrado muy locuaz durante todo el trayecto, actitud que había puesto algo nerviosa a Amelia y sorprendido enormemente a Richard.

-Pues bien, aquí es donde me despido, caballeros. Ahora realmente debemos irnos, Sansón —ordenó al perro con voz firme.

Sansón obedeció sin protestar y regresó dócilmente junto a la muchacha para que esta le colocara la correa.

-Os agradezco vuestra compañía, señorita Basingstoke. Y gracias también a Sansón -exclamó Alexander con una inclinación de cabeza en señal de despedida.

Richard se despidió también y condujo a su amigo rumbo a la vía pública, girando en dirección opuesta a la que tomó Amelia.

-¡Vaya qué comportamiento extraño el de ese perro! Pensé que nos atacaría cuando lo vi acercarse totalmente desbocado por el parque.

-Quizás perder la vista tiene sus ventajas después de todo -replicó Alexander-. Lo único que percibí de él fue una criatura amistosa y bien comportada.

Richard no supo qué responder al subjetivo comentario de su amigo.

-¿Y entonces? La señorita Basingstoke... -añadió Alexander una vez que tuvo la certeza de que ella ya no estaba cerca-. Vamos, describidla...

-¿Y para qué? No tiene nada de particular y ciertamente no es tu tipo habitual de mujer. Se trata de una muchachita de aspecto agradable pero con parientes muy cuestionables. Eso lo resume todo, a decir verdad. No está al nivel de vuestros altísimos estándares -respondió Richard de modo despectivo.

-¡Oh, vamos! ¡Algo especial debe haber en ella que podáis decirme! -replicó Alexander.

-No es una gran belleza. Tampoco mujer de fortuna. ¿Qué más podría haber por decir? -añadió Richard encogiéndose de hombros.

Critchley ya había descartado por completo a la señorita Basingstoke, tal como la mayoría de las personas que tomaban parten en la temporada había hecho. No mucho tenía para ofrecer una muchacha que carecía de deslumbrante belleza y, como si eso fuera poco, sin dote.

Alexander caminó con gesto adusto durante todo el trayecto de regreso a casa, frustrado por no haber logrado formar una imagen en su mente de la cautivadora señorita Basingstoke. La verdad era que su tipo «habitual» de mujer se había esforzado por evitar todo contacto con él desde el accidente, algo que debería haberle ofuscado, pero que en realidad poco le importaba. Más bien se sentía aliviado de no haber estrechado mayores lazos con lo más refinado de la sociedad londinense antes de Trafalgar. De ser así, todo habría sido un desastre luego de su regreso. En definitiva, le pareció mucho menos doloroso de lo que había imaginado darse cuenta de que solo era aceptado cuando era visto como perfecto a los ojos de su círculo social. A pesar de ser considerado un héroe de guerra, también se lo consideraba un trasto sin brillo. Ya comenzaba a pensar que había sido injustamente crítico con las personas, tal como sus viejos amigos lo fueron con él cuando lo visitaron en cuanto se produjo su regreso a Londres. Aquella era una reflexión aleccionadora y estaba alterando la manera en que pensaba que quería vivir el resto de su vida.

Capítulo 3

La vida de Alexander había cambiado de manera tan rotunda desde el accidente, que en ocasiones se preguntaba si su existencia pasada no había sido más que un sueño. Había sido un hombre tremendamente activo, independiente y lleno de vida hasta que los componentes metálicos de su barco explosionaron cuando la bala del cañón enemigo golpeó la nave y decenas de fragmentos astillados le dieron de lleno en el rostro. Había caído al suelo inconsciente aunque ya, para ese entonces, su nave y su tripulación estaban fuera de peligro. Aquella bala de cañón fue la última que se estrelló contra su nave. Al menos le consolaba saber que habían luchado con bravura y habían sobrevivido.

Su visión ya se había apagado por completo cuando recobró el conocimiento. Sus heridas externas fueron curadas, pero ciertas piezas metálicas permanecieron al interior. El médico de la tripulación, un hombre que había continuado atendiendo el caso de Alexander desde su regreso a tierra firme, se había mostrado contrario a retirarlas. Según pensaba, las opciones de sobrevivir a una cirugía de tal magnitud eran muy escasas.

Alexander pasó varios meses recuperándose en la mansión campestre de su hermano mayor, el conde de Newton. Allí recibió todos los cuidados y atenciones posibles. Sin embargo, más allá de la ayuda que se le brindara, le aterrorizaba el futuro que le esperaba. Era completamente dependiente de otros. Jamás podría volver a montar a caballo, asumir el mando de una nave o conducir a una dama en los pasos de un baile. Con tan solo veintisiete años, se había convertido en un inválido.

Los primeros meses estuvieron llenos de temores y momentos amargos. Agredía verbalmente a todo y a todos, especialmente cada vez que intentaba hacer algo por sí mismo y no lo lograba. La familia y la servidumbre optaron por rehuirlo y restringieron la comunicación con él a lo estrictamente necesario. El menor comentario fuera de lugar podía ocasionar una airada explosión de su parte.

Pero las cosas cambiarían y el cambio se gatillaría a partir de una ocasión en particular en que regañó a una de las criadas tan airadamente que la hizo salir corriendo del cuarto desecha en lágrimas. Momentos después, su hermano entró en la habitación y cerró la puerta tras él de golpe.

-Alexander, debemos hablar -abrió los fuegos Anthony con firmeza.

Cualquier que los conociera podía notar en seguida el enorme parecido que existía entre ellos, pues ambos habían heredado el cabello negro y los ojos claros de su madre.

-No estoy de humor para charlas -respondió Alexander hurañamente.

-Para ser honesto, Alex, estoy harto de tu mal carácter, así como lo están todas las personas que habitan esta casa.

-Lo lamento, pero no me siento con ánimos de socializar -replicó el capitán con oscuro sarcasmo-. Soportar cada día me consume, desde ya, toda la energía.

Lord Newton suspiró profundamente.

-Alex, las cosas no pueden seguir así. ¡Este no sois vos!

-¡Oh, vaya! ¡Por supuesto que soy yo, Anthony! ¿Acaso no habéis notado aún que no puedo ver? Y las cosas se pondrán todavía más interesantes. Ya veréis.... El inválido que está frente a vos será vuestro hermano por los años que nos resten de vida.

-Pero eso no os da derecho a convertir en un infierno la vida de los demás. Permitidnos ayudaros. No nos apartéis de vuestro lado.

Lord Newton sentía una enorme compasión por su hermano, pero si le hablaba de este modo ahora era porque las cosas no podían continuar como estaban.

-¿Qué podéis hacer vos, Anthony? -preguntó Alexander con el rostro inundado de amargura y frustración-. ¿Qué podéis hacer vos que aleje de mí esta pesadilla? ¿Acaso podéis ayudarme a recobrar la vista? ¿Haréis que la oscuridad se esfume?

-No puedo hacer nada de eso, lo sabéis muy bien. Movería cielo, mar y tierra si existiera algo en este mundo que yo pudiera hacer para devolveros la vista. Pero sí puedo ayudaros a sobrellevarlo mejor. Puedo ofreceros mi respaldo de la mejor manera que os sea útil. Tan solo decidme qué necesitáis, pero ya basta de insultar a gritos a cualquiera que se acerque a ofreceros ayuda.

-Lo que necesito es que me dejen en paz -replicó duramente Alexander, dando la espalda a su hermano.

Lord Newton tenía la esperanza de hacerlo entrar en razón, pero era evidente que su hermano estaba hundido en un oscuro infierno que lo arrastraba cada vez más adentro y afectaba con ello a toda la familia. Lo mejor que podía hacer era cumplir su deseo y dejarlo a solas, pero no se marcharía sin un último intento por llegar al fondo de su alma; se lo debía a todos.

-Fuisteis educado para tratar a la servidumbre con respeto. Por lo tanto, espero que os relacionéis con mis sirvientes de la forma en que ellos se merecen mientras os mantengáis como huésped en esta casa. Estoy harto de perder el tiempo consolando a criadas desechas en llanto e incluso a algunos lacayos. No descarguéis vuestra ira en aquellos que no se hallan en posición de devolveros la mano y defenderse.

Alexander asintió con un gesto en señal de haber comprendido.

-Lo lamento. Intentaré no volver a incomodarlos en el futuro.

-Os lo agradezco -respondió Lord Newton levantándose y avanzando hacia la puerta.

-Alex, os he admirado toda la vida -retomó la palabra girándose hacia su hermano-. Vos fuisteis siempre el valiente, el que no le temía a nada y que, en mi opinión, debiera haber sido el que ostentara el título que yo ostento. Siempre pensé que estaba a vuestra sombra, a pesar de ser yo el mayor. Pero me alegra que así haya sido ante tan capaz hermano menor. Tal vez seáis más joven que yo, pero soy yo, el mayor, quien os tengo en un pedestal a vos. Lamento con el alma lo que os ha ocurrido y desearía poder hacer algo para aliviar vuestro dolor, pero creedme que esto os ha cambiado mucho más que tan solo en el plano físico.

-¿Cómo así? -preguntó Alexander, sorprendido aunque también tremendamente emocionado con las palabras de su hermano.

-El accidente os transformó en un cobarde rabioso y amargado -respondió Lord Newton hablando rápidamente para evitar ser interrumpido-. El Alexander al que yo tanto admiraba habría enfrentado a este demonio mirándolo directamente a la cara. Habría hecho todo lo que estuviera a su alcance por regresar a la vida que antes disfrutaba, a pesar de las dificultades. Habría luchado mil batallas, una tras otra, hasta derrotar al enemigo. Pero os habéis entregado y le habéis permitido venceros sin más. Os habéis dedicado a atacar de la manera más despiadada posible a cualquiera que ose intentar ayudaros, castigándonos a todos nosotros por algo sobre lo que ninguno tiene control. El Alexander que yo conocía jamás habría hecho una cosa así. Ese Alexander era mucho mejor que este.

No aguardó por una respuesta ni tampoco esperó a verificar si sus palabras habían surtido algún efecto. Salió rápidamente de la habitación y cerró la puerta tras él, dejando a Alexander sumido en la más completa soledad.

El capitán necesitó de un tiempo considerable para calmarse tras el estallido de sinceridad de su hermano. Se había sentido iracundo durante todos esos meses que habían pasado desde el accidente, pero nada se comparaba con la profunda cólera que lo inundó al oír las duras palabras de Anthony. Al cabo de un rato, mientras el tictac del viejo reloj del abuelo marcaba el paso del tiempo en un rincón de la habitación, Alexander comenzó lentamente a serenarse.

Conforme su ira se aquietaba, esta fue siendo reemplazada por otra clase de emoción: la vergüenza. Las palabras de Anthony lo habían herido profundamente, pero debía admitir que no hablaban más que la verdad. Se había comportado de la peor manera posible con todos, fueran estos parientes o criados.

Nunca en toda su vida, especialmente mientras ascendía en la escala jerárquica de la Marina, le había temido a algo. No era un hombre imprudente o temerario, pero siempre había tenido plena confianza en sus propias habilidades y en las de sus hombres. El problema que ahora enfrentaba era que su carrera se había esfumado. Había sido dado de baja y con ello perdido del todo la fe en sus propias capacidades. Por primera vez el terror lo dominaba. Terror a que la oscuridad jamás lo abandonara, terror a que no lograra sobrellevarlo, terror a no ganar nunca esa batalla.

Pasaron varias horas hasta que finalmente se puso de pie y tocó la campanilla solicitando la presencia de un criado. Pidió que se informara a su ayuda de cámara que su señor quería verle y el leal servidor acudió en el acto.

-Peterson, tengo una tarea que encomendaros antes de que abandonemos este lugar -comenzó a decir Alexander.

-A la orden, capitán -respondió el aludido.

Aunque Alexander ya no pertenecía a la Marina Británica, sus sirvientes siempre lo considerarían como su capitán, especialmente Peterson que había surcado el mundo entero con él.

-Necesito enviar algunas instrucciones a Londres en preparación para nuestro regreso -exclamó sonando más confiado de lo que realmente se sentía.

-¿Nos marchamos? -quiso saber Peterson, sorprendido. Jamás pensó que el capitán Worthington estaría preparado para retornar a casa.

-Así es. Deseo que todos los objetos innecesarios, los adornos, los floreros, todo lo superfluo sea retirado y almacenado. Deseo poder circular por la casa sin temor a tumbar nada que mis antepasados tanto atesoran. Ya tengo suficientes problemas como para, además, tener que lidiar con familiares resentidos.

-La criada que asea el salón estará exultante -replicó Peterson en parte para sí mismo.

Alexander esbozó una ligera sonrisa.

-Supongo que lo estará. También necesito vender mis caballos; solo conservaré los que se usan para el carruaje. No tiene ningún sentido que mantenga a aquellos que ni siquiera tengo seguridad de volver a montar algún día. Además, necesito gente a mi alrededor que no me compadezca el día entero sino que sea práctica y útil.

-Si pedís a la servidumbre que haga lo que tiene que hacer, pues lo hará -replicó Peterson con plena seguridad.

-Por el momento, Peterson, ni siquiera yo tengo del todo claro qué es lo que la servidumbre «tiene que hacer» -admitió Alexander-. Pero no puedo seguir así.

-No, señor -respondió Peterson en concordancia.

-Y una última cosa: daré a cada miembro de la servidumbre de esta casa a quien he ofendido un obsequio de veinte libras a modo de disculpa por mi comportamiento de estos últimos meses.

Se había portado de manera abominable con todos ellos y ya era hora de redimirse.

-La lista podría ser larga... -replicó Peterson, no del todo seguro de cómo sería recibido su osado comentario, pero sintiendo que era su deber hacerle ver a su señor la magnitud del daño que había ocasionado.

-Tanto mejor. Si ello me arruina, esa será una lección que no olvidaré tan fácilmente.

Anthony tenía razón: el Alexander de antes jamás habría tratado a alguien de una manera tan indigna. No tenía excusas. Había llegado el momento de cambiar. Había llegado el momento de luchar.

***

Alexander debió trabajar duro al regresar a casa. Poseía una residencia en Londres cerca del trajín y la diversión que la capital ofrecía y con la cual cualquier hombre joven de su posición contaba, pero ahora le parecía el sitio más inadecuado del mundo donde vivir. Sin embargo, en lugar de tomar una decisión apresurada y venderla, mudarse con Anthony o establecerse en alguna otra ciudad menos ajetreada, decidió darle a la vida londinense una última oportunidad.

Memorizó cada centímetro cuadrado de su casa para poder circular por ella con confianza. No fue fácil y consiguió muchos golpes y magulladuras en el intento. Las criadas debieron entender que si movían algo de lugar para limpiarlo debían regresarlo exactamente a donde estaba si querían evitarse oír alguna palabrota la siguiente vez que Alexander circulara por allí. Los objetos cambiados de lugar ocasionaban accidentes totalmente evitables.

Por otra parte, el capitán se dio cuenta de que era más fácil entender la descripción de dónde se hallaba la comida en el plato usando una esfera de reloj como guía antes que intentar adivinarlo. Ya no se servía los alimentos él mismo sino que permitía que le sirvieran. No obstante aceptaba que le llenaran la copa a la hora de cenar, exigía cierta independencia y que lo dejaran a solas en momentos como aquel. Llegó incluso a desarrollar un truco para verter la bebida en su copa cuando estaba sin compañía en el estudio.

El jardín era otro desafío enorme, pero le hizo frente de todos modos hasta sentirse cómodo con respecto a los diversos senderos y las áreas de descanso.

Su sastre le visitó. Necesitaba ropa nueva, pues ya no tenía derecho a vestir el uniforme naval. Sintió una punzada de pesar al darse cuenta de que había usado ese uniforme durante años con supremo orgullo, pero hizo la tristeza a un lado, maldiciendo tamaña vanidad. Peterson fue sus ojos a la hora de elegir telas para su nuevo guardarropa, aunque él mismo se preocupó de sentir al tacto cada muestra de material que le era presentada para evaluarla. Estaba decidido a hacer valer en algo su opinión durante el proceso.

Además de los ya complejos desafíos que enfrentaba con respecto a la vida doméstica, otro enorme obstáculo a superar fueron las horas de visita. Un obstáculo que sinceramente no esperaba.

En efecto, al regresar a casa recibió muchísimas visitas. Decenas de personas se presentaron deseosas de contemplar al héroe, de averiguar qué le había ocurrido realmente, de oír la historia de primera mano. Les resultó, sin embargo, evidente que el otrora imponente capitán ahora parecía más bien un bicho raro. La localidad podía contemplar el espectáculo del hombre ciego que caminaba dentro su casa sin chocar con nada pero que era incapaz de servirse una taza de té. Pero una vez que la curiosidad inicial fue debidamente satisfecha, Alexander descubrió que muchos a quienes él había considerado sus amigos muy pronto lo abandonaron.

Ya no podía charlar sobre la última cacería o la jovencita del momento en los salones, por lo tanto, era de muy poco interés para los demás caballeros. Las damas, por su parte, aunque más compasivas que los hombres por la penosa situación que vivía, ya no lo consideraban como posible pretendiente, por lo tanto, su interés también declinó. No pasaron muchas semanas antes de que las visitas se redujeran a apenas un puñado de personas. Sin embargo, el capitán no podía devolverles la visita, aunque así lo hubiera querido. Acudir a una casa totalmente extraña para él implicaba demasiados riesgos como para aventurarse.

A lo largo de todo ese tiempo, Richard Critchley se mantuvo firme junto a su amigo. Habían estrechado lazos desde los tiempos de escuela, a pesar de que el señor Critchley provenía de una familia adinerada pero sin títulos. Dichos lazos eran tan poderosos que habían sobrevivido a las numerosas ausencias de Alexander debido a sus compromisos navales.

Worthington apreciaba incluso mucho más a su amigo tras el accidente. Por su parte, Critchley había sido sistemático y motivador al punto de convertirse en casi una molestia para el capitán si de arrastrar fuera de casa a su amigo se trataba cuando creyó que ya estaba preparado para su siguiente desafío social.

Así fue como Alexander acabó en el salón de baile aquella noche: Richard había decidido que necesitaba relacionarse. Era un optimista sin remedio que jamás dejaría de tener esperanzas de que Worthington volvería algún día a ser el mismo que había sido hasta antes de la batalla de Trafalgar. Sin embargo, el capitán ya comenzaba a darse cuenta de que ello no ocurriría y, en honor a la verdad, luego de transcurridos algunos meses tras el accidente, tampoco estaba del todo seguro de querer que así fuera.

Capítulo 4

Alexander se hallaba en un dilema. Deseaba salir a dar un paseo aunque, para ser honesto, lo que deseaba era volver a ver a la señorita Basingstoke, pasar más tiempo con ella y desplazarse con la novedad de llevar a un perro como guía. Sin darse cuenta, la joven le había proporcionado cierta información que le resultaba perfecta: salía de paseo con el perro todas las mañanas. Pero había un solo inconveniente: Richard no estaba siempre dispuesto a acompañarlo. Solía llegar a casa a visitarlo cuando el sol ya estaba en lo alto, por lo tanto, esperar que estuviera levantado antes de que la multitud invadiera Green Park era demasiado pedir. Había sido un favor enorme el que le había hecho aquella única vez en que había paseado con él por el parque. Alexander le manifestó, de todos modos, la necesidad que tenía de respirar el aire fresco de la mañana y, aunque Critchley protestó vehementemente con respecto a la hora, aceptó escoltarlo. No habría podido enfrentarse a tal escenario más avanzado el día, cuando decenas de personas decidían congregarse en el lugar.

Además, sospechaba que Richard tal vez no se sintiera muy entusiasmado de acompañarlo si se daba cuenta de que lo que en realidad deseaba era seguir la pista de la señorita Basingstoke. No había presionado a su amigo cuando este se había resistido a describir a la dama en cuestión, pero estaba seguro que parte de los motivos que él tenía para desecharla era debido a la familia con la cual estaba emparentada. Cualquier hombre en su sano juicio tendría recelos de una pariente de Lady Basingstoke y de Serena, pero Alexander no podía evitarlo: se sentía tremendamente atraído hacia la muchacha. Ella era la única persona que había conocido, salvo Richard, que lo había tratado como un ser humano inteligente, había hecho comentarios simpáticos y no se había permitido a sí misma eludir el tema de la ceguera. Había sido alguien «normal» ante él y ansiaba el contacto con gente que dijera lo que pensaba y no lo que presumían se esperaba que dijesen, que no eran más que palabras vacías. El peor aspecto de su actual situación era la soledad y la falta de interacción con otras personas, más allá de sus sirvientes.

Pero la principal dificultad que en ese momento enfrentaba era cómo lograr llegar a Amelia. No estaba dispuesto a visitarla, pues tal idea lo pondría de lleno en las garras de Lady Basingstoke y deseaba evitar el contacto con Serena a como diera lugar. Por lo tanto, debía hallar la manera de pasear por Green Park a la misma hora en que ella probablemente paseaba.

Finalmente decidió que Peterson sería un buen sustituto de Richard para tal necesidad. El fiel ayuda de cámara comenzó a escoltar a su señor sin protestar, aunque el aire de las mañanas aún estaba fresco y el suelo todavía levemente escarchado. Recorrieron los diversos senderos del parque durante tres días seguidos hasta que el cuarto día Alexander al fin pudo oír a la señorita Basingstoke llamando a Sansón y el golpe seco de las patas del perro corriendo en todas direcciones sobre la hierba. Peterson se puso rígido ante la aparición de tamaña bestia, pero Alexander ni siquiera necesitó tranquilizarlo, pues el perro se detuvo abruptamente en actitud inofensiva delante de ellos.

-Buenos días, Sansón -saludó Alexander.

Aquellas palabras fueron la inmediata señal que el perro necesitaba. Se movió en torno al capitán tal como había hecho en el primer encuentro, presionó para introducirse en el estrecho espacio que se formaba entre él y Peterson hasta finalmente instalarse a su costado izquierdo. Recibió la caricia en el cuello que tanto parecía gustarle y se sentó pacientemente a la espera de que Amelia los alcanzara.

-¡Sansón! -le llamó la muchacha, respirando con dificultad por el esfuerzo de la carrera mientras se acercaba al grupo-. ¡Lo lamento muchísimo! Estaba demasiado lejos de mí. No tenía idea que se trataba de vos cuando comenzó a correr.

-¿Me extrañasteis, muchacho? -preguntó Alexander, rascando cariñosamente la cabeza del perro.

-Ciertamente parece feliz de volver a veros -comentó Peterson observando con recelo al imponente animal.

-No os hará daño -lo tranquilizó Amelia-. Es tremendamente escandaloso, pero no reviste peligro alguno.

-Estoy seguro que eso es lo que todos los amos dicen de sus perros -resolló Peterson-. Preferiría que fuera mantenido con correa.

-¡Peterson! ¡No seáis tan desconfiado! -exclamó Alexander en tono de chanza-. ¡Pero si es tan dócil como un cordero!

-Un cordero de proporciones enormes y dientes gigantes -respondió Peterson sin temor a decir lo que realmente pensaba.

Amelia rio de buena gana.

-¡Jamás había sido comparado con un cordero hasta ahora! Pero es cierto: no es feroz en lo absoluto. A decir verdad, jamás le ha hecho daño a nadie, salvo uno que otro lengüetazo en la cara a quien quiera que se encuentre lo cual, admito, no siempre es bienvenido -aseguró al ayuda de cámara.

-¿Y bien, señorita Basingstoke? No nos habíamos encontrado con vos por varios días. ¿Acaso teníais desatendido a Sansón? -preguntó Alexander.

Amelia sintió cierto placer de saber que había sido echada en falta en el parque, pero rápidamente reprimió tal sentimiento. No tenía ningún sentido que se dejara llevar así por la ilusión. Aquel hombre estaba fuera de su alcance, estuviera ciego o no.

-Debí ayudar a mi tía en ciertos quehaceres, así que no me fue posible sacarlo a dar nuestro habitual paseo. El pobrecillo tuvo que contentarse con una corta caminata alrededor de la plaza cercana a donde vivimos.

-Vaya, Sansón. Yo también me siento algo desilusionado. Extrañé vuestra compañía -replicó Alexander-. ¿Podemos volver a unirnos a vosotros, señorita Basingstoke? La sensación de tener a Sansón pegado a mi pierna me dio gran seguridad al caminar la última vez que nos vimos.

-Por supuesto -respondió Amelia, sonriendo para sí misma. Era buena cosa que no se hubiera entusiasmado en demasía al oír las palabras de Alexander. Él había extrañado al perro, no a ella. -Sin embargo, no puedo prometeros que se comportará tan bien como la vez anterior.

Pero Sansón le demostró a Amelia que estaba equivocada. Se mantuvo todo el tiempo pegado a la pierna de Alexander, una vez más con el cuerpo algo más adelantado. El capitán dejó descansar su mano sobre el cuello del animal y así avanzaron juntos cómodamente. Aquella postura era posible debido a la envergadura del perro. Se trataba de una criatura enorme y la mano de Worthington se apoyaba con total naturalidad en él.

-Jamás había hecho nada de esto antes -reflexionó en voz alta Amelia mientras avanzaba con el grupo.

-Tal vez él logra percibir que necesito ayuda -argumentó Alexander.

-Pero en realidad no la necesitáis. Contáis con el apoyo de la persona que camina junto a vos.

-¿Será que tal vez piensa que es capaz de hacerlo mejor? -preguntó el capitán riendo al oír el gruñido de protesta de Peterson.

-Es probable. Siempre cree que es el mejor en todo. Tío Jeremy dice que se niega a ir en busca de las aves que caza cuando lo lleva con él para que cumpla esa tarea. Afirma que Sansón lo mira con expresión de disgusto y se echa en el piso como dando a entender que él es demasiado bueno para tan pedestre misión. Lo habría vendido, solo que siempre ha sido considerado un animal inútil a los ojos de todos quienes lo han visto alguna vez en acción. ¡Pobre tío Jeremy!

-¡Pobre Sansón! -exclamó Alexander saliendo en defensa de su nuevo amigo-. Preferiría mil veces tenerlo a mi lado que perdiendo el tiempo en busca de aves muertas.

Mientras caminaban, Worthington no hacía más que preguntar sobre temas que permitían las reglas de cortesía, no obstante ardía en deseos de averiguar más detalles sobre la jovencita. No habría sido correcto hacer las preguntas que quería hacer estando Peterson presente y tan cerca de ambos. Sabía que su ayuda de cámara no iría con chismes a ningún lado, pero de todos modos su presencia volvía la situación más incómoda dificultándole plantear preguntas de índole personal.

No obstante la presencia de Sansón, Alexander aún se veía en la necesidad de enganchar su brazo al de Peterson como otro medio de apoyo. No pudo evitar, una vez más, maldecir su ceguera. ¿Acaso jamás volvería a disfrutar de un momento de privacidad en toda su vida?

Al alcanzar las puertas del parque desde donde se habían separado la última vez, Alexander tuvo un destello de inspiración.

-Señorita Basingstoke, ¿podría pediros algo?

-Naturalmente -respondió Amelia mientras le ataba la correa al perro.

-Como ya hemos notado, Sansón pareciera considerarme como alguien a quien él debe ayudar. Si nos reunimos mañana junto a estas mismas puertas, ¿no os importaría si os acompañara sin el apoyo de mi ayuda de cámara para caminar tan solo con el perro?

Worthington estaba corriendo un gran riesgo. Aunque el animal ya lo había ayudado en dos ocasiones, nada garantizaba que volviera a hacerlo. Si se desbandaba en medio de Green Park, la señorita Basingstoke se vería obligada a salir tras él, dejándolo potencialmente solo en medio de un enorme espacio abierto. Sin embargo, arriesgándose a proponerlo, podría estar al aire libre sin ayuda de nadie por primera vez desde Trafalgar, además de disfrutar de la compañía de una dama a quien deseaba conocer mejor.

Amelia parecía estar teniendo sus mismas dudas y temores.

-Admito que se ha comportado estupendamente bien en las dos ocasiones en que se han encontrado vos y él, pero...

-Os aseguro que no os recriminaré ni a vos ni al perro si su comportamiento es otro. Os prometo que si precisáis salir tras él, me quedaré absolutamente quieto en el mismo lugar en donde me abandone hasta que podáis volver y rescatarme -le garantizó Alexander.

No cabía duda de que la muchacha le atraía y ello había gatillado inicialmente su propuesta, pero ahora que lo pensaba, esta le parecía muchísimo más atractiva aún. Sería muy interesante observar cómo se sentía caminar tan solo con un perro como guía.

Amelia lanzó un suspiro.

-Pues creo que os sentiréis desilusionado, pero os encontraré aquí mañana de todos modos, si así lo deseáis.

A decir verdad, no podía darse el lujo de rechazar la compañía del capitán. Pasar tiempo a solas con un hombre como él podría convertirse fácilmente en la parte más memorable de su día.

-Os lo agradezco -respondió Alexander con una pequeña inclinación de cabeza-. Aguardaré ansioso el día de mañana.

-Tal vez acabéis lamentado esas palabras -exclamó Amelia al tiempo que oía la estruendosa risa de Alexander, quien se alejaba de regreso a casa junto a su ayuda de cámara.

-Más os vale no decepcionarlo, Sansón -le advirtió al perro acariciando su bello pelaje mientras comenzaba a jalar de la correa para emprender el camino de retorno.

***

Alexander había acordado con Peterson que este lo aguardaría en la primera banca que encontrara en el parque. Estando fuera de su alcance, el fiel sirviente no le sería de ninguna ayuda práctica, pero Alexander necesitaba de él para que lo escoltara hacia el parque y luego desde el parque de regreso a la casa. Si Sansón no se comportaba adecuadamente, el capitán se mantendría inmóvil en el lugar exacto donde lo había abandonado hasta ser rescatado. La idea de sentirse libre, así fuera por un breve tiempo, hacía que su corazón le latiera en el pecho emocionado. Además, su ánimo estaba exaltado al pensar que estaría acompañado de una muchacha. Aquel último tiempo había extrañado mucho la compañía femenina y la señorita Basingstoke parecía muy inteligente y su vivaz personalidad no hacía más que volverla todavía más atractiva.

Amelia se hallaba aguardando a Alexander junto a las puertas de ingreso al parque en donde habían acordado encontrarse. Aquel día había salido más temprano de lo habitual para permitir que Sansón liberara energía. Mientras estaba allí a la espera, le fue posible apreciar a Alexander mientras este se acercaba. No obstante depender de alguien para caminar, se desplazaba muy erguido. Llevaba los hombros rectos y daba pasos largos. Su imponente figura empequeñecía la de su ayuda de cámara, no obstante ser ambos de una estatura similar. Era la manera en que Alexander se sujetaba de él la que lo hacía parecer más alto que Peterson. Ya no vestía el uniforme de la Marina, pero lucía espléndido enfundado en una levita de un azul profundo, pantalones de gamuza y relucientes botas. Era un hombre irresistiblemente apuesto a los ojos de Amelia.

La muchacha sonrió conforme ambos caballeros se aproximaban, pero su sonrisa creció todavía más cuando Sansón lanzó un cariñoso ladrido y comenzó a mover la cola al darse cuenta de quién se acercaba.

-Y bien, Sansón. Sinceramente espero que aquel saludo sea una buena señal -comentó alegremente Alexander al llegar junto al perro.

Sansón comenzó a girar en torno al capitán, como ya era habitual en él, y se sentó a su lado izquierdo con la cola golpeando vigorosamente contra el suelo.

-¿Comenzamos, señorita Basingstoke?

-En cuanto os parezca -respondió Amelia.

La muchacha inició la marcha lentamente y de inmediato la siguieron Sansón y Alexander, el perro llevando el ritmo del paso de Amelia. Se sentía algo cohibida. Hasta ahora solo había estado junto a Alexander en presencia de otras personas. De un momento a otro, darse cuenta de quién era el hombre con quien en esos momentos se encontraba a solas pareció acobardarla. Worthington, por su parte, tenía la impresión de verse enorme caminando a su lado, lo cual era absurdo, pues ella se había sentado junto a él hacía tan solo un par de semanas. Amelia agitó la cabeza intentando apartar de su mente aquellos pensamientos ridículos que le dificultaban desenvolverse con naturalidad. Por primera vez en su vida no sabía qué decir.

-¿Podríais describir a Sansón para mí? -preguntó de improviso Alexander.

Él también se sentía bastante nervioso, aunque lo suyo tenía más relación con el hecho de depender completamente de Sansón, pero jamás admitiría su intranquilidad y pedir una descripción del animal era una buena manera de calmarse. Si podía formarse una imagen del mismo en su mente se sentiría más confiado.

-¿Además de gigantesco e incontrolablemente torpe, queréis decir? -respondió Amelia riendo.

-Es claro que no estamos de acuerdo en tal descripción -replicó Worthington con una ligera sonrisa y una caricia en la cabeza de Sansón.

-A decir verdad, yo tampoco coincido con sus detractores -confesó Amelia-. Intentaré describirlo, aunque me parece una tarea algo extraña: su pelaje es dorado y probablemente vos mismo podéis sentir al tacto que crece en largos rizos. Sus ojos son mi parte favorita; son casi negros y parecen reír eternamente, en especial cuando se apresta a hacer a alguna diablura.

-Es obvio que también es inteligente -añadió Alexander.

-Lo es. Cuando está contento, le cuelga la lengua por el costado izquierdo del hocico. No sé bien por qué, pero siempre es por ese lado.

-¿Cuelga ahora por la izquierda? -preguntó Alexander con viva curiosidad.

-Sí -respondió Amelia, enternecida ante aquel tono de infantil incertidumbre en la voz del capitán-. En cuanto os ve, la lengua sale de su hocico en señal de alegría.

-Eso me conforta...

Con tan pocos amigos en su vida actual, Alexander necesitaba imperiosamente conservar aquellos con los que sí contaba, aunque uno de ellos fuera una criatura de cuatro patas y dudoso carácter.

-Tiene la cola más frondosa que podáis imaginar -prosiguió Amelia-. Estoy segura de que si se hubiera dedicado a buscar aves muertas en medio del bosque tras la caza, esta se hubiera enredado entre los matorrales. Es agradable verla ahora golpeando ligeramente contra vuestra pierna mientras avanza. Y así podría describirlo físicamente. Sobre su carácter, ya conocéis algunos de sus rasgos, aunque hasta ahora solo habéis visto lo mejor de él.

-Ese «hasta ahora» sí que me atemoriza un tanto, pero lo está haciendo muy bien. No tengo palabras para explicar lo maravilloso que se siente poder desplazarse sin necesidad de ir aferrado al brazo de alguien -respondió el capitán ligeramente emocionado.

-Debe ser muy difícil pasar de la total independencia a la total dependencia -comentó Amelia.

Su voz sonaba empática, no lastimera.

-No podéis imaginaros cuánto...

Continuaron el paseo en absoluto silencio durante algunos minutos.

-Contadme sobre vos, señorita Basingstoke. No sé nada de vos.

Amelia se sonrojó intensamente, aunque se sintió aliviada de que su vergüenza no pudiera verse. Le facilitaba cierto grado de confianza el hecho que el hombre al que había admirado desde la primera vez que lo había visto tres temporadas atrás no pudiera verla a ella.

-No hay mucho que decir -respondió evasiva.

-Palabras propias de cualquier señorita modesta. Esperaba mucho más de vos... -respondió Alexander provocador-. No sé nada sobre vuestra familia.

Amelia volvió a recordar que jamás se habrían conocido de no ser por el accidente en Trafalgar y la posterior ceguera. Suspiró de manera casi imperceptible. Era preciso que mantuviera esa información siempre presente para que su absurdo corazón no creyera que se gobernaba solo. Sin embargo, nada podía impedirle que disfrutara de todos modos de la compañía de ese hombre.

-Soy parte de una familia de nueve hermanos -comenzó el relato-. Y la única mujer. A veces pienso que fui tan mimada como intimidada por mis ocho hermanos varones.

Alexander lanzó una carcajada.

-¿Ocho hermanos? ¡Pobre del que ose tomaros libertades con vos; tendrá dieciséis puños contra los que luchar!

-Si yo fuera la belleza de moda a la que admirar, así podría ser. Pero ya que soy una alhelí de tomo y lomo, creo que los caballeros de nuestro círculo social están a salvo - contraargumentó Amelia risueña.

No le importaban las bromas al respecto. Podía tomar lo que se dijera en el espíritu en el cual había sido dicho.

-El hecho de que tuvierais ocho hermanos a vuestras espaldas puede haber desalentado a más de un caballero. ¿Viven todos ellos en Londres?

-No, los dos mayores se han establecido cerca de casa y trabajan la tierra. De los dos siguientes, uno ingresó a la Marina y el otro se prepara para tomar los hábitos; esperamos que la orden lo envíe a cumplir su cometido no demasiado lejos. Sobre los menores, los dos más jóvenes aún están en la escuela, otro es aprendiz en una imprenta y otro en un bufete de abogados. Estamos muy orgullosos de todos ellos.

El tono que empleaba Amelia era ligeramente a la defensiva. Sabía muy bien lo que la alta sociedad británica pensaba sobre cualquiera que se ganara la vida fuera del ejército o del clero. Salvo aquellas dos, todas las demás profesiones estaban expuestas al ridículo.

Alexander había captado a la perfección aquel dejo en su voz y lo que ello escondía. A decir verdad, le había sorprendido su respuesta. Hallándose emparentada con Sir Jeremy Basingstoke, él había asumido que la muchacha provenía de una familia de mayor prestigio social de lo que así parecía ser.

-Sin duda vuestros padres deben sentirse orgullosos de toda la familia -replicó educado-. ¿En qué nave presta servicios vuestro hermano que ingresó a la Marina?

Amelia no pudo evitar sonreír. Era evidente que el capitán Worthington se interesaría más en su hermano dedicado al mar que en cualquier otro.

-A bordo del Agamenón.

-Una de las naves favoritas de Nelson, aunque, en mi opinión, no de las mejores.

-¿Por qué? -preguntó Amelia con tono de alarma, evidentemente preocupada por su hermano.

-¡Oh! ¡Nada por lo que debáis afligiros! -la tranquilizó Alexander-. Varó en Copenhague y siempre ha requerido ciertas reparaciones. Probablemente habría sido desguazada si no se la hubiera requerido en la guerra.

-¿Y que siempre requiera reparaciones se supone debe calmar mis preocupaciones?

Alexander esbozó una sonrisa.

-Cuidamos mucho de nuestras naves. Son tan valiosas como la tripulación misma, sino incluso más en ciertos casos. ¿Estuvo vuestro hermano en Trafalgar?

-Así es. Sus cartas exudaban alegría por el honor de haber participado en la batalla, aunque no le era del todo posible ocultar parte de los horrores que había presenciado.

-No hay batalla fácil para nadie, mucho menos para un muchacho -admitió Alexander-. ¿Qué rango tiene?

-Marinero de Primera, por ahora, pero tiene la esperanza de poder ascender a Suboficial muy pronto -respondió Amelia inflando el pecho con orgullo.

-Si se esfuerza, conseguirá ese rango y mucho más. Si hay un sitio donde el trabajo duro es recompensado es en la Marina. Espero que tengo éxito. Es una carrera excelente. Y ahora decidme: ¿cuánto tiempo lleváis viviendo con vuestro tío?

Worthington necesitaba cambiar de tema a como diera lugar. Una roca parecía oprimirle el pecho cada vez que la vida le recordaba lo que había perdido. Sentía que había nacido para ser hombre de mar y si volvía a caer en la cuenta que aquella vida lo había abandonado para siempre, la respiración se le entrecortaba.

-Esta será mi tercera temporada. Y me alegra decir que también la última -respondió Amelia emocionada.

-¿De verdad?

Alexander no sabía si le sorprendía que ella estuviera dichosa de regresar a casa o que ellos jamás se hubieran conocido con ocasión de su primera temporada. Ciertamente, él había estado ausente en la mayor parte de la segunda.

-Así es. Pronto cumpliré los veintitrés, hora de regresar al hogar y establecerme allí definitivamente. Vivir con mi tío me ha resultado muy estimulante, pero no puedo seguir así para siempre -replicó la joven intentado sonar agradecida por la acogida que le había brindado su familia londinense, pero la realidad era que estaría tremendamente agradecida de dejar Londres atrás de una buena vez.

Tenía veintidós años y solo había tomado parte en dos temporadas. Asumir la realidad de la posición de la familia directa de la muchacha en la sociedad tocó la fibra más sensible de Alexandre. Se sonrojó ligeramente al caer en la cuenta de ello, aunque con la esperanza de que ella no lo notara. La cruda y dura verdad era que jamás la había conocido en sus temporadas pasadas simplemente porque la muchacha pertenecía al grupo de personas al que él no prestaba atención. Nunca se habría comportado groseramente con nadie. ¡Oh, no! ¡El gran capitán Worthington no haría algo así! Pero lo cierto era que jamás se le habría pasado por la mente pedir la mano de ninguna dama de aquel desterrado grupo. Se sentía profundamente avergonzado de que ahora ella le interesara tanto considerando que, si aún estuviera sano, no la habría buscado en lo absoluto.

-Lamento muy sinceramente que nuestros caminos no se hayan cruzado antes -respondió en un susurro.

Hablaba francamente, aun luchando con la sensación de vergüenza que lo embargaba tras reflexionar sobre lo que hasta ahora había sido su carácter. Todavía recordaba las palabras que ella había empleado para describirlo en su primer encuentro.

-¡Oh, vos teníais a vuestros amigos, yo una serie de bancas de alhelíes que pulir! Ambos estábamos ocupados en lo nuestro -respondió Amelia evitando profundizar en el asunto, aunque ya había notado la congoja que teñía el rostro del capitán.

Tanto él como ella eran lo suficientemente inteligentes como para comprender la triste verdad por la cual no se habían conocido hasta ahora, lo que hacía que el corazón de Amelia se encogiera de dolor. La alta sociedad británica no estaba dispuesta a dar un solo paso más allá de sus herméticos círculos, a menos que el dinero de las clases bajas les hiciera falta. Amelia era una muchacha realista. No significaba un cumplido para ella el hecho de que él deseara estar en su compañía. Sansón era el que lo atraía, no ella.

Y hablando de ello, el perro se había comportado de manera impecable durante todo el paseo. La joven los había conducido a ambos siguiendo una trayectoria circular con el fin de poder regresar prontamente donde se hallaba el ayuda de cámara en caso de necesitarlo. Sintió alivio al ver a la distancia su figura dibujada sobre la banca al finalizar el trayecto. La necesidad de estar preparada para la catástrofe en caso de que Sansón decidiera hacer travesuras la había mantenido algo tensa durante la caminata. Sin embargo, el que las circunstancias le recordaran cuál era su real posición en la vida había sido un impacto mucho más duro de sobrellevar.

-Ya vamos de regreso hacia vuestro ayuda de cámara -le informó a Alexander-. Hemos llegado al final de nuestro paseo.

Worthington sintió deseos de maldecir por ya estar aproximándose a Peterson. Moría de ganas de poder decir mucho más, de rectificar cualquier cosa que pudiera haber sido malinterpretada durante la caminata, pero ya no era posible.

Amelia detuvo el paso y mientras Peterson se ponía de pie y ofrecía el brazo a su señor, aprovechó para llamar a Sansón a su lado. El perro parecía percibir que algo no iba bien en el ánimo que envolvía a la pareja, pues mansamente se despegó del lado de Alexander y se fue a sentar junto a Amelia.

-Señorita Basingstoke, no tengo palabras para expresar todo lo que este paseo y la sensación de libertad de esta mañana han significado para mí -exclamó emocionado Alexander.

No deseaba poner fin a aquella incipiente relación, aunque entendía que la atmósfera que se había generado entre ellos era resultado de que ambos habían caído en la cuenta de las razones por las que no se habían conocido antes. La lapidaria realidad de las interacciones sociales londinenses lo había impedido y, en muchos sentidos, también la actitud arrogante del propio Alexander Worthington.

-Ha sido un placer -replicó Amelia con educación-. Y Sansón ciertamente parece haberlo disfrutado mucho.

-¿Un nuevo paseo sería pedir mucho? -preguntó ansioso el capitán.

No quería que aquella fuera la única vez que pudiera gozar de libertad de desplazamiento, pero había mucho más aún: deseaba fervientemente una oportunidad para entenderse con Amelia. La opinión que ella pudiera tener de él de pronto se había vuelto tremendamente importante.

Por su parte, Amelia dudaba. Evidentemente deseaba pasar más tiempo en compañía de Alexander. Lo tenía clavado en la mente desde la primera vez que lo había visto en los salones de baile. El problema era que, mientras más lo viera y más charlara con él, más difícil sería olvidarlo cuando llegara la hora de regresar a casa. Y olvidarlo era la única opción posible para ella cuando eso ocurriera.

-No lo sé... -balbuceó tímidamente antes de ser interrumpida.

-Os lo imploro -insistió Alexander.

Tal vez ya no pudiera mirar a los ojos a las personas con las cuales se relacionaba, pero no por ello su expresión era menos suplicante debido a la falta de interacciones normales.

-Aquí os estaré aguardando mañana a esta misma hora -replicó la muchacha, haciendo caso omiso a cualquier clase de sentido de la prudencia. Su súplica había sido completamente sincera; no podía rechazarlo.

Capítulo 5

Un soplo de alivio se escapó de boca de Alexander al oír el amistoso ladrido de Sansón. No estaba del todo seguro de que la señorita Basingstoke asistiera al encuentro, a pesar de que le había dicho que sí lo haría. La tarde anterior, mientras reflexionaba sobre su última conversación, cayó en la cuenta de que la había presionado demasiado para que se volvieran a ver. Había pasado la noche en vela angustiado porque Amelia pudiera estar reconsiderando la decisión y jamás volviera a tener contacto con ella. Se había convencido a sí mismo de que era la libertad que le brindaba la compañía de Sansón lo que más anhelaba. Pensar que lo que en realidad anhelaba era estar junto a la joven solo le ocasionaría más temores e inseguridades y todavía no se sentía preparado para enfrentar una situación así.

-Buenos días, señorita Basingstoke... Sansón... -saludó mostrando un aplomo que estaba lejos de sentir. Se tranquilizó bastante cuando Sansón tomó automáticamente su lugar a su izquierda y pudo acariciar el cuello del peludo animal. Sintió en seguida su cola golpeando suavemente contra sus piernas e imaginó de inmediato su lengua colgando por el costado izquierdo del hocico.

-Buenos días -respondió Amelia. Sonreía a pesar del nerviosismo que la embargaba.

-¿Podríamos tomar una ruta diferente a la que tomamos el día de ayer? -preguntó Alexander, ansioso por comenzar el paseo-. Si pudierais describir los senderos por los que avanzamos, tal vez podría reconocer el lugar donde nos hallamos.

-¡Claro que sí! -replicó Amelia en seguida.

Comenzó la marcha tal como lo había hecho el día anterior, aunque esta vez dando cuenta en voz alto del trayecto: los árboles que circundaban el entorno, los senderos que ella y el capitán seguían y la dirección que tomaban, además de las zonas con bancas para hacer un descanso y las estatuas ornamentales junto a las que pasaban.

-Esto se siente algo extraño... -admitió Amelia en voz alta mientras avanzaba.

-¿Caminar junto a mí? -preguntó Alexander.

-¡No! -replicó la muchacha esbozando una sonrisa-. Me refiero a describir objetos y rincones del parque que creo que vos podríais reconocer. Necesito hallar palabras objetivas que los describan sin recurrir al clásico lenguaje florido que se emplearía al hablar sobre una pieza de arte o una pintura. Es decir, explicar la realidad más que prestar atención a los aspectos pintorescos de ella.

-Pues lo estáis haciendo muy bien. No podéis imaginar lo frustrante que resulta oír algún sonido y no tener la menor idea a qué corresponde.

-Debe haceros sentir muy vulnerable... -reflexionó la joven.

-Así es, aunque estoy intentando acostumbrarme a la noción de estar en las sombras en más sentidos que el meramente físico.

La triste sonrisa que siguió a las palabras de Alexander rasgó el corazón de Amelia. No sentía lástima por él, pero sí deseaba hacerle las cosas más fáciles.

El capitán escuchaba atentamente las descripciones de la joven y, una vez que estuvo seguro de la ubicación en que se encontraban, la interrumpió.

-Debemos hallarnos en las proximidades de una gran haya roja -exclamó, prácticamente seguro de que estaba en lo cierto.

-¡En efecto! -replicó Amelia entusiasmada.

-Existe un pequeño claro con bancas para sentarse por aquí cerca, ¿no es así?

-Así es.

-¿No os importa si tomamos asiento por un momento?

Recibido el consentimiento de Amelia, le pidió que se detuvieran antes de llegar a la banca elegida.

-Voy a intentar hacer algo con Sansón -exclamó.

- No olvidéis que Sansón nunca se ha comportado bien durante un tiempo demasiado largo, por lo tanto, ponerlo a prueba tal vez no sea la mejor idea -le advirtió la joven adoptando cierta postura de alerta aunque con el mayor tacto posible.

-No os preocupéis. Es tan solo un pequeño experimento que deseo hacer; no tiene importancia si falla. Ocurre que al reflexionar sobre nuestro paseo del día de ayer caí en la cuenta de algo -se explicó Alexander, deseoso de compartir su idea con ella-. Nunca disteis a Sansón ninguna instrucción sobre si girar a derecha o a izquierda en ninguno de los senderos por donde anduvimos.

-No, no lo hice. Pero él podía ver mis movimientos. Yo caminaba junto a vos -replicó Amelia no del todo segura hacia dónde conducía la conversación.

-Así es, pero fue solo al regresar a casa junto a Peterson que me di cuenta de algo. Sansón había estado ejerciendo una suave presión contra mi pierna durante todo el trayecto. Sin yo notarlo, él guiaba mis pasos en la dirección correcta. Fue solo cuando ya no lo tuve pegado a mí que percibí lo que había hecho -exclamó Alexander emocionado.

En efecto, Worthington había echado en falta aquella presión del cuerpo del animal cuando ya no estaba allí. Ignoraba si aquello lo había hecho por alguna razón concreta o de manera espontánea, pero de algo sí estaba seguro: se sentía infinitamente más confiado con el perro pegado a él.

-Tal vez haya sido mera coincidencia -replicó Amelia con cierta reserva. Siempre había sido la mayor defensora de las bondades de Sansón, pero aún ella entendía que el perro tenía sus limitaciones.

-Os lo ruego: complacedme en esto -imploró Alexander-. Vos guiais mientras yo repito en voz alta la palabra «banca». No espero que funcione en seguida, pero tengo la esperanza que si lo intentamos día a día, él llegará a comprender lo que se le ordena.

Amelia se giró, comenzó a avanzar hacia la banca y Sansón la siguió de inmediato. Alexander se mantuvo durante todo aquel corto trayecto repitiendo «banca, banca, banca, Sansón». Finalmente alcanzaron el objetivo, tomaron asiento y Alexander premió a Sansón extrayendo una pequeña galleta para él de su bolsillo.

-Esa es la forma perfecta de recompensarlo. Os amará por siempre si lo premiáis así cada día -exclamó Amelia riendo alegremente mientras Sansón engullía su pequeño premio de un mordisco y luego presionaba su nariz contra la mano de Alexander solo para cerciorarse de que se había comido el obsequio entero.

-Se lo ha ganado. No tengo palabras para expresar lo maravilloso que es no tener que sostenerse de otra persona a cada paso que se da. Sé que vos estáis ahí si es que algo no va bien, pero me siento tremendamente seguro con él. No da la impresión de querer salir huyendo.

-Debe haber sido muy duro aprender a aceptar que se necesita ayuda. No imagino que os resultara demasiado natural -comentó Amelia con más audacia de la que habitualmente hubiera empleado.

Alexander rio suavemente.

-Gracias a Dios mi hermano me reprendió con dureza al darse cuenta de que yo trataba muy mal a todo el que intentaba ayudarme.

-¡Hombre valiente! -exclamó Amelia sorprendida-. He observado vuestra expresión cuando algo o alguien os disgusta.

Es cierto que ella lo consideraba el hombre más apuesto del mundo, pero no se engañaba con respecto a su carácter: había visto a muchos escabullirse a kilómetros de distancia ante una sola mirada de fuego suya.

Alexander recordó entonces lo que la joven había dicho al respecto cuando se conocieron.

-Al parecer vuestra opinión sobre mi comportamiento en el pasado es deplorable.

Amelia enrojeció intensamente. No podía ser del todo honesta con él. ¿Qué le diría? ¿Que le parecía el hombre más atractivo de la sociedad londinense? ¿Que a pesar de todos sus defectos se le aceleraba el corazón cada vez que lo veía? Pues no. Tal vez charlara con él de una forma que no charlaba con nadie, pero en esto no podía permitirse licencias. Incluso ahora, sentado en aquella banca, lucía masculinamente espléndido, con la espalda recta, ligeramente inclinado hacia adelante y sus manos sobre cada rodilla tal como si estuviera listo y dispuesto para entrar en acción en el momento indicado.

-Suelo hablar antes de pensar. De hecho, lo hago a menudo. Os ruego ignoréis lo que os dije la primera vez que nos vimos. Me comporté muy frívolamente y aquello fue muy grosero de mi parte.

-Pues creo que tan solo estabais siendo auténtica. Mi hermano opinaría igual que vos, si le preguntarais. Jamás me había visto a mí mismo de la manera en que vos o Anthony me describís, pero creedme que he debido hacer frente a todo ello descarnadamente durante estos últimos meses. Reflexionar sobre mi carácter no ha sido una experiencia muy agradable que digamos, pero sí necesaria si tenía que vérmelas con la pérdida de mi vista y comenzar a vivir nuevamente.

-Pues ya habéis tenido suficiente sin además tener que cambiar vuestra personalidad -salió en su defensa la muchacha.

-¿Haría sentido si os dijera que estoy feliz de que el cambio haya tenido lugar? ¡Oh, no me malinterpretéis! No estaba feliz en un comienzo y me parece que aún debo seguir esforzándome por aceptarlo. Sin embargo, no puedo dejar de pensar que, si hubiera muerto en la batalla y todo lo que hubiera dejado de recuerdo en la mente de las personas que no me conocían en profundidad era mi carácter «flemático, de gesto adusto y reservado», me habría entristecido enormemente.

-¿Alguna vez me permitiréis olvidar aquellas odiosas palabras? -preguntó Amelia sumida en la vergüenza.

-Probablemente no -replicó Alexander con una cautivadora sonrisa que llenó de luz y vida su semblante. Amelia sintió que le faltaba el aire. El capitán era un hombre atractivo incluso sin sonreír, pero cuando sonreía aquel rostro suyo se volvía sublime.

Y entonces, sin pensarlo, Worthington extendió una de sus manos con la palma hacia arriba aproximándola a Amelia y, aunque ella pareció inicialmente dudar, finalmente cedió colocando su mano en la palma de la suya.

Alexander estrujó aquellos dedos enguantados. Se sentían pequeños con respecto a su vigorosa mano masculina. Aquella era la primera vez que tenían contacto físico y este le dio a Alexander una idea de la contextura general de la muchacha. Era claramente una mujer delgada y su mano muy pequeña y fina. Lo invadió un deseo incontrolable de ser osado, mucho más de lo que lo habría sido en otras circunstancias, y dejó que su mano libre recorriera los finos dedos de la joven hasta llegar a la muñeca. Se llenó de dicha al oír una ligera y espontánea inspiración de placer por parte de la joven. Aquella era la primera respuesta positiva que recibía de una mujer ante una incursión amorosa suya en más de un año y le exigió un gran esfuerzo sobreponerse a la potente impresión que le causaba. Pero la última cosa que necesitaba en este mundo era presionarla demasiado o insultarla de algún modo para acabar abandonado en una banca en medio de Green Park.

Inspiró profundamente e intentó recobrar la compostura. Nunca había sido de los que se aprovechaban de una jovencita inocente y ciertamente aquella no sería la primera vez.

-Señorita Basingstoke, no dudéis ni por un segundo que tengo presente la enorme deuda que he contraído con vos.

Amelia se ruborizó intensamente mientras sentía que el corazón se le desbordaba. La mano del capitán sujetaba la suya con energía y confianza, pero cuando empleó la otra mano para explorar la suya necesitó de toda la fuerza de voluntad que pudo reunir para no desfallecer.

Nunca había sido una muchacha débil o vulnerable, pero sentir el tacto de aquel hombre estuvo a punto de convertirla en una de ellas.

-No es necesario agradecerme nada. Me alegra estar aquí... -replicó con una voz más suave de lo que le era propio.

Era verdad. Se sentía dichosa de estar con él. Pero pronto cayó en la cuenta que estaba actuando como una chiquilla tonta, maldijo su propio comportamiento e intentó apartar de sí cualquier pensamiento absurdo.

Alexander estrujó todavía más su pequeña mano antes de liberarla.

-No deberíais descartar de plano el enorme gesto que habéis tenido conmigo. Ojalá existiera algo que pudiera hacer por vos en retribución.

-¿Quizás hallar algún barco que raptara a mi tía y a mi prima? -sugirió Amelia risueña.

-¿Tan terribles son? -preguntó Alexander intrigado.

La reputación de ambas mujeres había sido motivo suficiente para mantenerlo siempre a una distancia tal que desconocía casi por completo detalles sobre ellas y su manera de actuar.

-A decir verdad, han sido muy amables en acogerme estas últimas temporadas, pero extraño mucho el campo y a mi familia -replicó Amelia, a quien no le pareció educado mostrarse desagradecida con sus parientes ante alguien que era prácticamente un extraño.

-Creo que puedo entenderlo... -respondió Alexander evitando presionarla para que le brindara más información. No habría sido amable de su parte hacerlo, aunque era evidente que ella no era feliz junto a sus parientes londinenses. Había percibido la rigidez de su cuerpo la noche en que se conocieron segundos antes de que su tía se aproximara-. Debe ser un cambio muy grande para vos, todo muy distinto a la vida de hogar.

-Lo es. El campo otorga mucha mayor libertad, a diferencia de la ciudad donde cada mínimo movimiento es observado y comentado. Me alegra saber que no soy lo suficientemente importante para atraer demasiada atención, pero incluso así debo ser prudente. ¡Es agobiante! -replicó Amelia con énfasis.

Para su gusto, la atención que su tía y su prima llamaban era excesiva. Todo Londres parecía estar pendiente de lo que hacían, ello con el fin de evitar, naturalmente, que Serena se saliera con la suya y acabara atrapando a algún desprevenido caballero. Sin embargo, la situación hacía la vida insoportable para todos quienes rodeaban a las dos mujeres.

Pero Amelia prefirió hacer a un lado el tema de sus parientes.

-De seguro extrañáis muchísimo el mar.

Sus palabras fueron una afirmación más que una pregunta. Ya conocía lo suficiente a su acompañante como para saber que debía estar sufriendo de una forma tal que superaba lo meramente físico.

-En efecto -respondió reflexivo Alexander. Nadie hasta ahora le había mencionado el mar, nadie había sido capaz de comprender la importancia que este tenía en su vida-. Cada día que pasa anhelo volver a estar cerca del mar, pero no estoy seguro de que alguna vez me anime a regresar.

-No podríais verlo -acotó Amelia interpretando correctamente la reticencia del capitán-, pero sí podríais oírlo y olerlo...

-Aunque ahora estoy lejos del mar, jamás podré olvidar el sonido de las olas al romper sobre la arena o aquel olor marino que no se parece a nada más que conozca en esta vida. Me fascina el graznido de las gaviotas y la manera en que revolotean en círculos sobre los botes pesqueros que se aproximan al muelle. Nunca he logrado dormir del todo bien en tierra. Parece ser que necesito oír el sonido de las olas para conseguir reposar profunda y verdaderamente. Siempre he dicho que las olas parecieran acunarme hasta hacerme dormir, pero en realidad es mucho más que eso, muchísimo más que eso... -exclamó Worthington profundamente emocionado.

Mientras hablaba se había reclinado hacia atrás en la banca y extendido las piernas en frente de él. Un extraño que por allí pasara habría pensado que se encontraba totalmente relajado debido a su postura, pero Amelia pudo notar su triste expresión y supo que íntimamente estaba sufriendo muchísimo. El accidente se había llevado consigo mucho más que su vista.

-No logro imaginar de dónde conseguís la fuerza que necesitáis para enfrentar cada día. Sois muchísimo más valiente de lo que la gente siquiera imagina -comentó la muchacha con ternura.

Pero Alexander hizo un gesto que indicaba que discordaba.

-Mi hermano no estaría de acuerdo. Debió llamarme al orden para que me comportara como el caballero que correspondía en lugar de la bestia cobarde en que me había convertido.

-Pero todo eso ya ha quedado en el pasado -replicó Amelia poniéndose de pie aunque deseosa de continuar la charla. Ya habían estado inactivos durante demasiado tiempo y no era prudente que permanecieran allí sentados sin la compañía de una chaperona. No le importaba demasiado que fuera vista paseando con Sansón sin chaperona, pero ser atrapada en una banca junto a un caballero los colocaría a ambos en la línea de fuego de toda clase de conjeturas sobre su relación-. Venid, veamos si Sansón os regresa a la banca si nos alejamos un poco de ella.

Alexander se puso de pie e inmediatamente Sansón se ubicó en su posición habitual a su izquierda.

-Muy bien, muchacho. Guiadme.

El perro pareció comprender y comenzó a avanzar llevando al capitán hacia adelante. Amelia los siguió aunque ligeramente rezagada; le interesaba confirmar que el perro no aguardaba que fuera ella quien lo guiara.

Cuando ya habían avanzado cierta distancia hacia la banca que acababan de dejar vacía, Alexander se detuvo y se giró ligeramente, de cara hacia el tramo ya recorrido. Sansón no se movió de su lado y el capitán rascó cariñosamente el cuello del animal.

-Vamos, Sansón. Sé que podéis hacerlo –le susurró inclinándose hacia él.

Volviendo a su posición erguida, esta vez dijo en voz alta:

-¡Sansón, banca! ¡Sansón, banca!

El perro retomó la marcha mientras Alexander repetía las mismas palabras una y otra vez. Avanzaban muy lentamente. El capitán dudaba y Sansón parecía sentir la incertidumbre y los nervios del amo, por lo tanto, caminaba a menor velocidad que la habitual.

Amelia, por su parte, observaba atentamente al animal. Se lo veía notoriamente contento, moviendo la cola como de costumbre, aunque de manera más pausada. Cada vez que Alexander hablaba, Sansón alzaba la mirada, erguía las orejas y lo observaba. Amelia percibía la enorme concentración que se dibujaba en el rostro de Alexander. Se mantuvo a cierta distancia sin intervenir; su mayor deseo era que Sansón tuviera un buen desempeño.

Luego de lo que le pareció una eternidad, Alexander pudo notar de pronto que el perro se detenía hasta que finalmente sintió el duro fierro de la banca golpear ligeramente contra su pierna. Se inclinó para tantear la estructura y se giró inmediatamente hacia Sansón para felicitarlo.

-¡Buen muchacho! ¡Buen muchacho! -exclamó mientras acariciaba su largo pelaje con efusividad hasta alborotárselo por completo-. ¡Sois excelente! ¡Bien hecho!

Amelia se reunió con ellos dichosa por el resultado, mientras extendía una mano para mimar a Sansón en compensación.

-¡Lo ha conseguido! ¡Bien hecho, Sansón! -exclamó, aliviada de que el animal se hubiera comportado de manera tan impecable.

-Señorita Basingstoke, tenéis un perro verdaderamente extraordinario -exclamó Alexander, arrobado por el placer de haber conseguido hacer algo sin la ayuda de otro ser humano.

-Hay muchos que no concordarían con tal afirmación pero, en este momento, ¡cómo podría decirse lo contrario! -concedió Amelia.

Creyó entender por qué Alexander se sentía a tal punto orgulloso y ello pareció tocarla en lo más hondo. Había logrado desplazarse hasta un lugar específico en medio de un espacio abierto con tan solo Sansón como guía. Aquello debía haberle resultado liberador.

-Pero me temo que ya es hora de llevar a Sansón de regreso a casa. Hemos estado fuera más tiempo del que habituamos -acotó.

El rostro de Alexander se ensombreció.

-¡Oh, vaya! Por supuesto. He sido muy egoísta. ¿Podréis reuniros conmigo nuevamente mañana? -preguntó con el fervoroso deseo de mantener la sensación de euforia y expectativa con respecto a los futuros logros de Sansón.

-Haré todo lo posible -replicó Amelia-. Asistiremos a otro baile esta noche, pero supongo que mañana no estaré demasiado cansada de tanto bailar.

Las palabras fueron dichas en tono de broma, pero Alexander detectó una cierta nota de tristeza en ellas.

-Todos aquellos hombres son unos verdaderos bobos, aunque admito que me beneficia que ellos se pierdan lo que yo gano. Extrañaría muchísimo nuestros paseos matutinos si algún día decidieran cambiar de opinión.

Amelia sabía que aquel cumplido iba principalmente dirigido a Sansón, aunque no quiso ahondar en el asunto. En realidad muy poco importaba si el objeto de su interés no era ella. Al menos tenía el privilegio de pasar tiempo en compañía de un hombre tremendamente apuesto e interesante como él.

Tendría que dar un gran premio a Sansón cuando regresaran a casa; se había esforzado muchísimo.

Alexander describió efusivamente a Peterson, al regresar junto a él, los nervios y la euforia que había sentido tras el logro de caminar solo junto a Sansón. Se lo veía animado y con la sonrisa pegada al rostro, lo que complació mucho a Amelia. Pero muy pronto debió decir adiós y colocar la correa al perro para regresar a casa.

Sansón se mantuvo tranquilo durante todo el trayecto de retorno y Amelia se preguntaba si concentrarse tanto para satisfacer al capitán tal vez lo agotaba en igual medida que una alocada carrera a campo traviesa.

Dejó a Sansón junto a la servidumbre tras persuadir a la cocinera de que lo premiara con un buen hueso. El perro se instaló de inmediato sobre su manta para disfrutar a sus anchas del inesperado premio. Su cola golpeaba contra el piso empedrado cada vez que alguien lo observaba y no parecía tener intención alguna de moverse de allí hasta que el hueso en cuestión hubiera sido devorado.

Amelia retornó a la casa principal. Necesitaba cambiar su vestido para estar lista y dispuesta a cumplir cualquier tarea que su tía tuviera planeado encomendarle.

Sin prestar demasiada atención a sus pasos, por poco se estrella con Serena en la escala, quien en esos momentos descendía desde su habitación.

-¡Mirad por dónde vais! -espetó la muchacha con voz estridente.

-Lo lamento. Iba distraída -se disculpó Amelia.

-Vuestras botas están hechas un desastre. ¿Habéis estado paseando a esa bestia otra vez? -preguntó observando con sorna el atuendo de su prima.

-Así es. Se calma si lo obligo a hacer ejercicios. Es mejor para él y para los sirvientes -explicó Amelia pacientemente, aunque no tenía la menor intención de informarle que en los últimos días, la vida le había sonreído también a ella.

-Me parece pintoresco que pongáis las necesidades de un animal y de la servidumbre por sobre vuestra propia apariencia. No me cabe duda de que todo el mundo os elude. Probablemente apestáis a perro dada la gran cantidad de tiempo que pasáis junto al animal -exclamó Serena haciendo una mueca de desprecio.

-Más bien diría que todo el mundo me elude porque se sienten aterrados de que, dado mi apellido, los engañe para atrapar algún hombre -espetó Amelia.

Serena enrojeció intensamente llena de ira ante aquella osada respuesta.

-Me alegraré cuando podáis regresar al mísero agujero de donde habéis salido al finalizar la temporada -gruñó furiosa.

-Os aseguro que no tanto como yo me alegraré de dejaros a vos. ¡Cuento los días! -replicó Amelia girando en torno a su prima para esquivarla y seguir su camino.

Usualmente no permitía que la ira la gobernara de esa forma, pero tampoco estaba dispuesta a que Serena se saliera con la suya al lanzar tales comentarios. Sin duda alguna, habría pasado una mucha mejor estadía en Londres sin la maldición de estar emparentada con su tía y su prima. Probablemente tampoco hubiera recibido ninguna propuesta de matrimonio -una muchacha sin dote quien además no se destacaba por ser rabiosamente bella difícilmente se encontraría en los primeros lugares de la lista de opciones de un potencial pretendiente-, pero al menos podría haber conocido a algunos muchachos y, por consiguiente, haber disfrutado de más fiestas y bailes.

Una vez cambiado su abrigo y ropa de paseo por su sencillo vestido diurno de muselina, su jornada transcurriría como siempre lo hacía: a entera disposición de su tía. En aquella ocasión resultó evidente que Serena había informado a su madre sobre lo que Amelia le había dicho, pues los hirientes comentarios de la mujer fueron particularmente duros. En definitiva, fue un alivio para ella que le prohibieran asistir al baile de esa noche aludiendo falsas excusas; así pudo irse a la cama a una hora razonable soñando con el nuevo encuentro de la mañana siguiente.

Capítulo 6

Amelia y Sansón se dirigieron al parque según lo planeado. La muchacha seguía prefiriendo llegar con anticipación para permitir al perro liberar algo de energía antes de encontrarse con Alexander. Tras los acontecimientos de la jornada anterior, se sentía ansiosa por saber qué novedades traería aquel nuevo día. Intentaba convencerse a sí misma de que lo que hacía era ayudar a Alexander como cualquier buen samaritano lo haría y así evitar sentirse emocionada ante la idea de pasar una hora al día en compañía de un hombre tan apuesto como él.

Pero quizás su dicha no habría sido tanta si hubiera sabido en qué dirección se inclinaban los pensamientos del joven. Worthington había pasado gran parte de la tarde y de la noche anterior intentando imaginar en qué forma podía utilizar a Sansón en su beneficio. Sus reflexiones ya iban mucho más allá del mero encuentro diario con el perro: deseaba pasar mucho más tiempo con él. Quería que Sansón le perteneciera. Las amplias posibilidades que significaba tener a su disposición a un perro que pudiera guiarlo gracias a simples instrucciones, dibujaban un futuro para él como nada en este mundo lo había hecho hasta ahora desde Trafalgar. Seguramente las personas lo considerarían un excéntrico por emplear a un perro como guía, pero estaba dispuesto a pagar ese precio si ello significaba para él conquistar algo de libertad.

Sin embargo, había un problema que resolver: no podía simplemente presentarse en la puerta de los Basingstoke solicitando comprar al perro, lo que sería considerado un comportamiento rudo e inapropiado. Además de ello, hacer algo así pondría a la señorita Basingstoke en una difícil posición y a él en bandeja de plata ante Serena, algo que deseaba evitar a toda costa. Necesitaba meditar cuidadosamente los pasos a seguir.

El capitán oyó a la distancia, como ya se estaba habituando, el cálido ladrido de recibimiento de Sansón conforme se acercaba junto a Peterson hasta las puertas del parque. Sonrió complacido al reencontrarlo.

-Buenos días. Espero que ambos os halléis estupendamente.

Amelia no pudo ocultar la amplia sonrisa que se dibujó en su rostro.

-Es primera vez en mi vida que comparto el mismo estatus de un perro -exclamó risueña-. No es tan malo después de todo, pues Sansón es mi animal favorito.

Alexander lanzó una sonora carcajada.

-Al parecer no se me dan muy bien las adulaciones...

-Pues no creo que Sansón tenga queja alguna... -replicó Amelia.

A continuación liberó al perro y este se fue de inmediato a colocar al costado izquierdo de Alexander.

-¿Comenzamos, señorita Basingstoke? -preguntó Worthington, ansioso de retomar el trabajo de adiestramiento que habían iniciado el día anterior.

-¡Pues adelante! -replicó en seguida Amelia.

No creía que Alexander se hubiera dado cuenta de lo tranquila que se sentía cuando Sansón se instalaba espontáneamente en su posición. Aún le preocupaba que el perro pudiera distraerse y cometer alguna barbaridad pero, conforme pasaban los días y se multiplicaban los encuentros con el capitán, menos probable parecía que algo así ocurriera.

La muchacha siguió a Worthington, quien avanzaba junto al perro, guardando cierta distancia. Sansón tomaba la ruta que habían tomado el día anterior usando su cuerpo para guiar con sorprendente delicadeza a Alexander. Amelia se detuvo en cuanto divisó la banca.

-Me parece que Sansón aguarda ansioso su premio. ¡La banca está muy cerca! -exclamó entusiasmada

-¡Buen chico! -replicó satisfecho Alexander y entonces comenzó a repetir la muletilla de pedirle al perro que buscara el objetivo.

Luego de que Sansón respondiera de manera impecable, Amelia intervino.

-Quizás si nos trasladamos hacia otra banca, podríamos probar si Sansón comprende realmente la instrucción o si tal vez es solo esta banca en particular a la que asocia con una recompensa - sugirió.

-¡Estupenda idea! -replicó entusiasmado Alexander-. ¿No os importaría conducirnos hacia alguna que os parezca suficientemente desafiante? ¡Vamos, Sansón!

Amelia escogió una banca de piedra en lugar de otra banca metálica similar a la anterior y Alexander comenzó a dar al perro la orden ya conocida. Para satisfacción de ambos, Sansón se desempeñó a la perfección. Transcurridos unos diez minutos de práctica, el capitán decidió permanecer sentado en esta última banca en lugar de volver a pararse para repetir la acción.

-Os habéis acabado todos los premios, Sansón. ¡Muy bien hecho, muchacho!

-Ha estado extraordinario -admitió Amelia, tomando asiento junto a Alexander, aunque a cierta distancia.

-Bien, mientras lo dejamos que se regocije de tanta adulación, contadme sobre el baile de anoche.

-¡Oh, en definitiva no asistí! -replicó Amelia, acariciando distraídamente a Sansón mientras este se instalaba a los pies de ambos.

-¿No asististeis? ¿Y por qué no? -preguntó Alexander intrigado.

Pero súbitamente le asaltó una idea.

-¿No fue debido a que íbamos a reunirnos demasiado temprano hoy, no es verdad?

Honestamente se sentiría muy mortificado de saber que sus necesidades particulares le hubieran impedido a ella disfrutar de un baile.

-¡No, en lo absoluto! -respondió Amelia de forma inmediata. Sin embargo, el tono de su voz delataba que se sentía incómoda. No deseaba mentir, pero le parecía desleal criticar a su familia de Londres, más allá de todo lo desesperantes que pudieran llegar a ser.

-¿Y entonces por qué no habéis asistido? -insistió en preguntar Alexander con el rostro demudado. Había captado rápidamente que a la muchacha algo le molestaba.

-No fue nada de importancia -respondió escuetamente Amelia-. ¿Proseguimos el paseo?

-Señorita Basingstoke, jamás esperaría nada de voz que no fuera total y absoluta honestidad. Desde nuestro primer encuentro no habéis hecho más que decir exactamente lo que pensáis. Me siento algo desilusionado de que ahora no me consideréis de suficiente confianza como para contarme la verdad -respondió Alexander con aquella fulminante mirada que Amelia había notado en él tantas veces antes.

-No es nada de eso... -respondió a la defensiva-. No deseo decíroslo porque hacerlo significaría revelar mucho más sobre mi familia de lo que me gustaría que fuera de conocimiento público.

-Tranquila, podéis hablar... -insistió Alexander, esta vez con la voz más suavizada.

-Mi tía se molestó conmigo ayer, por lo tanto, me prohibió ir al baile -admitió al fin Amelia.

-¿Pero qué pudisteis haber hecho de malo que derivara en tamaño castigo? -preguntó el capitán totalmente desconcertado. No entendía cómo era posible que Lady Basingstoke tratara a su sobrina como a una colegiala traviesa y no como a la joven mujer que realmente era.

Amelia dejó escapar una suave risa.

-No bordé su pañuelo con la calidad que ella exigía -respondió la muchacha encogiéndose de hombros-. No fue más que una tontería y tampoco me importó demasiado no asistir al baile. No había ni la más remota posibilidad de que mi presencia fuera echada en falta. No decepcioné a ningún caballero con mi ausencia, os lo aseguro.

Sus palabras fueron dichas de manera chispeante, pero no lograron ocultar el ligero dolor que transmitían.

-Lo lamento...

-¿Y por qué habríais de lamentarlo?

-Por no poder hallar aquel barco que envíe a vuestros parientes lejos de aquí... -respondió cariñosamente Alexander extendiendo su mano hacia ella al igual que había hecho el día anterior.

Instintivamente Amelia posó su mano en la palma de Worthington y no pudo evitar dejar escapar un ligero gemido cuando él la llevó hasta sus labios para besarla. Usar guantes no le impidió sentir la presión de los labios del capitán sobre su piel y eso la hizo enrojecer intensamente. Rio quedamente intentando aligerar la atmósfera de solemne intimidad que se había generado entre ambos.

Alexander esbozó una sonrisa, sorprendido.

-Es la primera vez en mi vida que hago reír a una joven dama por besar su mano.

-¿Y ha habido muchas damas? -preguntó Amelia con cierta coqueta malicia.

-Demasiadas como para poder contarlas. ¡Todas las mujeres del mundo adoran a un hombre de la Real Marina Británica! -replicó el capitán inflando divertidamente el pecho.

-¡Oh, lo sé! Fui testigo de las muchedumbres que os rodeaban durante mi primera temporada. -replicó la joven siguiéndole el juego aunque dejando en evidencia, sin notarlo, que lo había estado observando.

-¿Las mismas muchedumbres que se esfumaron desde el momento en que dejé de ser un espécimen perfecto?

-Bueno... Sansón y yo nos hemos visto beneficiados con su desaparición.

-Pues prefiero cien veces vuestra compañía a la de todos ellos -replicó honestamente Alexander.

Amelia intentó aplacar en su mente la oscura certeza de que, si las cosas hubieran seguido siendo iguales a como eran antes de Trafalgar, él no estaría en esos momentos junto a ella.

-Agradezco vuestras palabras, pero Sansón debe estar aburriéndose, ¿nos levantamos? -preguntó poniéndose de pie en seguida sin aguardar la respuesta.

Prosiguieron el paseo, al comienzo sin decir palabra.

-¿Sir Jeremy nunca saca a pasear a Sansón? -rompió el silencio Alexander.

-Nunca. Por el contrario, se desharía de él de no ser porque perdería el dinero que invirtió en comprarlo. Pero yo lo extrañaría muchísimo si así fuera. Es el más agradable de todos los habitantes de la casa.

Alexander sintió una punzada de culpa, pero la apartó de sí de inmediato.

-No cabe duda de que Sansón es extraordinario, pero es una lamentable situación que un animal sea vuestro favorito de esa casa. ¿Vuestros padres saben que sois infeliz allí?

-¡Oh, no! Jamás sería tan mal agradecida de quejarme después de la impagable oportunidad que me han brindado de vivir un tiempo en Londres. A pesar de las dificultades, he disfrutado bastante mi estadía. Ha sido una experiencia que no olvidaré.

-Probablemente por méritos bastante discutibles... -respondió Alexander con ironía, ante la explosión de risa de Amelia.

-No es justo hacerme admitir cuán imperfectos son mis parientes londinenses -replicó la joven manteniendo el tono risueño-. La mayoría de las personas que conozco los considerarían espléndidos en comparación con mi familia directa. Mis hermanos, por ejemplo, tienen ocupaciones que no gozan de ninguna aprobación social.

-Lo sé. En ocasiones, actuamos como bobos -acotó Alexander incluyéndose a sí mismo en la condena.

Se había comportado como un verdadero estúpido en el pasado, descartando de su vida a personas exclusivamente debido a su rango o, más bien, a la falta del mismo. Irónicamente ahora descubría que sus dos amigos más acogedores y compasivos no tenían rango alguno.

-No tendría argumentos para rebatir eso -replicó Amelia, inundada de dicha al observar la manera en que Alexander le sonreía.

Lucía mil veces más apuesto con un semblante alegre y aquella juvenil sonrisa le produjo a la muchacha una revolución de mariposas en el estómago y serias dificultades para respirar con normalidad. Por primera vez en su vida, deseaba sinceramente contar con una dote o cualquier otra ventaja que pudiera llamar la atención de un hombre como el capitán Worthington. Pero debió alejar de su mente todas aquellas ideas absurdas y sonreír educadamente al ayuda de cámara cuando regresaron a la zona de ingreso al parque; nada ganaba con desear lo imposible. Ella era quien era y mientras más pronto retornara a su propio y habitual entorno social, tanto mejor.

***

Richard Critchley se llevó una de las mayores sorpresas de su vida cuando volvió a visitar a su amigo Worthington. Alexander lo recibió con una amplia sonrisa y una calurosa bienvenida, actitud que había estado totalmente ausente durante sus días más oscuros.

-¡Richard! Sois precisamente la persona con quien deseaba hablar. ¡Pasad! Me habéis ahorrado enviaros una nota solicitando vuestra visita -exclamó Alexander mientras servía a ambos una copa.

Sabía que a Richard no le importaba la técnica que empleaba para evitar derramar líquido al hacerlo. Un dedo al interior del recipiente a llenar le indicaba cuándo el líquido ya había alcanzado el nivel requerido. No todos aceptarían de buena gana tal método, pero al menos así los dos amigos podían disfrutar de cierta privacidad y Alexander todavía sentir que seguía siendo un verdadero dueño de casa.

El capitán extendió la copa recién servida a Critchley y ambos se sentaron.

-¿Y entonces, Alex, qué puedo hacer por vos? ¿Acaso anheláis alguna otra noche de fiesta? -preguntó Richard.

-¡Jamás! Tan tonto no soy. Lo que necesito es que encontréis una manera en que pueda hablar con Sir Jeremy Basingstoke sin que sea necesario presentarme en su casa -explicó Alexander.

Richard notó la emoción reflejada en el rostro de Alexander al decir aquellas palabras y adoptó en seguida una actitud de alerta.

-¿Y para qué demonios desearíais vos hablar con él?

-He estado trabajando con su perro todas estas mañanas y deseo comprárselo para poder continuar practicando aquí en mi propia casa. Creo, amigo, que ya he hallado la solución a mis limitaciones.

-Mejor será que os expliquéis... -replicó Richard sumamente intrigado.

Alexander se sentía tremendamente ansioso de compartir con su amigo todo lo que había estado ocurriendo en su vida últimamente y los planes que tenía en mente con respecto a los posibles futuros logros del perro si se lo entrenaba todavía más.

-Necesito pasar muchísimo más tiempo con él del que hasta ahora estoy disfrutando -prosiguió-. Una hora diaria, si tengo suerte, no es para nada suficiente.

-¿No creéis que parecerá extraño que queráis comprar un perro que ha sido catalogado por todos como un inútil? -preguntó Richard.

-No me importa en lo absoluto y os aseguro que tampoco le importará a Sir Jeremy si pago un buen precio por él -replicó Alexander descartando el tono de preocupación en la voz de Richard.

-¿Y no le sonará raro al hombre que conozcáis tan bien a su perro?

-Efectivamente, me pregunto si hacerlo pondría a la señorita Basingstoke en una posición incómoda, pero tengo la impresión que su tío lo entenderá -contraargumentó Alexander-. Estoy dispuesto a intentarlo.

-Si no funciona, el resultado puede ser que acabéis amarrado de por vida a la muchacha y sin perro alguno.

-¡Hombre de poca fe! -se mofó Alexander.

Admitía que continuar disfrutando de la compañía de la señorita Basingstoke sería un placer, pero Richard estaba siendo absurdo. No había ni la menor posibilidad de que, estrechando lazos con Sir Jeremy Basingstoke, acabara casado con ella. E incluso, si existiera tal posibilidad, estaría preparado para asumir el reto. La fugaz imagen de él aguardando en el altar por la señorita Basingstoke revoloteó en su mente por un instante pero, a decir verdad, desposar a alguien estaba fuera de cualquier opción.

-Consentidme en esto, Richard. Debo intentarlo.

Richard no podía negarse a la petición de su amigo, por lo tanto, enviaron inmediatamente una nota a Sir Jeremy a su club para que no existiera ninguna posibilidad de que Lady Basingstoke se enterara del plan antes de ser concretado.

Sir Jeremy se reunió con ellos según lo solicitado y Alexander explicó su propuesta.

El caballero se reclinó en su asiento meditabundo luego de oír la increíble historia. No era un hombre antipático o desagradable, pero había adquirido cierto aspecto de agobio tras tantos años de convivencia con una mujer controladora como su esposa.

-¡Quién habría pensado que la pequeña Amelia sería tan considerada con ese perro inútil! -reflexionó en voz alta una vez enterado de la rutina matutina de su sobrina.

-¿No sabíais que la señorita Basingstoke sacaba al perro a pasear? -preguntó Richard.

-Sabía que lo había hecho un par de veces, pero ignoraba que lo hacía cada mañana. Ninguno de nosotros suele deambular por la casa antes de mediodía -admitió Sir Jeremy.

-Creo que a ella le agrada disfrutar de la paz que reina en el parque antes de que se desborde de gente -comentó Alexander, impresionado por el bellísimo nombre de pila de su compañera de caminatas. Jamás lo había escuchado hasta ahora y tampoco habría sido apropiado de su parte solicitar poder usarlo.

-¡Más bien, diría yo, le agrada poder descansar de los gritos de Serena antes de que esta baje de su alcoba! -replicó Sir Jeremy, con mayor osadía de la habitual ahora que se hallaba en un entorno seguro.

Ambos caballeros decidieron no responder a tal comentario en aras de la buena educación.

-¿Puedo asumir entonces que no objetáis que os compre a Sansón? -preguntó impaciente Alexander.

-¿Objetar yo? ¡En lo absoluto! Si deseáis comprarlo, sería un tonto si me negara. En todo caso, ya conocéis su carácter. No lo recibiré de vuelta si cambiáis de opinión, capitán Worthington. A pesar de vuestra incapacidad, una venta es una venta -afirmó enérgico Sir Jeremy, dichoso de poder deshacerse del animal que tanto lo había avergonzado y obtener, además, cierta ganancia por ello. El capitán le había ofrecido un muy buen precio por el perro.

Alexander le respondió con una hermética sonrisa.

-No os lo devolveré. Podéis estar tranquilo.

-Bien. Trato hecho, entonces. ¿Digamos que podríais recogerlo a las cuatro de la tarde de hoy? -ofreció Sir Jeremy, ansioso de que la transacción tuviera lugar antes de que el capitán cambiara de opinión.

-¿Podríais escoltarme a esa hora, Richard? -preguntó Alexander.

-Naturalmente -respondió Richard prontamente.

-En tal caso, me despido, caballeros. Los veré más tarde -exclamó Sir Jeremy, retirándose.

Richard aguardó hasta que Sir Jeremy hubiera abandonado el salón antes de hablar para evitar que el caballero lo escuchara y se giró hacia Alexander con una reprobadora mirada.

-¿Estáis seguro de lo que vais a hacer, Alex?

-Tan seguro como jamás lo había estado en toda mi vida sobre algo -reafirmó su postura Alexander.

-¿Y qué opina la señorita Basingstoke de vuestros planes?

Alexander vaciló algunos segundos.

-No los sabe -confesó.

-¡Vaya! Esta tarde será especialmente interesante, entonces -replicó Richard, quien se hacía muchas preguntas con respecto a la muchacha.

Aunque fuera difícil de creer, obviamente ella salía a su paseo con el perro cada mañana, cada fría y escarchada mañana, no precisamente para encontrarse con Alexander. Critchley sentía curiosidad por conocer cuáles eran sus reales motivaciones. La sentía desde el día en que la había conocido y se había dado cuenta de que ella ya había estado en compañía de su amigo Worthington. No podía apartar de su mente la ligera sospecha de que la joven tenía ciertas razones ocultas que Alexander no notaba. Según su opinión, lo que ocurriera aquella tarde resultaría particularmente revelador.

Capítulo 7

Amelia se hallaba sentada, como era su costumbre, en la sala de estar al caer la tarde. Lady Basingstoke y Serena, por su parte, estaban junto al fuego, quejándose de las corrientes de aire que se colaban por toda la casa. Amelia no estaba autorizada a aproximarse al calor de la chimenea. Por el contrario, se la confinaba al rincón más frío de toda la sala.

Siempre positiva y dispuesta a obtener lo mejor de cada situación, por muy adversa que esta fuera, había escogido una butaca alejada de las corrientes y se había rodeado de cojines que lograban sumar algo de calor a su cuerpo. Bajo un mantón de aspecto fino y delicado, ocultaba otro más grueso y tosco que la abrigaba; así se sentía cómoda y especialmente contenta de no hallarse en la mira directa de su tía y de su prima.

Oía la charla que ambas mantenían mientras observaba por la ventana los ligeros copos de nieve que caían intermitentes en el jardín. La nieve se presentaba tempranamente aquel año y esta aumentaba todavía más la nostalgia que la joven sentía por su hogar. Sería mucho más bienvenida si sus hermanos estuvieran allí para jugar con ellos a lanzar bolas de nieve o pasear en trineo, pero mientras permaneciera en Londres, no disfrutaría de ninguna de aquellas deliciosas trivialidades.

Se sobresaltó muchísimo cuando, de improviso, su tío anunció la llegada del capitán Worthington y del señor Critchley mientras los escoltaba hasta el salón. Las tres mujeres adoptaron una postura más erguida en sus respectivos asientos. Lady Basingstoke los recibió con exagerada efusividad, llamando atolondradamente a las criadas para que trajeran té y alentando al par de caballeros para que tomaran asiento en torno al fuego.

-Es con Amelia con quien necesitamos hablar -explicó Sir Jeremy, ordenando que su sobrina se acercara.

Amelia se sonrojó intensamente ante la fulminante mirada que le obsequiaron su tía y su prima.

-¿Amelia? ¿Qué podríais vosotros necesitar de Amelia, válgame Dios? -exclamó Lady Basingstoke genuinamente confundida.

-Acercaos, querida -la llamó Sir Jeremy, sin prestar atención a la dama.

Su confianza se había reafirmado pues estaba convencido de que su esposa se sentiría muy complacida por la considerable suma de dinero que recibiría gracias a la venta del perro y por el hecho mismo de que la bestia ya no sería más un habitante de la casa.

Amelia se aproximó a su tío cautelosamente.
-¿Sí, tío?
-Tengo buenas nuevas para vos -replicó Sir Jeremy con sonrisa indulgente-. Ya no será preciso

que saquéis a pasear a aquel sabueso mío. El capitán Worthington aquí presente ha venido a comprarlo.

Amelia sintió que los colores desaparecían de su rostro ante la noticia. Se quedó mirando a ambos visitantes totalmente atónita, mientras Critchley la observaba, a su vez, con suma detención y Worthington parecía notoriamente incómodo. Se giró luego para mirar a su tío.

-Entiendo... -exclamó finalmente con un tono de voz desprovisto de toda emoción.

Sir Jeremy se dio cuenta de la tensión que se había generado en el ambiente e intentó hacer algo por distenderla.

-Tal vez sería una buena idea que dierais un paseo por la plaza con Sansón y el capitán antes de que este se lo lleve.

El caballero intentaba ocultar que sabía que ambos habían estado viéndose cada mañana. Era lo suficientemente perceptivo como para notar que su esposa buscaría una manera de sancionar a su sobrina si descubría la verdad.

-Voy por mi pelliza, tío. No me tardo -replicó Amelia abandonando el salón.

Corrió escala arriba, furiosa consigo misma por ser incapaz de contener las lágrimas que ya comenzaban a brotar de sus ojos una vez que estuvo fuera de la vista de los demás. Cerró de golpe la puerta de su alcoba sin importarle quién pudiera oír el estruendo y se desplomó sobre una poltrona. Pasándose las manos por la cara con furia, dejó escapar un gutural gemido de dolor.

¿Acaso podía esperar otra cosa? Desde el comienzo se había dicho a sí misma que debía controlar su corazón, pero obviamente no lo había logrado. Había sentido que se rompía por dentro al oír las palabras de su tío. Tenía la secreta esperanza de que su capitán se sintiera atraído hacia ella así fuera un poco, pero resultaba claro que Sansón era su único interés.

Se dirigió a su guardarropa y al intentar sacar con ira la pelliza de él, lanzó al piso todo el resto de las prendas. Seguía sin comprenderlo, pensó iracunda. Seguía sin entender que él no era *su* capitán y que jamás lo sería. Ella no era más que una persona que le había resultado útil en un momento específico de su vida. Eso era todo.

Se esforzó por serenarse mientras regresaba a la planta baja. Ni siquiera notó que se había colocado el sombrero mucho más hundido de lo habitual, pues mientras lo hacía solo pensaba en cómo apartar de si toda aquella ira y aquel dolor que la embargaban.

Al reingresar a la sala de estar, se encontró con una escena que no pudo evitar que le causara cierta gracia, a pesar de toda su pesadumbre. Serena se hallaba allí parada -también vestida para salir a la calle- con semblante de auténtico terror. Sansón estaba sentado a la izquierda del capitán Worthington pero gruñía cada vez que Serena tan solo lo miraba.

El señor Critchley fue quien rompió el silencio.

-La señorita Basingstoke ha decidido sumarse a nuestro paseo por la plaza, señorita Amelia, a pesar de la ligera nevada.

Había suficiente información en el tono de voz del señor Critchley que indicaba que algo había ocurrido mientras Amelia había estado ausente del salón. En efecto, la joven se había perdido algunos improperios emitidos por su prima cuando su madre le había ordenado acompañar a los que salían. Lady Basingstoke jamás permitiría que algo tan insignificante como la nieve impidiera a su hija dar un paseo con un par de atractivos galanes.

-¿Nos vamos? -preguntó Amelia y el grupo comenzó a moverse.

El señor Critchley ayudó de todos modos al capitán Worthington a salir de casa, a pesar de que Sansón no se despegaba de su lado.

Amelia empezaba a dirigir el rumbo que tomaban, cuando Serena le murmuró al oído:

-Jamás os perdonaré por esto. Moriré de frío con este clima.

-Yo no tengo nada que ver. Tenía tan pocos deseos de salir como vos -se defendió Amelia encogiéndose de hombros.

Su pelliza estaba confeccionada de lana gruesa, pero aun así sentía cómo el hielo de aquella fría tarde le calaba los huesos. Sin embargo, sabía que perdía su tiempo intentando explicar a su prima cómo habían sido realmente las cosas. En efecto, Serena aprovechó cada ocasión que tuvo para culparle por todos los inconvenientes que el clima les presentó durante el trayecto, sin importar lo absurdo que pudiera ser la condena.

Una vez que descendieron las escalas hasta alcanzar la acera, el grupo se organizó espontáneamente con Alexander y Amelia a la cabeza. Antes de iniciar la caminata, Amelia aproximó la correa de Sansón a la mano de Alexander.

-Es probable que se haya mantenido tranquilo a vuestro lado en el parque, pero sugeriría que lo llevarais bien sujeto en medio de la ciudad. Si algo lo asusta, podría ponerse a sí mismo y a otros en peligro. Odiaría que acabara sus días bajo las ruedas de un carruaje.

El tono de su voz era frío y práctico.

-Podemos iniciar el paseo cuando os sintáis seguro -añadió.

Alexander se guardó la respuesta hasta oír las voces de Richard y Serena tras él, distraídos, charlando entre ellos. No deseaba que Serena oyera nada que pudiera aumentar el sufrimiento de Amelia en aquella casa.

-Señorita Basingstoke, espero que podáis comprender los motivos que tuve para acercarme a vuestro tío -comenzó diciendo, por primera vez inseguro en compañía de la muchacha.

-Los comprendo, pero me sorprende que jamás los hayáis comentado antes -respondió Amelia cortante.

Alexander gruñó para sus adentros. Richard le había advertido que muy probablemente ella se enfadaría y resultaba evidente, por su frío tono de voz, que efectivamente lo estaba. Necesitaba hacer algo con urgencia para que la muchacha entendiera. Actualmente tenía muy pocos amigos como para darse el gusto de perder uno de ellos.

-Lo lamento. Realmente no quería mencionar el asunto.

-Eso es obvio -replicó Amelia más cortante aún.

Tras desplazarse algunos metros, detuvo la marcha y Sansón la emuló.

-Hemos alcanzado el bordillo y ahora debemos cruzar la calle. Sansón necesita saber qué debe hacer para evitar que os haga cruzar sin más y os deje a merced de algún carruaje que se aproxime.

Richard y Serena ya los habían alcanzado, deteniéndose a solo pasos de allí. Después de una rápida evaluación de la situación, Richard ofreció una solución práctica.

-Haced que el perro se siente cada vez que alcance un bordillo, de modo tal que vos podáis oír el ruido de los cascos de los caballos antes de cruzar.

Alexander se veía indeciso.

-Me parece bastante arriesgado. Jamás pensé en lanzarme hacia lo desconocido de esa forma.

Amelia continuaba furiosa con él, pero su espíritu compasivo resultó conmovido.

-Sansón no es ningún tonto. Jamás se aventuraría a lanzarse al frente de cualquier cosa que pudiera hacer daño a alguno de vosotros dos. Si prestáis atención a los ruidos de la calle, avanzáis para intentar cruzar y notáis que Sansón duda, entonces no tenéis más que confiar en él. Simplemente fijaos en su reacción.

-¿Y qué hay cuando alcance el bordillo opuesto de la calle? -preguntó Alexander.

Lamentaba tener que mostrarse tan enormemente vulnerable ante sus acompañantes, pero comenzaba a entender que no había sopesado debidamente lo que significaba hallarse en plena calle totalmente solo con apenas un perro como apoyo.

-Pues veamos qué decide hacer Sansón - propuso Amelia-. Me mantendré todo el tiempo a vuestro lado para evitar que os tropecéis.

La expresión de angustia, vulnerabilidad y preocupación en el rostro de Alexander disolvía poco a poco la inicial ofuscación de la joven. Había sido muy egoísta al enfadarse con él porque su decisión había herido su vanidad. ¡Evidentemente que él necesitaba la ayuda del perro! Lo había sabido desde el principio. Condenarlo a él por sus propios pensamientos absurdos era tremendamente insensible de su parte.

-¿Aunque el resultado me lo merezca? - preguntó Alexander en voz baja.

Amelia ahogó una risa.

-No en frente de testigos. Para vuestra fortuna, ya nunca volveremos a caminar solos los dos. No podría garantizar vuestra seguridad si lo hiciéramos.

El rostro de Alexander se llenó de tristeza ante la sola idea de no volver a encontrarse con Amelia en el parque cada mañana. Necesitaba decirle muchas cosas, pero era preciso que se concentrara en la tarea inmediata. Una vez más, la ceguera se interponía en el curso de su vida. Obligándose a prestar atención, ordenó a Sansón que se sentara junto al bordillo. El perro obedeció y el grupo guardó silencio mientras el capitán escuchaba atentamente los sonidos del entorno. Una vez que estuvo seguro de que ningún carruaje se aproximaba, bajó a la calzada.

-¡Adelante, Sansón! ¡Adelante! -repetía mientras él y el perro avanzaban.

Amelia, tras ellos, los observaba atentamente. Tocó ligeramente el brazo de Alexander cuando el bordillo de la acera opuesta estuvo cerca.

-Ya nos aproximamos al otro bordillo -le informó.

Alexander disminuyó la velocidad de su paso hasta casi detenerse, alzó el pie y logró subir a la acera sin problema alguno. Sonrió aliviado mientras los demás se reunían con él en el punto de llegada.

-Es más simple de lo que pensé -explicó-. Sansón avanzaba ligeramente delante mío, por lo tanto, pude sentir cuando su cuerpo se elevaba para trepar al otro bordillo. Confieso, sin embargo, que produce mucho menos nervios subir a la acera que descender de ella.

-Prosigamos la caminata. Todavía tenemos tiempo de practicar en las otras calzadas que desembocan en la plaza -propuso Amelia.

En efecto, ya que una calle ingresaba a la plaza por cada esquina, les correspondía cruzar aún tres calles más si continuaban en la dirección que llevaban antes de retornar a la residencia de los Basingstoke.

El grupo prosiguió su lento paseo, deteniéndose ante cada nuevo bordillo y esperando a que Alexander indicara a Sansón que se sentara para poder prestar atención al ruido que hacían eventuales carruajes y cabalgaduras. Amelia decidió no decir nada salvo que fuera estrictamente necesario, pues percibió cuán concentrado se hallaba el capitán en lo que hacía y que precisaba escuchar detenidamente el entorno para conseguir un buen resultado. Finalmente, regresaron al sendero de piedra que conducía hasta la residencia de los Basingstoke.

Serena se frotó las manos.

-¡Me alegra que el paseo haya acabado! -exclamó emocionada-. Hace demasiado frío como para andar a la intemperie. ¿Les gustaría a los caballeros beber otra taza de té con nosotros?

-Más bien preferiría repetir lo que acabamos de hacer, si pudierais soportarlo -replicó Alexander-. Quisiera dar a Sansón otra oportunidad de practicar.

-¿Y acaso no tenéis una plaza en vuestro propio vecindario para hacerlo? -espetó groseramente la muchacha.

Resultaba evidente que ya no consideraba al capitán Worthington un buen partido y muy poco le importaba lo que pensara de ella. Sin embargo, a Amelia le sorprendió que ella mostrara su verdadero carácter también ante el señor Critchley, pues él seguía siendo un apetecible hombre soltero, además de adinerado.

A Richard, por su parte, le pareció prudente tener la caballerosidad de dejar a solas a su amigo con Amelia.

-Si pudiera beber otra taza de té mientras Worthington da un nuevo paseo como le apetece hacerlo, pues sería estupendo, señorita Basingstoke. El clima está demasiado frío esta tarde como para andar deambulando por ahí.

Serena pareció calmarse y condujo a Richard hacia la casa, dejando a Amelia y a Alexander solos junto a Sansón en medio de la acera.

-¿Proseguimos? -preguntó Alexander.

-Adelante -replicó Amelia frotándose ligeramente las manos. Incluso con la protección de guantes, las sentía algo frías, pero no podía quejarse de ello si un nuevo paseo por la plaza significaba aumentar la confianza de Alexander.

Caminaron en completo silencio hasta cruzar exitosamente la primera calle. Entonces el capitán ya se sintió lo suficientemente relajado como para abrir la conversación.

-Lamento muchísimo apartar de vos a vuestro único aliado -comentó con cierta nota de congoja.

La conducta de Serena durante el primer paseo había sido lo suficientemente grosera como para ayudarle a comprender cuán difícil debía ser la vida para Amelia en aquella casa.

-Me entristece perderlo, pero vos lo necesitáis mucho más que yo. Además, sé que en vuestra compañía estará bien cuidado. Cuando llegue la hora de retornar al campo, sepa Dios lo que habría sido de él sin mí si vos no lo hubierais comprado -replicó Amelia, totalmente franca como era su costumbre.

-¿Regresáis a casa? -preguntó Alexander con un ligero tono de inquietud en la voz.

Cuando estaba junto a ella, parecía olvidar por completo que la muchacha no era más que una visita de paso en la ciudad, pero aquellas palabras le sacudieron la realidad en plena cara.

-Creo que tres temporadas en calidad de alhelí son más que suficientes para cualquiera -respondió Amelia risueña, aunque en el fondo se hallaba profundamente desilusionada.

Sin duda había esperado mucho más de aquel viaje a Londres: casarse y decidir su vida. Regresar a casa con veintitrés años a cuestas y las manos vacías, los que cumpliría al finalizar la presente temporada, la catapultaría como una solterona de por vida.

-Lamentaré en el alma vuestra partida -respondió el capitán con total honestidad.

-No me conocíais antes de estas últimas cuatro semanas; estoy segura de que os las arreglaréis maravillosamente bien sin mí una vez que regrese a Charmouth.

Sin embargo, no podía afrontar con igual superficialidad sus propios sentimientos.

-¿Vivís en Charmouth? -preguntó Alexander-. Tengo varios conocidos en Lyme.

-No me sorprende. Prácticamente todos los habitantes de Lyme tienen alguna clase de conexión con el mar -replicó Amelia.

-Es un lugar bellísimo.

-Lo es, pero no voy muy a menudo por allá. Tiendo a permanecer siempre en Charmouth a menos que mi padre tenga negocios que atender en Lyme. Entonces sí aprovecho la oportunidad de acompañarlo. Hay más variedad de tiendas en Lyme y tengo mi cuota de frivolidad como para gozar gastando mis peniques en ellas.

Una vez más, Alexander percibió duramente cuán distintas eran sus vidas. Naturalmente que la familia de Amelia no visitaría con demasiada regularidad Lyme y, sin duda alguna, cada cuarto de penique debía ser empleado apropiadamente. Viajar a otra ciudad implicaba gastar dinero. Solamente las personas como él, que habían hecho su fortuna gracias a las oportunidades que su herencia les había otorgado, podían darse el lujo de gastar dinero visitando amigos de otras ciudades por mero capricho.

Finalmente, completaron el trayecto en torno a la plaza y Amelia detuvo la marcha ante la residencia de su tío.

-Creo que Sansón ya entiende plenamente qué se espera de él -comentó.

-Aprende tan rápidamente. ¡Es sorprendente! -replicó Alexander acariciando enérgicamente el cuello del animal, quien se había sentado sobre la acera al detenerse su nuevo amo.

-Es un perro sumamente inteligente -concordó Amelia-. Por lo que tío Jeremy comenta, su raza es muy fácil de entrenar. Aun así, creo que en ocasiones pueden encontrarse ciertos ejemplares particularmente brillantes como él. Sencillamente no deseaba perseguir aves, ya fueran vivas o muertas, y siendo honesta no podría culparlo por eso -respondió Amelia con una sonrisa, mirando cariñosamente al perro.

Estaba segura de que sería muy feliz con su nuevo amo. Era evidente que el animal ya se había rendido a sus pies.

El mayordomo se asomó a la puerta y Amelia preguntó a Alexander si le gustaría beber algo más de té, pero él se negó.

-Si no os importa, preferiría no despegarme del lado de Sansón y regresar a casa en seguida.

-¿Podríais preguntar al señor Critchley si ya está listo para partir, Wilson? -ordenó Amelia al mayordomo, quien hizo una leve inclinación de cabeza y desapareció al interior de la casa.

Nuevamente solos, Alexander extendió la mano y Amelia colocó la suya en su palma, en un gesto al que ambos ya se estaban habituando.

-Señorita Basingstoke, he contraído una enorme deuda con vos.

-Es Sansón quien ha hecho todo el trabajo -respondió prontamente Amelia, siempre desdeñosa ante cualquier cumplido dirigido a ella.

-La deuda que he contraído con vos se originó antes de que conociera a Sansón -se explicó Alexander-. Aquella primera noche, vos encendisteis una luz dentro de mi oscuro mundo de sombras. Jamás podré agradeceros lo suficiente por haberme dirigido la palabra, a pesar de yo hallarme con el peor humor posible.

-Me alegra haber podido ayudaros. Vos también alegrasteis mucho mi velada -admitió Amelia.

-Desearía poder comprometeros para bailar conmigo algún día.

-Si pudierais, no estaríamos teniendo esta charla. Somos de dos mundos distintos, capitán Worthington, pero me alegra que os hayáis quedado con Sansón. Cuidadlo, cuidadlo mucho.

Era la primera vez que Amelia ponía en palabras una realidad sobre la que ambos venían reflexionando durante las cuatro semanas que se habían frecuentado. Esa era la única manera que tenía la muchacha de no olvidar jamás la verdad de su relación. No hacerlo significaría lamentarse después por haber perdido algo que nunca le había pertenecido.

-¿Nuestros caminos jamás volverán a cruzarse? -preguntó Alexander con cierto tono de pesar, golpeado con la sola idea de perder a la muchacha para siempre. Sentía que una suerte de fría roca se entronaba en su estómago e instintivamente supo que no sería sencillo removerla.

-No, no lo harán -llegó a sus oídos la feroz aunque realista respuesta de Amelia.

Alexander besó su mano, tal como lo había hecho la vez anterior. Aquella era una conducta inapropiada, pero las convenciones podían irse al demonio, si de él dependía. En esos momentos estaba perdiendo a la única persona que había puesto todo de sí para ayudarlo estas últimas semanas. Y su decisión respecto a Sansón había sido la causa final de su separación. Logró percibir el suave suspiro de emoción de Amelia al recibir el beso. Pero antes de que pudiera decir nada más, Richard ya llegaba a reunirse con ellos.

-¿Worthington? -le llamó quedamente.

En seguida pudo notar la desconsolada expresión en el rostro de Amelia y súbitamente tuvo la sensación de que la muchacha no era la dama superficial y calculadora que inicialmente había sospechado que era. Había desarrollado sentimientos auténticos por su amigo y en esos momentos sufría. Nadie podía negarlo. Critchley era lo suficientemente caballeroso como para empatizar con la joven. Pero, en honor a la verdad, nadie en este mundo podía ofrecerle esperanza alguna en esos momentos.

-Ya es hora de volver a casa -exclamó Alexander girándose hacia su amigo-. Señorita Basingstoke, os deseo toda la felicidad del mundo en vuestro futuro.

-Os lo agradezco -replicó Amelia haciendo una reverencia.

Inclinando la cabeza ante ella en señal de cortesía, ambos caballeros se retiraron.

La joven ingresó a la casa y en lugar de tener el momento de paz y soledad que necesitaba para llorar la pérdida, Serena salió a su encuentro.

-Os estabais lanzando sin tapujos a los pies de un ciego quien afortunadamente no podía ver qué clase de espectáculo hacíais de vos. ¿Tan desesperada estáis? Ya veréis cuando mi madre se entere de esto -espetó hiriente y burlona.

-¡Oh, Serena! Buscaros otro pariente empobrecido a quien atormentar y que no se encuentre en condiciones de rebatiros. Yo ya he tenido suficiente de vos y de vuestra infinita amargura -replicó Amelia con extrema dureza.

Dejó a su prima parada sola en medio del vestíbulo totalmente conmocionada por las airadas palabras que acababa de recibir.

Se dirigió en seguida hasta el despacho de su tío y llamó decididamente a la puerta. Había llegado el momento de regresar a casa.

Capítulo 8

Londres

Comienzos de diciembre de 1806

Amelia estaba sentada en las bancas de las alhelíes durante el baile de aquella noche sin sentirse abrumada por la habitual desilusión que el tiempo transcurrido en los márgenes de la sociedad podía ocasionar. Aquella era su última noche en Londres y jamás volvería a poner un pie en la gran ciudad. De eso estaba completamente segura.

Se las había arreglado para persuadir a su tío de que le permitiera regresar a casa, advirtiéndole que se libraría de su mano protectora y viviría su vida a su antojo si él no se mostraba de acuerdo con su plan de retornar junto a su familia.

Sir Jeremy se había acabado rindiendo ante un carácter fuerte, como siempre lo hacía, aunque insistió en que se quedara una semana más y le permitiera a él acompañarla hasta Charmouth personalmente. Tenía ciertos negocios que atender a un par de kilómetros de distancia de la residencia de su hermano y quería aprovechar la ocasión de escoltar a Amelia en su regreso. Aquel trato era perfectamente aceptable para Amelia. Una semana más en compañía de su tía y de su prima le pareció una nimiedad en comparación con los dos años y medio que había convivido con ellas.

Su tía le había permitido gentilmente asistir al baile de aquella noche a modo de despedida. Pero Amelia estaba segura de que aquello lo hacía únicamente para tener la ocasión de señalar con el dedo a la solterona de la familia y lamentarse en público por las enormes dificultades que cargar con dicho peso le habían significado, naturalmente omitiendo mencionar todo el trabajo que Amelia había tenido que hacer por su parte cada vez que su tía apenas era capaz de incorporarse por sí misma, lo cual ocurría con bastante frecuencia. La joven pensaba que, a falta de mayores logros, al menos había conseguido convertirse en una mejor costurera en aquella estadía en Londres.

Sumida en sus pensamientos, llevaba el ritmo de la música con el pie mientras observaba distraídamente el ir y venir de las parejas en la pista de baile. Divisó al señor Critchley entre la multitud mucho antes de que él se acercara. Iba elegantemente vestido, su levita confeccionada con la más fina de las lanas y el satín de su chaleco formando un impresionante contraste con el grosor del material que lo acompañaba. Sus pantalones se adherían a sus piernas y sus botas relucían espléndidas bajo la luz de las velas. Con toda justicia, era uno de los hombres más admirados de la sociedad londinense, pero para Amelia él sencillamente no tenía la imponente presencia de la que hacía gala el capitán Worthington.

Era evidente que Critchley se aproximaba a ella y le sonrió cuando sus ojos se encontraron. La muchacha se sorprendió con su actitud, pues hasta ahora el joven se había mostrado cauteloso de hallarse cerca de cualquier miembro de su familia. No podía condenarlo por ello, aunque era una lástima privarse de su amena compañía por tal motivo.

-Señorita Basingstoke, espero que estéis bien -saludó Richard haciendo una reverencia ante Amelia.

-Lo estoy. Muchas gracias, señor Critchley - respondió Amelia sonriendo.

-He venido a pediros para las siguientes dos piezas de baile, si os apetece y no os halláis ya comprometida...

-Como podéis ver, estoy luchando contra hordas de admiradores, pero me las arreglaré para concederos ambas piezas -replicó Amelia con una divertida expresión de falsa modestia.

-Será un honor -sonrió de vuelta Richard, valorando verdaderamente la espontánea y chispeante respuesta de la joven-. ¿Puedo acompañaros durante la espera?

-Naturalmente.

Amelia se deslizó por la banca de las alhelíes para dejar espacio al joven.

-Últimamente he pasado muchísimo tiempo con el animal -comentó Richard lanzando hacia atrás la cola de su exquisitamente confeccionada levita de un color rojo profundo antes de acomodarse sobre la banca.

-¿Con el capitán Worthington? -preguntó Amelia con mirada traviesa.

Richard rio entre dientes.

-¡Oh, Miss Basingstoke! Deberíais saber que jamás deben facilitarse las municiones a alguien para que atormente a otro. Me divertiré mucho a costa de ese comentario vuestro.

Amelia sonrió.

-No esperaría menos, pero decidme, ¿cómo está Sansón? ¿Ya se ha habituado a su nuevo hogar?

-Así es y al parecer los días de rebeldía ya quedaron largamente atrás para él. Dudo que vuestro tío lo reconocería ahora. Worthington lo ha entrenado tanto que ya se ha vuelto tan dócil como un perro podría llegar a serlo en este mundo. Pero no todo ha sido arduo trabajo para él. Alex lo lleva de paseo a Green Park cada mañana y cada tarde para que juguetee y corra a sus anchas -explicó Richard.

-En efecto, trabajar parece cansarlo tanto como lo cansa una buena carrera -se mostró de acuerdo Amelia-. Me alegra saber que se ha adaptado tan bien. Pensé que de todos modos lo haría, pero siempre tuve cierta cuota de duda.

-Concuerdo. Confieso que llegué a pensar que algún día encontraría a Worthington abandonado a su suerte en plena calle, pero parece ser que el perro se ha tomado sus responsabilidades muy seriamente.

-Aquello debe brindarle al capitán Worthington la tan ansiada sensación de libertad.

-En efecto.

-No podría imaginar a ninguno de mis hermanos debiendo tolerar ser tan dependientes de otros, como lo era hasta ahora el capitán.

La danza en curso finalizó y Richard se puso de pie ofreciendo su mano a Amelia.

-¿Tomamos nuestra ubicación? -le preguntó mientras la guiaba entre la multitud hasta la pista de baile.

Richard resultó ser un acompañante verdaderamente encantador y Amelia se divirtió muchísimo durante la danza. Aquella noche estaba sellando de manera muy agradable su estadía en Londres, al disfrutar del innegable placer que significaba para cualquier mujer bailar con un joven apuesto. El hecho de que Richard, a pesar de sus enormes atributos, no lograra jamás igualar la fascinación que cierto hombre ahora ausente le causaba fue un pensamiento que Amelia no permitió que empañara el brillo de aquella agradable velada.

Tras finalizar ambos bailes, Richard escoltó a Amelia hasta un costado del salón. Se sintió agradecida de que no la hiciera regresar a las bancas de las alhelíes, lo que le permitió pretender por algunos segundos que era igual a todas las demás muchachas casaderas que deambulan por el salón.

-Espero que podamos veros una de estas mañanas en Green Park -comentó Richard, sin que fuera necesario explicar a quién más incluía en aquel «podamos»-. Yo no voy todas las mañanas, pero Worthington sí.

La sonrisa de Amelia se tiñó de súbita tristeza.

-Me temo que no podré disfrutar de tal encuentro. Regreso a casa mañana.

-¡Pero la temporada aún no termina! -exclamó Richard genuinamente sorprendido. Sospechaba ligeramente cuáles eran los verdaderos sentimientos de Amelia y no comprendía cómo era posible que ella, voluntariamente, se privara de la oportunidad de volver a ver a Alexander.

-Lo sé -replicó la joven, gobernándose para evitar decir palabras que pudieran sonar amargas. No tenía ningún sentido anhelar algo que no podía ser-, pero ya es hora de que regrese a casa con los míos. Siento enormes deseos de pasar la Navidad junto a ellos. ¡No los he visto en más de dos años!

-Es una lástima.

-Debemos estar cerca de nuestros seres queridos en esta época del año. Ya he pasado dos Navidades lejos de casa. No quisiera tener que vivir una tercera -replicó Amelia ligeramente emocionada.

Richard sonrió e inclinó la cabeza ante la muchacha.

-Perdonadme por esto, pero admito que tuve cierto recelo de vuestras motivaciones cuando recién nos conocimos, señorita Basingstoke, pero eso se debió a mi pobrísima capacidad de juicio. Ahora es mi deber decir que ha sido un gran placer conoceros.

-Sé muy bien que el apellido Basingstoke inspira terror a la mayoría de los hombres solteros.

Richard lanzó una carcajada.

-Os deseo un viaje tranquilo y seguro.

Volvió a inclinarse frente a Amelia y se retiró.

***

Alexander trabajaba duro entrenando a Sansón gran parte del día. Peterson y Richard, por su parte, se mantenían siempre al alcance para ayudar con las sesiones de práctica. También seguían al capitán a donde quiera que fuera con el perro, con el fin de poder desandar la ruta solo para asegurarse de que Sansón se sintiera a gusto y confiado.

Cada mañana y cada tarde, Alexander llevaba al perro a Green Park en compañía de su lacayo y permitía que este se desplazara libremente sin su presencia restrictiva. Pero todo aquel esfuerzo estaba arrojando frutos. Apenas habían pasado dos semanas desde que Sansón se había mudado a la residencia del capitán y este ya era capaz de visitar una cafetería cada tarde para disfrutar del día con los demás clientes.

La enorme novedad de observar a un perro guiando los pasos de un ciego había alentado a algunos de los caballeros presentes a acercarse a Alexander e iniciar una charla con él. Superado el impacto inicial, todos los clientes del recinto -incluido el propio Alexander- se relajaron lo suficiente como para permitirse charlas más naturales. Ahora, cada mañana era detenido por algún conocido al entrar a la cafetería para contarle sobre las últimas novedades del mundo de las carreras de caballos o de la caza. Al parecer, el prejuicio de que aquel ciego era demasiado limitado para sumar nada útil a cualquier conversación, por el mero hecho de ser ciego, ya había sido desechado. Worthington, por su parte, se preguntaba si aquella idea inicial no se habría debido más bien a su incapacidad de comportarse con la simpatía de un hombre normal y a su manifiesto nerviosismo ante tan particular situación.

Se había acercado, con la ayuda de Richard, hasta su sitio favorito, el *White's*, y había averiguado si Sansón sería o no bien recibido allí. Había logrado llegar a un acuerdo con los propietarios del establecimiento bajo la condición de que el perro se comportaría como era debido. Por lo tanto, cada tarde se dirigía hasta el número 37 de la calle *St James* para disfrutar de algún refrigerio y de la compañía de otros clientes. En tal sentido, decidió concentrarse en un solo lugar, pues Sansón ya había aprendido exactamente a dónde llevarlo cada vez que oía la instrucción «llevadme a la cafetería, Sansón». Alexander no tenía intenciones de abrumar al animal y el *White's* favorecía sus planes, pues era un recinto fácilmente accesible yendo desde su residencia en la calle *Jermyn*.

En definitiva, por primera vez desde la batalla de Trafalgar, Alexander Worthington sociabilizaba de manera auténtica, más de lo que nunca lo había hecho desde su regreso al entorno londinense tras el accidente. Era consciente de que jamás volvería a gozar de la vida social como antes: ya no habrían más bailes y juergas para él. Pero al menos ahora disfrutaba de una libertad que, tan solo meses atrás, no soñaba siquiera con llegar a lograr.

Debía sentirse feliz, se decía a sí mismo. En efecto lo estaba, pero había un problema. Algo le faltaba.

Le planteó el asunto a Richard una tarde mientras reposaba en una confortable poltrona de cuero del *White's* y Sansón descansaba relajadamente a sus pies.

-Voy a pasear a Green Park cada mañana -comenzó a explicarse.

-Lo sé. Peterson me ha dicho que no importa cuán fría pueda haber estado la noche anterior. Siempre os aventuráis a salir de todos modos.

Una relación mucho más estrecha se había desarrollado entre los dos amigos y el ayuda de cámara. No era muy usual que algo así ocurriera entre amo y sirviente, pero se enfrentaban a una situación de por sí inusual que requería mayor comunicación de la habitual entre las partes.

-Había pensado que a la señorita Basingstoke tal vez le gustaría saber cómo se las está arreglando Sansón... -prosiguió Alexander deseando poder ver la expresión en el rostro de su amigo al mencionar el nombre de la muchacha.

Una de las grandes desventajas de su ceguera era la incapacidad de leer la expresión del interlocutor e interpretar qué estaba pensando. La voz no siempre reflejaba los pensamientos y las emociones de la misma manera en que lo hacían las expresiones.

Richard hizo una pausa antes de hablar. Alexander se había ruborizado ligeramente al mencionar el nombre de la joven, algo que Critchley no había visto nunca antes que le ocurriera con ninguna otra mujer. Su tono de voz también manifestaba una profunda añoranza.

-¿Entonces no era solo el perro el que os atraía hacia el parque cada mañana antes de comprarlo, eh?

-No, no lo era -respondió Alexander con franqueza.

Recordaba claramente que, al conocerla, Richard había descartado a Amelia por no ser «de su tipo» y no sabía si ahora se burlaría de él por confesar lo que le ocurría respecto a ella, pero ese era un riesgo que debía correr. No había otro modo de saber noticias de una joven a quien tanto deseaba volver a tener cerca.

-Entiendo... -replicó Richard intentando decidir qué debía decir a su amigo.

Alexander, por su parte, se abrió por completo con Richard.

-Ella era la única persona, además de vos, que me trataba como un ser humano normal. Tras aquel baile en que la conocí, jamás pensé que volvería a verla y entonces fue cuando irrumpió en mi vida aquella mañana en el parque. Intenté concentrarme en el perro. De hecho, creí que así lo estaba haciendo en un comienzo. Pero ahora me doy cuenta de que también añoro con el alma todos aquellos momentos en que ella y yo charlábamos.

-La muchacha no se parece en nada a sus parientes -admitió Richard.

-¡Oh, no! ¡En lo absoluto! De hecho, le han vuelto su vida un infierno, otra razón por la cual esperaba que aún quisiera venir a pasear por Green Park cada mañana. Sé que utilizaba a Sansón como una excusa y motivo de escape.

-Alex, ella se ha marchado de Londres.

-¿Qué decís? ¿Pero por qué? ¿Qué ha ocurrido? -preguntó angustiado Alexander poniendo tal énfasis en sus palabras que Sansón levantó la cabeza del piso en señal de alerta.

-La vi la semana pasada en el baile de los Lindhurst. De hecho bailé dos piezas con ella y debo decir que es una bailarina espléndida, muy ágil y vivaz.

-¡Id al grano, por amor de Dios! -gruñó Alexander, loco de celos de que su amigo hubiera tenido la oportunidad de bailar con Amelia. Deseaba con toda su alma poder hacerlo algún día, pero aquello era algo que jamás ocurriría, aunque ella decidiera permanecer en Londres durante los próximos cien años.

-Su tío la escoltaría de vuelta a casa al poco tiempo del baile. No recuerdo bien si partiría al día siguiente o algunos días después, pero es un hecho que se marchaba.

-¡Pero estamos en mitad de la temporada! -exclamó el capitán intentando aferrarse a algo que le impidiera a ella marcharse, aunque él muy bien sabía que el desarrollo de una temporada no sería jamás motivo para mantener a una mujer como Amelia en Londres.

-Sinceramente creo que ella ya había tenido suficiente -replicó Richard confirmando una lapidaria verdad que Alexander conocía de sobra.

-¡Maldición! -espetó el capitán fuera de sí.

Richard observó detenidamente a su amigo. Tal vez ya no pudiera leer las expresiones en el rostro de los demás, pero aún era capaz de manifestar toda clase de sentimientos con el suyo.

-No sabía que ella os importaba tanto... -exclamó tremendamente sorprendido.

Alexander se dejó caer pesadamente contra el respaldo de la silla.

-¿A quién intento engañar, Richard? -preguntó con expresión desolada. Sansón percibió que su amo no estaba bien y colocó la nariz bajo su mano en actitud consoladora. Alexander lo acarició de manera distraída-. Tan solo ahora me doy cuenta de cuánto la necesito.

-¿Qué es lo que pretendéis con ella, Alex?

A Richard le preocupaba que a su amigo no le atrajera tanto Amelia si efectivamente pudiera verla. No era una joven despampanantemente bella y el antiguo Alexander siempre había sido muy exigente con respecto a la belleza femenina. No le parecía justo con la muchacha que solo fuera deseada porque no habían otras opciones.

-No lo sé. ¡Malditos sean estos inútiles ojos míos! Richard, necesito visitarla. ¿Me acompañaríais?

Sus sentimientos estaban completamente revueltos. No tenía la menor idea de lo que quería decir a Amelia, pero el solo pensar en no volver jamás a hablarle, en no volver a estar nunca más en su compañía, lo aterró más de lo que un océano entero plagado de naves francesas jamás lo hizo.

-De acuerdo. Haré lo que me pedís -le prometió Richard, todavía inseguro de que Alexander quisiera realmente estar en compañía de la jovencita si sus ojos estuvieran sanos y pudiera verla.

Sonrió para sí mismo. Hacía tan solo algunas semanas se había sentido receloso de Amelia. Ahora le preocupaban los verdaderos motivos de su amigo. Sería una bajeza de parte de Alexander alimentar las esperanzas de la chiquilla. La complejidad de las relaciones bastaba para dejar a un hombre fuera de toda posibilidad de matrimonio para siempre.

***

Alexander se hallaba de regreso en casa y se había refugiado en su estudio con Sansón, quien se había instalado, como siempre, a sus pies, cuando se abrió la puerta e ingresó su hermano.

-Dije que me anunciaría yo mismo -exclamó Anthony cruzando la habitación para saludar a su hermano menor-. ¿Qué es esa locura que he estado escuchando de la servidumbre de que salís todos los días a la calle sin escolta?

-¡Hola, hermano! -replicó Alexander poniéndose de pie para recibir uno de aquellos calurosos abrazos de Anthony que solo él podía dar-. Jamás salgo a la calle sin escolta. Os presento a mi confiable corcel, Sansón.

Sansón ya estaba erguido desde el momento mismo en que Alexander se había levantado, preparado para la acción y cualquier orden que pudiera dársele.

Anthony se quedó mirando fijamente al perro.

-Es un animal muy bien parecido, pero no estoy tan seguro de que pondría toda mi confianza en él si estuviera ciego.

-Toma algo de tiempo habituarse -concordó Alexander, desplazándose hacia el armario con licores para servir alguna bebida a su hermano-, pero una vez que ya conoce las rutas, ambos nos movemos con confianza.

-Me alegro mucho por vos -replicó Anthony.

La diferencia era notoria entre el Alexander de ahora y el que había visto la última vez. Se desplazaba confiado en el entorno pero, más importante aún, mantenía una postura como la de antaño, bien erguida como la de un hombre seguro de sí mismo, no el sujeto encorvado y amargado en que se había convertido.

-La sensación de libertad que siento no puede explicarse meramente por el hecho de salir a la calle sin necesidad de depender de otra persona. Si no hubiera encontrado a Sansón, sinceramente creo que habría enloquecido. Pero, en fin, decidme qué os trae a Londres.

-Por supuesto. Pues verás: sé que hay toneladas de diversiones que os podrían atar a la ciudad en esta época, pero me preguntaba si no os gustaría pasar la Navidad con nosotros. ¿Qué os parece?

Anthony se había casado con una mujer que detestaba la escena social londinense tanto como él mismo la detestaba, por lo tanto, ambos la evitaban lo más posible. Si debía viajar por negocios, a menudo se hospedaba con Alexander por el tiempo estrictamente necesario para atender sus asuntos y regresar al campo con su familia.

El capitán bebió un sorbo de coñac. Su expresión se había ensombrecido ante las palabras de su hermano.

-Lo lamento, pero no me uniré a vosotros estas Navidades -respondió tajante.

-¡Oh, vamos! Sé que no podemos competir con las cientos de invitaciones que estarán repletando vuestra mesa del despacho, pero hemos planeado algunas modestas diversiones.

Alexander sonrió con cierta amargura.

-En mi escritorio no hay una sola invitación, ni hoy ni nunca.

-¿Cómo así? -quiso saber Anthony genuinamente confundido, pues su hermano había sido siempre supremamente popular.

-Nuestra sociedad exige la perfección de sus miembros -replicó Alexander.

-¡Eso es ridículo! -explotó Anthony.

Alexander se encogió de hombros, mientras la expresión de amargura se iba paulatinamente borrando.

-No os mentiré diciendo que estos últimos meses no han sido un infierno, porque efectivamente lo han sido, pero ¿sabéis algo? Me complace haberme enterado por fin de cómo eran realmente aquellos que se decían mis amigos. Si me permitís el juego de palabras, he tenido los ojos más abiertos que en toda mi vida este último tiempo con respecto a lo que es verdaderamente importante y lo que no lo es.

-Jamás pensé que escucharía algo así de vos -reconoció Anthony observando detenidamente a su hermano. Parecía que los cambios que había experimentado escapaban a lo meramente físico.

-¿Yo era también así de arrogante? -preguntó Alexander alzando una ceja.

-Digamos que os adaptabais perfectamente a vuestros amigos -contestó Anthony con diplomacia.

Alexander lanzó una sonora carcajada.

-¿Totalmente flemático, con gesto adusto y reservado? Alguien me dijo que daba esa impresión a los demás cierta vez que dejé que Richard me condujera a un salón de baile. Es un error que no me permitiré repetir jamás, aunque me alegra haber asistido a ese dichoso baile.

Anthony había oído sobre aquella desastrosa experiencia y se sorprendió ante aquel último comentario de su hermano al respecto. Se había habituado de tal manera al iracundo Alexander que había surgido tras el accidente, que le estaba tomando cierto trabajo familiarizarse con esta nueva persona que se hallaba ahora sentada frente a él.

-Temo preguntar por qué... -comentó de buen grado.

-En aquella ocasión tuve la enorme fortuna de conocer a alguien que me ha brindado una amistad auténtica durante estas últimas semanas, además de Richard, claro está.

-¿Una dama?

-Así es.

-¿Quién es ella? -preguntó Anthony inmediatamente interesado.

-Oh, nadie que ninguno de nosotros conociera, os lo aseguro. Se hallaba muy por debajo de llamar nuestra atención debido a la importancia que nos autoarrogábamos. Es una muchacha sin dote. De hecho, considerada por la sociedad entera como para vestir santos -respondió Alexander siendo totalmente honesto con su hermano.

Anthony intentaba guardar cierta prudencia con respecto a la dama a la que su hermano aludía, aunque seguía sintiendo gran curiosidad por conocer más detalles sobre ella.

-Y por lo que veo ya es una muy buena amiga vuestra. Adoraría conocerla antes de regresar a casa.

-Se ha marchado.

-¿Qué decís? ¿A dónde?

-A Charmouth y esa es la razón por la cual no deseo pasar la Navidad con vosotros -exclamó Alexander con firmeza.

-¿Y seguirla os parece sensato?

-Probablemente no, en especial porque no tengo la menor idea de qué haré una vez allá.

-Alex, he visto cómo, hasta hace poco, evitabais la vida y ahora la enfrentáis con lo que parecen ser magníficos resultados. Detestaría que sufrierais otro revés.

-¿Tiene sentido si os digo que si nunca vuelvo a oír su voz, lo lamentaré por el resto de mi vida? -preguntó Alexander, manifestando finalmente parte de la agitada confusión que lo atormentaba desde que no había vuelto a encontrarse con Amelia por las mañanas en el parque.

-En tal caso, os deseo lo mejor y espero muy sinceramente que algún ángel guardián os esté cuidando con afecto. Quiero que seáis feliz, Alex.

-Yo también lo quiero, Anthony. Yo también lo quiero... -replicó Alexander, algo sobrecogido ante la emoción que le causaba la sola idea de volver a estar algún día en compañía de Amelia.

Capítulo 9

Pero Alexander no era el único que extrañaba profundamente el contacto del que él y la joven habían disfrutado durante el breve tiempo compartido en Londres. Amelia se sentía claramente indispuesta desde su regreso a casa. No cabía duda que era maravilloso volver a ver a sus padres y ser tan cariñosamente recibida en el hogar por una familia que la amaba y apreciaba sin condiciones, pero no era completamente feliz y no sabía qué podía hacer al respecto.

Apenas una semana después de su regreso, comenzó a ocultarse en una pequeña habitación que era usada como estudio y biblioteca. Era allí donde pasaba la mayor parte del tiempo. En aquel sencillo y pequeño lugar encontraba paz y una suerte de refugio. La casa de su familia no era lo suficientemente grande como para brindar demasiados lugares de independencia y, por primera vez en su vida, la joven sentía que necesitaba con urgencia tal clase de escape.

Dos butacas junto a la ventana ofrecían una adecuada comodidad y un lugar donde poder leer y meditar sin necesidad de salir, probablemente el único sitio posible de la casa donde hallar algo de alivio en un edificio que albergaba a una familia tan numerosa como la suya. El gran escritorio dominaba la pequeña habitación, permitiendo espacio para apenas la poltrona tras él y dos sillas de menor tamaño junto al hogar. Una mesita lateral completaba el mobiliario del lugar, con nada más que lo elemental y sin extravagancias innecesarias. Una serie de repisas cubrían el único muro libre de ventanas, puertas o chimeneas adosadas. Había en ellas algunos libros, pero en realidad más espacio libre que libros. Cuando el dinero era escaso, los libros constituían un lujo.

El señor Basingstoke ingresó una tarde a la habitación y encontró a su hija sentada en un extremo del alféizar de la ventana. Se veía pequeña y encogida en un esfuerzo por mantenerse cómoda y abrigada. El señor Basingstoke frunció el ceño al notar que Amelia miraba fijamente un libro que tenía entre las manos -un libro que obviamente no leía- profundamente sumida en sus pensamientos. Había llegado la hora que padre e hija hablaran con franqueza. La había observado constantemente desde su regreso y se sentía preocupado por ella.

-Querida, ¿por qué no habéis ido a la casa parroquial con vuestra madre? -preguntó sentándose también en el alféizar, por lo cual Amelia debió encoger aún más sus piernas hasta meterlas bajo su barbilla para cederle algo de espacio.

El cabello del señor Basingstoke se había encanecido muy tempranamente haciéndole parecer mayor de lo que realmente era, aunque algunos se preguntaban si tal vez ello se debiera al esfuerzo de tener que criar a ocho alborotados muchachos. El hombre era de personalidad tranquila y cariñosa, sin rasgos dictatoriales. Todos sus hijos lo adoraban. Su carácter contrastaba con el de su esposa quien, con los años, se había vuelto más preocupada por lo que pudiera salir mal en la vida que agradecida por todo lo que la vida le había dado. El señor Basingstoke, sin embargo, todavía la amaba muchísimo.

Por otra parte, es probable que la ropa del señor Basingstoke no fuera tan fina como la de su hermano londinense -si se la examinaba con detención, su camisa mostraba signos de desgaste, algo que jamás sería aceptado en el guardarropa de Sir Jeremy-, pero el padre de Amelia gozaba de una vida de paz y satisfacción de la que su hermano carecía. Tenía ocho hijos varones de los que estaba inmensamente orgulloso y una sola hija que era la luz de sus ojos. Habían sido muy unidos antes de que ella se marchara a vivir a Londres. Sin embargo, ahora presentía que debía moverse con cautela para averiguar exactamente qué andaba mal con ella.

-No tenía deseos de asistir hoy. Pedí que me excusaran. Mamá estaba dichosa de ir sola de todos modos -replicó la aludida.

-Os habéis visto muy decaída desde vuestro regreso, hija. Es maravilloso teneros de vuelta en casa, aunque admito que había esperado que hallarais un buen hombre en Londres. Ya me había resignado a perderos en manos de algún pretendiente -respondió el señor Basingstoke con afecto.

Amelia sonrió a su padre.

-Pues al parecer me tendréis cerca para siempre. Espero que no os importe la carga adicional.

-¿Importarme? Vos jamás seréis considerada una carga, pero es natural que un padre quiera ver a sus hijos felices.

Se produjo una breve pausa.

-Y vos no sois feliz ahora, querida. Lo sé.

Amelia parpadeó con velocidad. Naturalmente que su padre notaría que algo no andaba bien. Él, más que ningún otro miembro de la familia, estaba siempre en sintonía con su vida y sus sentimientos.

-Estoy feliz de estar en casa. Londres no era para mí. Además, mi tía y Serena... Bueno, tenemos personalidades completamente distintas -exclamó con honestidad aunque intentando ser al mismo tiempo lo debidamente diplomática en su respuesta.

-¿Pero...? ¿No hubo nadie en todo este tiempo que hiciera latir vuestro corazón algo más rápidamente? -preguntó el señor Basingstoke con la mayor delicadeza posible.

-Hubo un caballero... -confesó Amelia.

Respiró profundamente antes de proseguir, contenta de tener la posibilidad de hablar sobre Alexander con alguien que, de alguna manera, la entendería.

-¿Tiene sentido si os digo que desde el primer momento en que puse mis ojos en él, tuve la absoluta certeza de que era el hombre más perfecto que podía existir para mí? ¿Más que ningún otro que hubiera conocido jamás?

-Continuad... -la animó el señor Basingstoke, satisfecho de que por fin su hija se sincerara. La conducta asocial que había mostrado desde su llegada lo tenía sumamente preocupado.

-Lo vi por primera vez al inicio de mi primera temporada. Era tan alto y tan fuerte... Parecía llenar con su sola presencia cada salón de baile o fiesta a la que acudía. Desde el momento mismo en que ingresaba, yo ya sabía dónde se encontraba.

Amelia rememoró todas aquellas primeras veladas en las que había contemplado a lo lejos al capitán Worthington. En efecto, Alexander llenaba con su presencia cada lugar, como si todos los demás hombres se encogieran al estar junto a él; ninguno de ellos se le comparaba. En aquella temporada inicial lucía sencillamente espléndido en su uniforme del color del mar con sus galones dorados reluciendo bajo la luz de las velas. Su cabello siempre lo había llevado ordenadamente atado en una coleta; nada de afectados rizos para él. Su risa retumbaba como si de algo tangible se tratara, como si Amelia pudiera tocarla. En cada baile, charlaba y reía sin dejar por un segundo de coquetear con la afortunada pareja escogida en la ocasión, pero jamás se lo había visto tomarse a ninguna de ellas demasiado en serio, provocándolas de tal manera con su abrumadora personalidad que las hacía ruborizarse constantemente. Amelia lo había observado siempre, atentamente, por completo cautivada, deseando ser ella quien llamara su atención y le hiciera reír de ese modo, aunque sin perder de vista nunca la realidad de su verdadera situación.

-¿Y él os correspondía?

-¡No! -respondió Amelia riendo-. Ni siquiera sabía que yo existía. Jamás fuimos presentados ni bailamos simultáneamente en el mismo grupo.

La joven prefirió omitir que, en honor a la verdad, prácticamente nunca había bailado durante toda su estadía en Londres. Nada ganaba con afligir a su padre que tantas esperanzas había puesto en aquel viaje.

-Él estaba muy por encima de mí: un capitán de la Marina Real y un partido espléndido en todo sentido -añadió.

-No me agrada oíros decir que alguien se encuentra muy por encima de vos -la reprendió el señor Basingstoke-. Todos somos iguales en este mundo.

-Bien sabéis que eso no es cierto, padre. Y creedme que jamás es tan evidentemente obvio como cuando se asiste a alguna velada en que la alta sociedad británica está presente. Se aseguran de que todo aquel a quien no corresponde que presten atención conozca bien cuál es su lugar.

-Y, por lo que entiendo, él se hallaba entre ellos. No logro entender qué tenía entonces de atractivo para vos.

-¡Vos no erais una muchacha de veinte años, padre! -replicó Amelia esbozando una sonrisa traviesa-. Se unió a Nelson y fue aclamado como héroe tras Trafalgar, pero resultó gravemente herido y nadie volvió a saber de él durante más de un año.

-¿Y luego?

-Se reincorporó a la sociedad londinense en noviembre recién pasado. Ha quedado completamente ciego, padre. ¡Y ahora todos sus amigos lo evitan! Sigue siendo un héroe para todos ellos pero, como ya no es el otrora hombre perfecto, ha comenzado a ser cruelmente ignorado.

Amelia no intentó ocultar la indignación que le provocaban todos aquellos que habían dado la espalda a Alexander.

-¿Y fue entonces que os fue presentado? -preguntó el señor Basingstoke intentando leer entre líneas. Era evidente que Amelia sentía algo por aquel capitán, pero él deseaba saber exactamente qué había ocurrido.

-Por decirlo de alguna forma, sí. La primera vez que hablamos, alguien lo llevó a sentarse a las bancas donde se sentaban las alhelíes. No digamos que se sintió particularmente impresionado por mí, pero luego nos volvimos a encontrar por casualidad cuando yo ejercitaba al perro del tío Jeremy. Os escribí sobre él, ¿os acordáis?

-¡Claro! El no muy popular Sansón...

-Pues creedme que Sansón nos sorprendió a todos al transformarse en el mejor perro del mundo cada vez que estaba junto al capitán Worthington. ¡Llegó a ser sus ojos! Comenzamos a entrenarlo cada mañana en el Green Park y, en cierta medida, el propio capitán se entrenó a sí mismo junto al perro.

La manera en que la mirada de Amelia se había encendido vivamente mientras narraba la historia no había pasado por alto a su padre. Tampoco el rubor en sus mejillas.

-Espero que se haya comportado como un caballero con vos.

-Lo hizo, padre. Estaba más interesado en el perro que en mí. Yo podría haber sido cualquier persona. Era Sansón el importante para él, no yo -replicó Amelia con cierta pesadumbre.

-Es decir, se acercó a vos porque le fuisteis útil...

-Así es. Pero no fue tan mala persona como así suena dicho, después de todo. No os equivoquéis. Tuvimos charlas muy interesantes, pero lo cierto es que él jamás se fijaría en alguien como yo.

-¿Podrías mejorar aquella condenatoria descripción de vos misma antes de que os zamarree por pensar como una boba?

Muy rara vez el señor Basingstoke perdía la compostura, pero en esos momentos parecía exasperado ante la actitud subestimadora de su hija consigo misma.

-Estoy siendo realista. Nuestras vidas son demasiado distintas, pero he sido una estúpida romántica y he permitido que mis pensamientos se gobernaran solos. Él no hizo nada malo.

-No sabría deciros si concuerdo con eso, pero espero que cuando os caséis, sea con alguien que os valore por completo -replicó el señor Basingstoke ligeramente emocionado.

-Ya tengo casi veintitrés años, padre. Debo aceptar que me he quedado para vestir santos.

Amelia no buscaba la compasión de nadie, solo estaba siendo pragmática.

-Sin embargo, regresasteis pronto. Todavía restan varios meses de la temporada en Londres.

-La Navidad no tiene nada de especial si se está lejos de la familia. Os había extrañado demasiado a todos vosotros. Además, prácticamente nadie bailaba conmigo, mucho menos se interesaba en cortejarme. Definitivamente prefería estar con mi familia.

El señor Basingstoke estaba desolado porque su adorada hija no hubiera disfrutado de una experiencia que él esperaba sacara lo mejor de la muchacha. Admitía cierta parcialidad como padre, pero Amelia era una chiquilla espléndida, llena de ingenio e inteligencia que sumar a su enorme atractivo. Finalmente llegó a la conclusión que los caballeros londinenses habían dejado escapar un verdadero diamante entre los dedos. Lo que pensaba del capitán Worthington era todavía más drástico. Estaba convencido de que Worthington había utilizado a su hija, sabiendo perfectamente que ella estaba rendida a sus pies. Aquella sombría idea mantendría sus labios herméticamente cerrados por el resto del día.

-Pues cumpliréis vuestro deseo de pasar una Navidad en familia este año, querida -exclamó cambiando de tema a uno algo más agradable. Ahora ya sabía qué era lo que afligía a su hija y tenía la esperanza de que, tras disfrutar de las fiestas con todos sus seres queridos, la muchacha se reanimara.

-¿Estarán todos mis hermanos en casa? -preguntó Amelia, emocionada ante la idea de volver a verlos. Podía visitar a los dos que tenían sus propias granjas, pues vivían a pocos kilómetros de distancia, pero los demás se hallaban demasiado lejos.

-Así es. He recibido carta de William. Su barco ha recalado y ya viene rumbo a casa.

-¡Espléndido! Estoy ansiosa por volver a verlo.

-Bernard y John solo estarán junto a nosotros el día de Navidad, pues no pueden abandonar sus granjas durante mucho tiempo, pero los pequeños llegan de la escuela mañana y Harold y George llegarán en vísperas de Navidad.

-¿Y qué hay de Peter? -preguntó Amelia. El hermano que se preparaba para ordenarse sacerdote no había sido mencionado.

-¡Oh, él ya está aquí! Llegó hace cuestión de una hora -respondió el señor Basingstoke sonriendo al ver que Amelia brincaba de su asiento dejando atrás todas sus aflicciones y salía corriendo de la habitación en busca de su hermano.

***

La nieve iba a ser el mayor problema para que la familia pudiera reunirse aquel año. Sin ir más lejos, la noche de la llegada de Peter nevó intensa y constantemente.

Amelia no se despegaba de la ventana, enceguecida por el intenso brillo del paisaje que contemplaba. El suelo se hallaba completamente cubierto de una capa de nieve de al menos 20 centímetros y todos los árboles de los alrededores estaban vestidos con su nuevo manto blanco. Algunas de sus ramas más débiles parecían desplomarse bajo tan inesperada carga. Muy pocos carruajes se animarían a salir aquel día por temor a sufrir algún accidente.

-Espero que Benjamin y Thomas logren llegar a salvo -comentó la muchacha por décima vez en el día mientras seguía contemplando el albo espectáculo desde el ventanal de la sala de estar. Sus dedos seguían distraídamente la huella de hielo que corría por el interior del vidrio mientras observaba ansiosa hacia el exterior a la espera de sus hermanos menores.

-Si yo fuera vos, disfrutaría de esta paz mientras pudiera -bromeó Peter, solazándose del calor que brindaba la enorme chimenea de la habitación.

-La ausencia os hace olvidar los defectos. Mis hermanos se volvieron prácticamente angelicales en mi mente mientras estuve lejos - replicó Amelia con una sonrisa.

-¡Ajá! Creo que más de alguna sacra aureola aparecerá por estos lados al final del día.

Peter rio de buena gana con su propia broma, sabiendo muy bien qué clase de travesuras sus dos hermanos menores harían con tal cantidad de nieve a su disposición.

Los señores Basingstoke pronto se reunieron con Amelia y Peter. Ninguno de ellos se sentía preparado para alejarse demasiado del calor de la chimenea en un día poco tentador para andar paseando por allí como ese. Se congregaron en apenas una o dos habitaciones, reduciendo así la necesidad de calefaccionar toda la casa.

-Espero que Benjamin y Thomas no intenten venir a casa precisamente hoy. Deberían hospedarse en alguna posada hasta que la nieve se derritiera un poco -comentó con preocupación la señora Basingstoke, colocando el mantón más grueso que tenía sobre sus hombros. No se había encanecido tanto como lo había hecho su esposo, pero con los años había adquirido una expresión propia de una mujer de más edad de la que realmente tenía, con gruesas líneas surcando su frente.

-Son jóvenes y fuertes; estarán bien. Si los caminos están bloqueados para los carruajes, son perfectamente capaces de caminar unos cuantos kilómetros -salió al paso el hermano mayor, haciendo justicia a las capacidades de los menores.

-¡Allí vienen! -chilló de pronto Amelia, emocionada al divisar a dos figuras que aparecían en el sendero rumbo a casa. Sin embargo, debió guardar silencio de golpe mientras sentía que enrojecía intensamente.

-Me he equivocado. No son ellos...

-¿No me digáis que a alguien se le ha ocurrido hacer una visita en un día como hoy? -preguntó la señora Basingstoke incrédula. Si ya era difícil animarse a andar paseando cuando el clima era húmedo, no concebía que alguien fuera tan bobo como para deambular por ahí con los campos cubiertos de nieve.

-¿Amelia...? -preguntó el señor Basingstoke arrastrando las sílabas, con una súbita sospecha de por qué razón su hija se veía tan perturbada.

La joven se giró mecánicamente para mirar a su padre con los ojos llenos de verdadero pavor. No tenía la menor idea qué significaba esa visita, pero lo que sí sabía es que no podía atribuirse a una mera coincidencia.

Transcurrieron varios segundos en que padre e hija se comunicaron sin palabras, mientras el primero se preguntaba por qué la muchacha transmitía esa expresión de sorpresa y, para su vergüenza, también de esperanza.

Peter se había movido hasta la ventana. Al desconocer las razones del súbito sonrojo de su hermana, observó a las dos personas que se acercaban con cierta cuota de comprensible aunque no excesiva curiosidad.

El llamado a la puerta le evitó a Amelia verse obligada a explicar quiénes eran los visitantes, pero resultaba evidente que, al menos su padre, ya sabía de quién se trataba uno de ellos.

La criada que había acudido al llamado ingresó en la habitación donde la familia estaba reunida.

-El señor Critchley y el capitán Worthington están aquí para saludar a la señorita Amelia, señor -exclamó dirigiéndose a su patrón.

-Hacedlos pasar y disponed de alguna bebida caliente para servir. Estoy seguro que ambos apreciarán entibiar un poco los huesos después de una caminata con este clima -ordenó el señor Basingstoke, ubicándose de pie frente a la chimenea preparado para recibir formalmente a los inesperados huéspedes.

Richard condujo a Alexander hasta la sala de estar de los Basingstoke y el señor Basingstoke se apresuró a cruzar la habitación antes de que nadie pudiera decir nada.

-Bienvenidos a nuestro hogar en esta gélida mañana, caballeros. Al menos el sol ha salido, aunque muy tímidamente. Soy el padre de Amelia. Esta es mi esposa y este uno de mis hijos, Peter.

Richard estrechó la mano que le extendía el señor Basingstoke e hizo una reverencia ante su esposa. El señor Basingstoke lanzó una mirada a Peter para que se aproximara a saludar a los caballeros, lo que este hizo en seguida.

Alexander también extendió su mano y estrujó la mano de Peter cuando el joven aproximó la suya hasta tocarla.

-¿Sois vos el hermano marinero? -quiso saber en seguida.

-No, ese es William. No se encuentra en casa, pero lo esperamos para Navidad -respondió Peter afablemente-. Yo soy el que se está preparando para ordenarse.

-¡Ah, claro! Lo recuerdo -respondió Alexander haciendo entrever a todos los presentes que se había relacionado con Amelia más allá de cualquier sosa interacción social.

Amelia fue la última en aproximarse a saludar. La agitación nerviosa de su estómago era tal que temía seriamente desvanecerse en frente de todos.

-Señor Critchley, capitán Worthington... ¿Cómo os encontráis? -preguntó haciendo una ligera reverencia.

Ambos caballeros inclinaron sus cabezas en señal de saludo y respondieron diplomáticamente a su pregunta.

-¿Os habéis animado a salir sin la ayuda de Sansón? -preguntó Amelia, esta vez directamente a Alexander.

-¡Os dije que ella estaría más interesada en el perro que en vos! -intervino Richard en tono jovial, haciendo que Amelia se ruborizara intensamente.

Mantenerse inmutable cuando alguien nos gasta bromas frente a miembros de la familia no es tarea fácil, especialmente cuando uno de sus miembros ha recibido todas nuestras confidencias apenas el día anterior.

Amelia se sintió tremendamente avergonzada, pero su chispeante carácter natural terminó saliendo a flote.

-Siempre diré que el perro es quien gana, así sea solo para molestar.

-Habéis pasado demasiado tiempo con Richard, según parece... -se quejó ligeramente el capitán, aunque sin perder el buen humor.

La señora Basingstoke invitó a los recién llegados a tomar asiento y todos observaron con interés cómo Richard guiaba a su amigo hasta la butaca más cercana. La criada regresó trayendo una bandeja con té y bocadillos y, mientras la dueña de casa llenaba las tazas con la reconfortante bebida y los platos con pasteles y galletas, el señor

Basingstoke pudo dedicarse a observar las reacciones de su hija.

Amelia había tomado una taza y un platillo y se había aproximado a Alexander. Tocó su mano con el borde del platillo y esperó hasta que él sostuviera en sus manos lo que ella le alcanzaba. Entonces llevó su mano a la mano libre del capitán y, una vez que Alexander la hubo colocado en la palma de la muchacha, ella la movió ligeramente en dirección a una mesa lateral.

-Podéis colocar vuestra taza en este mesita si lo deseáis -le explicó con voz pausada.

-Os lo agradezco -respondió Alexander emocionado por el bello gesto de la muchacha. Siempre se encontraría en desventaja en un entorno extraño, pero con indicaciones tan sencillas como esa le bastaba para sentirse algo más a gusto.

Luego la joven aproximó a Alexander un plato con galletas y pasteles y le describió su contenido.

-Suena delicioso -respondió el capitán sonriéndole.

-Os encontráis muy lejos de Londres, caballeros. ¿Tenéis parientes en los alrededores? -preguntó el señor Basingstoke cuando ya todo el mundo estuvo instalado y bien servido.

-Tengo amigos en Lyme. Nos estamos hospedando con ellos por algunos días, específicamente en Upper Lyme -respondió Alexander.

-¡Es una larga travesía desde allí hasta Charmouth! -exclamó la señora Basingstoke totalmente sorprendida-. ¡Y en condiciones tan adversas!

-He contraído con la señorita Basingstoke una enorme deuda por tener la amabilidad de presentarme a Sansón. No podía visitar Lyme sin pasar a saludarla -respondió Alexander con naturalidad.

-¡Pero con este clima! -insistió la señora Basingstoke.

-No me importa la nieve. Es difícil desplazarse en ella, particularmente cuando uno requiere de guía, lo admito, pero he descubierto que brinda una ventaja oculta para alguien como yo.

-¿Y qué ventaja sería esa? -se apresuró a preguntar Amelia antes de que su madre pudiera decir algo más sobre lo inapropiado de la visita en tales condiciones.

-Usualmente solo veo oscuridad: sombras y diversas clases de tonos de gris y negro. Pero la nieve es tan intensamente brillante que, por primera vez tras el accidente, he podido llegar a ver luces. No me atrevería a ir tan lejos como para afirmar que he visto el color blanco propiamente tal, pero sí cierta tonalidad mucho más brillante de la habitual -explicó Alexander a los presentes.

-Todo lo ocurrido debe haber sido tremendamente duro para vos -exclamó Peter, impresionado con lo que oía-. William nos contó vuestra historia en su última visita a casa. ¡Fuisteis el héroe del momento!

-Nunca me he sentido un héroe -admitió Alexander-. Solo intenté superar la batalla con mis hombres y mi nave intactos. Y logré hacerlo. Fue solo eso.

-Una batalla muy compleja... -reconoció el señor Basingstoke.

-Lo fue, aunque finalmente conseguimos derrotar a los franceses de diversas formas. Al analizar la batalla con posterioridad, parecía como si todo hubiera estado a nuestro favor.

-Jamás dejaré de agradecer a Dios porque nuestro hijo haya retornado sano y salvo -exclamó la señora Basingstoke sintiendo que la recorría un escalofrío.

La charla fue interrumpida por un nuevo llamado a la puerta. El característico ritmo del martilleo con los nudillos dejó en claro, al menos a la familia, quiénes eran los que llamaban.

-Os ruego nos excuséis por un instante. Al parecer la nieve no impidió a nuestros dos hijos menores venir a casa -exclamó el señor Basingstoke animado.

-Deberíamos marcharnos -sugirió Richard haciendo el amague de levantarse.

-¡Por ningún motivo! -replicó el señor Basingstoke-. Amelia, quedaros con nuestros visitantes mientras nosotros vamos a recibir y poner en regla a los muchachos. Ya puedo imaginar en qué condiciones vienen.

La habitación quedó en silencio en cuanto todos los Basingstoke salieron; todos salvo Amelia. Richard decidió ayudar para que la conversación fluyera.

-¿Y echáis mucho de menos Londres, señorita Basingstoke?

-¡En lo absoluto! -respondió Amelia riendo-. Sinceramente espero que no me sea preciso volver jamás. Ya tuve suficiente de frivolidades.

-Las bancas de las alhelíes nunca volverán a ser lo que eran antes -añadió Alexander con simpático gesto de simulada aflicción.

-¿Con quiénes os estáis hospedando en Lyme? -preguntó Amelia cambiando de tema, curiosa por saber si se trataba de conocidos suyos.

-En casa de un almirante retirado quien fue mi superior cuando yo apenas era un joven oficial. Aprendí mucho de él y siempre tuve deseos de visitarlo.

-¿Y estaréis lejos de vuestras familias en Navidad?

-¡Oh, no! Es solo una corta visita -intervino Richard.

-Entiendo... -respondió la joven súbitamente desilusionada al enterarse de que no se quedarían por allí mucho tiempo-. Es una lástima que no pueda ver a Sansón antes de que os marchéis.

-Si la nieve no está tan tupida, podemos traerlo a visitaros mañana antes de dejar Lyme, si os parece -sugirió Alexander.

El capitán no necesitaba ver para saber cuál sería la expresión en el rostro de Richard en ese momento ante sus palabras. Durante todo el viaje, su amigo no había hecho más que manifestar abiertamente su opinión sobre emprender tal periplo en dicha época del año y con aquel duro clima que les había caído encima. Era indudable que Alexander tendría que soportar un sermón de parte de su amigo en cuanto dejaran la casa de los Basingstoke.

-Me encantaría. Os agradezco el ofrecimiento -replicó Amelia.

-Ya es hora de que regresemos a casa del almirante, Alex -exclamó Richard poniéndose de pie-. La señorita Basingstoke tiene a dos hermanos pequeños a quienes atender.

-Pasaremos Navidad en familia. Es maravilloso estar en casa todos reunidos -exclamó Amelia con entusiasmo.

-¿Sin primas? -bromeó Alexander.

-¡Definitivamente sin primas! -respondió Amelia riendo.

La joven condujo a ambos caballeros fuera de la sala de estar para despedirlos en el vestíbulo. Richard se limitó a inclinar la cabeza retirándose, pero Alexander prefirió extender su mano hacia la muchacha, como ya lo había hecho tantas veces antes. Amelia colocó la suya en la palma del capitán. Era agradable sentir su pequeña mano cariñosamente sostenida por la gran mano de Alexander mientras este la alzaba hasta alcanzar sus labios para besarla.

-Debo culpar a mi ceguera por mi atrevido comportamiento -dijo Worthington esbozando una encantadora sonrisa a Amelia-. Hasta mañana, señorita Basingstoke.

-Hasta mañana, capitán -respondió Amelia en un susurro mientras aún sentía el calor de aquellos labios en su piel mucho después de que ambos caballeros ya se habían marchado.

Capítulo 10

Amelia intentó no pasar horas junto a la ventana esperando ver a aparecer a Richard y a Alexander. Realmente se esforzó, pero la mañana parecía no avanzar y, aunque había llovido la noche entera, la nieve aún amenazaba con impedir el libre desplazamiento al haberse convertido en una gruesa capa de aguanieve.

Sus tres hermanos se habían animado a salir de casa en busca de un árbol navideño adecuado y algunas ramas y hojas de acebo para decorar la casa. Era una antigua tradición que cada marco y alféizar fuera llenado de hojas perennes que los niños recolectaban.

Amelia había rechazado la invitación a acompañarlos, una respuesta totalmente inesperada tratándose de ella. En otras circunstancias, ya habría estado cubierta de nieve y empapada de la cabeza a los pies, si tiempos pasados en algo pudieran considerarse, al acompañar a sus hermanos que solían disfrutar lanzándose bolas de nieve unos a otros.

La joven se había mantenido despierta gran parte de la noche reflexionando sobre la inesperada visita. ¡Qué maravilloso había sido volverlo a ver! Admitía que extrañaba muchísimo a Alexander, pero la manera en que su corazón le había saltado en el pecho cuando lo había visto entrar en casa aquella mañana superaba cualquier emoción. El peso que había estado soportando desde su último encuentro no había parecido tal hasta que la tensión se había liberado. Se había avergonzado de ser observada por su familia en tales circunstancias, pero ello no aminoró en lo absoluto el delirio que había sentido al estar una vez más a su lado.

Debió admitir que estaba siendo lo suficientemente egoísta como para sentirse agradecida por la promesa de volver a visitarla. Sinceramente adoraba a Sansón y moría por verlo, pero nada se comparaba con la sola idea de una nueva visita de Alexander. Se había obligado a aceptar que aquella sería la última vez que lo vería, pero su corazón se obstinaba en apartar tal idea de su mente, limitándose a gozar la emoción que significaba estar nuevamente junto a él.

Atenta tras la ventana al sendero que conducía a la casa, finalmente logró divisar a Peter que guiaba la marcha de sus dos hermanos menores y corrió en busca de su pelliza y su sombrero. Le ayudaría distraer la mente de la prometida visita si se dedicaba a ayudar en la distribución del acebo recolectado para ornamentar la casa.

Por fortuna para Amelia, la nieve estaba demasiado húmeda como para brindar buenas municiones para la tradicional guerra de bolas de nieve, por lo tanto, se ahorró la habitual paliza recibida en años anteriores.

Tomó de manos de Benjamin algo del acebo recogido y siguió al grupo camino a casa.

Mientras limpiaba sus botas de restos de lodo y aguanieve antes de reingresar, captó cierto movimiento a la distancia. Sintió que su corazón estallaba al darse cuenta que dos personas junto a un enorme perro avanzaban por el mismo sendero por donde sus hermanos acababan de transitar.

Decidió no entrar a casa y dejó el acebo recolectado a un costado de la puerta. Probablemente Sansón estaría húmedo y no olería muy bien. Lo mejor sería que su madre no conociera al perro en tales circunstancias. La muchacha pensó que sería prudente idear alguna manera de mantenerlos alejados uno del otro.

Se encaminó hacia el muro bajo que separaba el jardín delantero de la amplia calzada que por allí pasaba y se paró junto a la verja abierta con una amplia sonrisa de bienvenida.

Sansón parecía avanzar con más energía de la habitual en su apuro por llegar hasta Amelia, a quien ya había reconocido, pero Alexander tenía al perro bajo control por el momento. Cuando ya estaban a pocos pasos de distancia de la joven, el animal, incapaz de seguir gobernándose, se lanzó a correr hacia ella dando emocionados ladridos y arrastrando al capitán con él.

En días posteriores, Amelia y Richard llegarían a pensar que el tiempo pareció detenerse en aquel instante. El enérgico brinco de un entusiasta Sansón lanzó a Amelia al suelo. La fuerza del movimiento fue tan inesperada y con tanta potencia que Alexander no tuvo tiempo de prepararse para tan extrema desestabilización. Su cuerpo pareció seguir la trayectoria del perro por el aire, pero en un intento por evitar ir a aterrizar donde él suponía se hallaban Sansón y Amelia, torció el cuerpo para acabar estrellándose contra el muro divisorio del jardín con un espantoso golpe seco. El aullido de dolor que siguió a aquel movimiento perseguiría a Amelia durante meses.

Alexander se apartó del muro que había frenado su caída girando sobre sí mismo mientras de su gabán chorreaba el aguanieve sobre el cual se revolcaba. Pero aquella incomodidad poco importó en comparación con el intenso dolor que sentía en la cabeza. Amelia notó que tenía los dedos ensangrentados tras llevarse las manos a la zona donde sentía el dolor y luchó por apartar a Sansón de su camino para lograr acercarse.

Richard pudo llegar antes hasta su amigo. Se arrodilló junto a él, extrajo un pañuelo de su bolsillo y presionó la tela contra la herida. El joven debió apretar los dientes ante la impresión: sangraba profusamente.

-¿Alex? ¿Alex? -lo llamó con insistencia, sorprendido de que su amigo no estuviera ya inconsciente.

-¿Richard? ¡Oh, Dios santo, Richard! -gimió Alexander con el rostro vuelto una máscara verdosa.

-Debemos llevaros adentro, Alex.

-¡No! Richard... Buscad... Al doctor... Al doctor Johnson...-balbuceó Worthington con un hilo de voz.

-Sí, ya lo haré. Primero debemos llevaros adentro -insistió Richard.

-¡No! Richard... Necesito al doctor Johnson... Ahora... ¡Lo necesito! ¡Ahora!

Amelia se había arrodillado también junto a Alexander. El resto de la familia se asomó en pleno al exterior al oír el estruendo, aunque se mantuvo ligeramente rezagada.

-Señor Critchley, os ruego que enviéis un mensaje a ese doctor Johnson. El capitán Worthington necesita que lo examine lo antes posible. Nosotros nos haremos cargo de él.

La voz de Amelia sonó mucho más entera y tranquila de lo que ella realmente estaba.

-Pero... -comenzó a decir Richard.

-¡Ahora, señor Critchley! -insistió Amelia en tono educado pero firme.

Ello bastó para que Richard reaccionara. Se quedó mirando a Peter en busca de ayuda y este llevó al preocupado amigo hasta los establos para ponerse en marcha. El lujo de pasear a pie ya no era una opción, sin importar el clima imperante. Aumentar la velocidad de desplazamiento viajando a caballo era imprescindible.

-Os lo agradezco -balbuceó Alexander con dificultad.

-Capitán Worthington, mis hermanos os llevarán al interior de la casa -le explicó Amelia con suavidad mientras cambiaba el pañuelo de Richard, ya empapado en sangre, por uno limpio de su propiedad.

Con una familia de tantos hermanos, tenía suficiente experiencia como para saber que una herida en la cabeza sangraba mucho más que una herida en cualquier otra parte del cuerpo. Aun así, estaba sumamente preocupada. El corazón le latía con tal violencia en el pecho que estaba segura que más tarde tendría las costillas magulladas. Mil ideas cruzaban por su mente, pero era preciso que se concentrara y mantuviera la calma.

-Señorita Basingstoke, os ruego me disculpéis, pero creo que me avergonzaré delante de vos todavía más... -exclamó a duras penas Alexander antes de girar la cabeza en dirección a la nieve y vomitar profusamente.

Pero Amelia no hizo tal de apartarse de él. Por el contrario, acarició el cabello de Alexander apartando de su cara las hebras que se habían soltado de la cola de caballo que usualmente llevaba, mientras él vaciaba el contenido de su estómago sobre el aguanieve. Cuando ya era evidente que no tenía más que expulsar, la joven se puso de pie y permitió que sus hermanos levantaran al capitán y lo llevaran al interior de la casa. Fue trasladado hasta una habitación de visitas con Amelia siguiendo a la procesión cuál madre preocupada.

Peter había regresado junto a la familia luego de conseguir la cabalgadura para Richard y se quedó mirando a su hermana con una ligera sonrisa.

-Dadnos unos minutos, querida. Necesitamos cambiarlo de ropa. Nadie quiere que agarre un catarro además de la herida. Podríais aprovechar de sacar al perro de la habitación.

Sansón no se había movido del lado de Alexander desde la caída. Su cola había prácticamente desaparecido entre sus patas y se comportaba con mucha timidez, como si supiera que él había causado el accidente.

-Por supuesto -respondió Amelia agachándose para buscar a Sansón, el que había gateado hasta ocultarse debajo de la cama.

-Venid conmigo, muchacho -lo llamó cariñosamente. Pero Sansón se negaba a moverse; ni siquiera miró a Amelia cuando esta le habló.

-¡Vamos, Sansón! -insistió Amelia. El perro gimoteo ligeramente y finalmente se giró hacia ella con ojos que parecían suplicar.

-Peter, Sansón no saldrá de allí sin mediar un tremendo alboroto. Creo que lo más aconsejable es dejarlo donde está. No os entorpecerá, os lo aseguro -exclamó con convicción. No era capaz de separar a un arrepentido Sansón del lado de su amo.

Salió entonces de la habitación, sin Sansón, dejando a sus hermanos a cargo de atender a Alexander.

Más tarde, su padre debió pedir a la joven que dejara de pasearse impaciente de un lado al otro en el descansillo de la escala. La muchacha se había cambiado la ropa húmeda por ropa seca en apenas un par de minutos, pues no quería estar ni un solo instante lejos de Alexander. Pero la puerta de su habitación seguía sin abrirse.

-He dejado a vuestra madre en la sala de estar -comentó el señor Basingstoke.

Amelia sabía muy bien que su madre no era de ninguna utilidad en momentos de crisis. Cómo había sobrevivido a la experiencia de criar a ocho alborotados muchachitos, ella no tenía ni idea, pero solo podía atribuirlo a la naturaleza calmada de su padre.

-¿Cómo se encuentra el capitán?

-No lo sé -respondió la joven con un dejo de angustia-. La herida aún le sangra. Me preocupa que sea precisamente en la cabeza, donde todavía tiene lesiones del accidente en Trafalgar...

-Lo sé, pero debemos aguardar a que el doctor lo examine. ¿Quién es ese tal Johnson?

-No tengo ni la menor idea. Imagino que debe tratarse del médico personal del capitán, pero de ser así ello implicaría una enorme tardanza. Probablemente viva en Londres. ¿Creéis que deberíamos enviar a alguien en busca del doctor Dickinson de todos modos, padre?

-Si todavía está consciente, podremos preguntarle en algunos momentos más y dejar que él mismo decida. Pero si se deteriora y nos es imposible comunicarnos con él, no dudaré en llamar a nuestro propio doctor -replicó el señor Basingstoke intentando tranquilizar a su hija.

Finalmente la puerta se abrió y Benjamin se asomó por ella para llamar a su padre y a su hermana permitiéndoles la entrada.

Era una habitación pequeña que se empleaba solamente para hospedar invitados en las escasas ocasiones en que toda la familia se hallaba reunida en casa y no había alcobas disponibles. Con cuatro hombres y una joven preocupada apiñados en su interior daba la impresión de ser verdaderamente minúscula.

Amelia se acercó de inmediato al lecho donde yacía el herido. Además de haberlo cambiado de ropa y lucir ahora un camisón de dormir limpio y seco, un nuevo paño había sido colocado sobre la herida, el cual Thomas sostenía con sus dedos. El rostro del capitán había adoptado una tonalidad grisácea, la que parecía intensificarse todavía más en contraste con el reluciente blanco del camisón. Ninguna idea que le acelerara el corazón por ver a Alexander semidesnudo pasó ni por un segundo por la cabeza de Amelia. Ese no era momento para ensoñaciones.

-La herida está dejando de sangrar, pero el movimiento y el esfuerzo para cambiarle de ropa le han agotado -comentó Thomas.

-¿Que debemos hacer, padre? -preguntó Amelia.

-Sí, querida. Llamaremos a nuestro doctor.

Sin embargo, se oyó de pronto a Alexander balbucear un clarísimo «no».

Amelia se le acercó.

-Capitán Worthington, no os encontráis bien. Es preciso que llamemos a un médico lo antes posible.

-Al doctor Johnson... -susurró con enorme dificultad, pero el esfuerzo le pasó la cuenta nuevamente mientras su intensa palidez iba en alarmante aumento.

-Muchacho, vuestro doctor ya viene en camino, pero no podemos correr el riesgo de que os ataque la fiebre -exclamó el señor Basingstoke, posando su mano sobre el brazo del capitán para tranquilizarlo.

-No, os lo ruego... -insistió Alexander a duras penas.

-Muy bien. Como gustéis -respondió el señor Basingstoke dándose por vencido.

Era evidente que cada palabra que salía de su boca le estaba costando un enorme desgaste, pero debía mantenerse firme con respecto a la idea de que solo fuera examinado por su propio doctor.

El señor Basingstoke cedió ante su súplica. No deseaba que su huésped se sintiera peor de lo que ya se sentía si se lo contrariaba.

-¿Padre...? -insistió Amelia, diciendo con los ojos todo lo que no podía poner en palabras.

-No podemos obligarlo, hija -respondió el aludido-. Solo espero que este médico suyo llegue lo antes posible.

Finalmente, todos salieron de la habitación ante la insistencia de Amelia. Era perfectamente capaz de cuidar de Alexander ella sola y no quería público presente mientras lo hacía. Había atendido a sus hermanos menores durante el padecimiento de sus enfermedades infantiles, por lo tanto, no era una verdadera sorpresa que se ofreciera a cuidar al capitán. Solo el señor Basingstoke conocía la verdadera razón por la cual la joven no podía dejar el cuidado de Worthington en manos de alguna criada, por ende, separarla en ese preciso instante del hombre que había cautivado su corazón no le pareció una buena idea y permitió que se quedara a solas con él.

La habitación se sumió en un profundo silencio y Amelia se sentó junto a la cama. La herida ya no sangraba, pero de todos modos la joven controlaba constantemente la temperatura del enfermo. No estaba segura si él había perdido o no la conciencia, pero lo cierto es que yacía ahí totalmente inmóvil como si temiera moverse y con los ojos herméticamente cerrados.

Al cabo de un rato, la puerta de la alcoba se abrió lentamente y Richard se asomó por ella.

-Vuestro padre me ha dicho que puedo ver a Alex -le explicó a la muchacha en voz baja haciendo ingreso a la habitación.

Parecía como si hubiera viajado por el país entero a caballo en medio de un clima diabólico. Sus pantalones estaban salpicados de lodo y totalmente manchados de aguanieve. Más tarde entregaría sus botas a un horrorizado ayuda de cámara para que las limpiara; ya no quedaba rastro en ellas de su resplandor habitual.

-Podéis pasar -replicó Amelia preguntándose en qué condiciones se hallaría su gabán si las ropas que iban bajo él estaban así y si alguna vez recuperaría su pulcritud habitual. Afortunadamente, el gabán había protegido de mayores desastres su levita y su pañuelo al cuello.

Amelia se levantó de la poltrona donde se había instalado junto a la cama para permitir que Richard se aproximara a su amigo.

-¿Cómo se encuentra?

-A decir verdad, no lo sé. No nos permitió que enviáramos por nuestro propio médico y a partir de allí no se ha vuelto a comunicar.

-Mula obstinada... -refunfuñó Richard agitando la cabeza.

-¿Doctor Johnson? -preguntó de pronto Alexander parpadeando antes de que una mueca de dolor le obligara a cerrar los ojos nuevamente.

-Le he enviado un mensaje urgente con instrucciones estrictas señalándole que si no emprende el viaje de inmediato hacia Charmouth, será secuestrado. ¿Os parece suficiente? -preguntó Richard con su habitual tono jovial aunque levemente subyugado.

Alexander esbozó una tenue sonrisa, pero volvió a hacer un gesto de dolor tras aquel movimiento.

-Gracias... -susurró con debilidad.

-¿Quién es el doctor Johnson? -preguntó Amelia sentándose en una silla en el costado opuesto de la cama donde se había instalado anteriormente. Allí no estaba tan cerca de Alexander como le gustaría estar, pero aceptaba que era su amigo quien tenía el derecho de tal cercanía, no ella.

-Es el médico que trató a Alex cuando regresó a Inglaterra tras el accidente en Trafalgar. Se trata de un especialista en lesiones a los ojos, aunque lo que él sea capaz de hacer en este caso solo Dios lo sabe. Esto es claramente una lesión a la cabeza, no a los ojos -respondió Richard observando la vieja cicatriz que su amigo tenía en la frente.

-La herida está demasiado cerca de las demás lesiones... -pensó en voz alta Amelia preocupada.

-Esto es tan propio de vos, Alex. Una condenada -os ruego excuséis mi vocabulario, señorita Basingstoke-, una condenada molestia. Podríamos haber pasado la Navidad en Londres. Pero no, era preciso recorrer medio país en mitad del crudo invierno con un condenado perro por compañía -exclamó Richard preocupado de parecer tan injustamente desesperado ante su amigo.

-Cerrad esa boca -gruñó Alexander, quien lo había oído.

Richard lanzó un suspiro recorriendo su cabello con una mano en señal de agotamiento. Estaba tan desaliñado como todo lo demás en su aspecto general.

-Si me excusáis, señorita Basingstoke, ahora debo dejaros. Me gustaría retirar nuestras pertenencias de casa del almirante. Necesito estar cerca de mi amigo.

-Mis padres estarán encantados de recibiros -ofreció Amelia, aunque íntimamente se preguntaba a dónde acomodarían a Richard en una casa de por sí ya bastante repleta.

Como si Richard hubiera leído su mente, replicó en seguida:

-Es muy amable de vuestra parte, pero aunque Alex pareciera querer generar inconvenientes a todo el mundo, yo no. ¿Hay alguna posada adecuada en Charmouth donde pudiera hospedarme?

-*The Golden Lion* es la mejor posada de la zona y está a solo un par de kilómetros de aquí.

-Perfecto. Si me excusáis, me mudaré al *Golden Lion* y regresaré más tarde. Creo conveniente permitirle a Peterson que me acompañe. Es el ayuda de cámara de Alex y ha estado a su servicio durante largo tiempo; sería beneficioso para él que estuviera aquí para cuidarlo.

Aunque deseaba poder objetar la necesidad de contar con la colaboración del ayuda de cámara, Amelia era lo suficientemente realista como para entender que ella sola no sería capaz de atender absolutamente todas las necesidades de Alexander, por lo tanto, accedió a la oferta de Richard.

La joven volvió a quedarse sola en la habitación con el capitán y regresó a la poltrona donde se había instalado en un inicio, junto a él. Colocó su fría mano sobre la frente de Worthington y confirmó que su temperatura seguía siendo normal. No lograba comprender cómo era posible que no hubiera perdido en ningún momento la conciencia. Estaba segura que tan aparatosa caída habría matado a un hombre de contextura menor.

Sin embargo, si la joven hubiera podido leer los pensamientos de Alexander tal vez no habría estado tan tranquila.

El capitán no recordaba haber sentido tanto dolor desde su accidente en la batalla de Trafalgar y aquello había sido un verdadero infierno. La mera fuerza de voluntad era lo que lo mantenía consciente. Necesitaba hablar con el doctor y si permitía que la oscuridad de la inconciencia lo envolviera, no estaba seguro si regresaría a la vida tras ella. Había focalizado toda su atención en las suaves manos de Amelia que recorrían su frente. Su tacto era tan ligero que parecía como si en realidad no lo tocara. Se concentró con todas sus fuerzas en aquella tenue y reconfortante sensación, como si ella por sí sola pudiera mantenerlo a salvo.

Cuando Richard salió de la habitación, volvió a sentir por un instante que la oscuridad de la inconciencia intentaba llevarlo con él. Respiró profunda y lentamente buscando ahuyentarla. Al volver a notar la presencia de Amelia junto a él, con un esfuerzo sobrehumano alargó su brazo extendiendo la mano hacia ella.

A la muchacha le tomó por sorpresa aquella reacción y no supo qué hacer. Fue cuando Alexander susurró un casi imperceptible «por favor» que ella se animó a colocar su mano en la suya.

El capitán estrujó cariñosamente los dedos de la muchacha en señal de agradecimiento y dejó reposar su brazo sobre la cama, sin soltar la mano de Amelia. Si podía sentirla como en ese momento la sentía, no había posibilidad alguna de que perdiera la conciencia. Ella se aferró a él y él se aferró a aquella sensación tal como antiguamente se había aferrado a la necesidad de mantener a su tripulación a salvo. Aquello le había salvado la vida entonces y Amelia era quien lo mantenía en estado de alerta ahora.

Permanecieron en absoluto silencio durante varias horas sin perder nunca la conexión. Amelia aún revisaba de tanto en tanto la frente de

Alexander para descartar la presencia de fiebre, pero nunca retiró la mano de entre la suya.

Un ligero golpe llamando a la puerta la hizo sobresaltarse e intentó zafarse de la mano del capitán por pudor, pero Alexander la sostuvo con firmeza sin dejarla ir. A Amelia no le quedó más remedio que relajarse. Si él necesitaba aquel contacto, no podía negárselo.

El señor Basingstoke hizo ingreso a la habitación y notó en seguida cuál era el motivo del súbito sonrojo de su hija. Pero el caballero fue lo suficientemente prudente como para guardarse cualquier clase de comentario. La alcoba de un enfermo grave no era el lugar adecuado para sermones sobre reglas de etiqueta.

Se aproximó a la cama y observó atentamente al joven que allí descansaba.

-¿Ha habido algún cambio? -preguntó en voz baja.

-Nada aún. Al menos no ha tenido fiebre.

-Eso es buena señal.

-¿Cuándo creéis que su doctor llegará, padre? -quiso saber Amelia sin poder ocultar su preocupación.

-No tengo ni la menor idea. Ello depende de muchos factores como para poder aventurar una respuesta. Por lo pronto, el viaje podría ser mucho más sencillo sin nieve.

-Espero que venga a caballo y no aborde un carruaje -comentó Amelia.

-Sería la mejor decisión pues resultaría mucho más rápido, aunque bastante incómodo para esta época del año -replicó el señor Basingstoke.

Íntimamente, a decir verdad, le preocupaba que ningún doctor llegara a examinar a su inesperado huésped por varios días.

Amelia se mantuvo junto a Alexander la noche entera.

Peterson había llegado al caer la tarde, pero la muchacha lo había enviado a la cama asegurándole que ella tendría las cosas bajo control. No quería que la fiebre hiciera su aparición, si es que lo hacía, cuando ella no estuviera allí, para poder llamar de inmediato al doctor de la familia. Por el momento, se sentía insegura de dejar que otra persona que no fuera ella se hiciera cargo del enfermo.

Sansón se mantuvo también toda la noche en la habitación, siempre bajo la cama, sin moverse ni hacer ruido alguno, como si supiera cuán grave era lo que ocurría.

Amelia durmió intermitentemente dejando descansar la cabeza en la poltrona de respaldo alto que fue llevada hasta la habitación para que estuviera más cómoda. Durante las horas de oscuridad, su mano se mantuvo siempre en la de Alexander, retirándola únicamente cuando fue estrictamente necesario. Tenía la sensación de que él no había dormido en lo absoluto, aunque estuvo tranquilo la noche entera.

***

Si Amelia se hubiera dado cuenta de cuán cerca estaba Alexander de la total inconciencia, se habría angustiado muchísimo. Se le había dicho al capitán que probablemente la mera fuerza de voluntad era lo que lo había ayudado a sobrevivir en Trafalgar y estaba decidido a que ahora tampoco moriría. Por primera vez en muchísimo tiempo sentía que tenía grandes razones para vivir.

Amelia era la persona más importante para él y por poco la había perdido. No estaba dispuesto a caer en la inconciencia y a perecer en ese preciso instante de su vida. Maldijo en su interior a todos los dioses posibles. ¡Alguna buena fortuna se merecía en esta vida, Santo Cielo! Le aterrorizaba dormirse y, aunque se daba cuenta de que la falta de sueño lo debilitaría todavía más, se obligaba a permanecer alerta. Tal vez habría sido más fácil mantenerse despierto debiendo soportar aquel punzante dolor en la cabeza, pero no era así. El sueño y la inconciencia amenazaban con adueñarse de él, a pesar del intenso dolor.

La noche parecía eterna, pero Amelia no se despegó ni un solo segundo del lado de Alexander, relajando ligeramente su mano en la suya solo cuando el sueño la superaba. Durante las semanas que siguieron a su último encuentro, Alexander había imaginado a menudo cómo sería yacer junto a ella, pero sus sueños no habían sido muy exactos al respecto. En ellos, él la sostenía mientras recorría con sus dedos su rostro y su cuerpo en un esfuerzo por grabar cada detalle en su memoria. Sin embargo, allí estaba, aferrado a su mano con desesperación, como lo haría un hombre que se ahoga a un tronco de árbol.

Deseaba poder abrir los ojos y hacerle ver que estaba consciente. Deseaba hablar con ella. Pero abrir los ojos le generaba un dolor terrible y una confusión tal, que no estaba realmente seguro de querer hacerlo. El doctor Johnson sabría qué hacer. Ese fue el mantra que se repitió una y otra vez durante toda la noche hasta llegar el alba.

***

Amelia comprendió que el médico por fin había llegado antes de que Alexander se diera cuenta de que se trataba de él. Ya estaba por caer la noche del segundo día de su estadía con los Basingstoke y el capitán se debilitaba más y más. Seguía aferrado a la mano de Amelia, aunque no con igual fuerza que el día anterior.

El doctor Johnson fue conducido hasta la habitación del enfermo por el señor Basingstoke. Amelia notó en seguida el aspecto terriblemente desaliñado del galeno y no pudo evitar sonreír en señal de agradecimiento por el esfuerzo que este había hecho para llegar hasta el enfermo. Era evidente que había viajado prácticamente sin parar desde que había recibido la nota de Richard.

En efecto, Johnson había iniciado el trayecto en mitad de la noche, cubriendo casi 250 kilómetros en menos de 24 horas. Su ropa se veía ajada, casi tanto como su rostro. Sin embargo, en cuanto ingresó a la habitación comenzó a hablar con total entereza y autoridad, como si nada de ello le afectara.

-¿Y bien, capitán? ¿Qué es todo eso que he oído? Supongo que habéis tenido mejores días, ¿eh?

-En efecto... -respondió Alexander casi inaudiblemente y sin abrir los ojos.

-Señor Basingstoke, señorita Basingstoke: necesito examinar a mi paciente. ¿Seríais tan amables de dejarme a solas con él? Os prometo que en cuanto lo haya examinado, os permitiré retornar. Así facilitamos que el paciente pueda ser totalmente sincero sobre lo que está sintiendo sin verse obligado a hacerse el valiente en presencia de familiares o amigos.

-Naturalmente -replicó el señor Basingstoke-. Amelia, creo que es el momento ideal para que toméis un descanso.

La muchacha parecía tan abatida como el agotado doctor y, aunque comprensible en tales circunstancias, ya era tiempo de asearse y cambiarse de ropa.

Se incorporó y, a regañadientes, soltó la mano de Alexander que llevaba sosteniendo durante tantas horas. Moría de deseos de besarlo en la mejilla, pero no podía mostrarse tan atrevida en frente del médico y de su padre, por lo tanto, debió contentarse con estrujar su mano por última vez antes de liberarla. Consiguió persuadir a Sansón para que la siguiera. El perro necesitaba liberar tensiones a espacio abierto; llevaba demasiado tiempo sin moverse. Pero Sansón volvió a sorprender a la muchacha. Cuando ella esperaba que opusiera resistencia, la siguió sumisamente, miró hacia atrás una sola vez al dejar la habitación a modo de despedida y mantuvo su cola siempre entre sus patas, como si no quisiera molestar a nadie.

Cuando la puerta se cerró, dejando solos en la habitación a Alexander y al doctor Johnson, este abrió su maletín de trabajo. Lo había dejado sobre el baúl que estaba cerca de la cama con dosel.

-Bien, Alexander. Ahora me diréis todo lo que ha ocurrido.

-Puedo ver -llegó calmadamente la impactante respuesta del capitán Worthington.

Capítulo 11

-Vaya, esas sí que son novedades -replicó Johnson sin perder la calma-. ¿Y por qué no parecéis dichoso con tamaña evolución?

-Me aterra moverme y que la vista desaparezca nuevamente. Cada vez que abro los ojos, pienso que estaré ciego otra vez, pero hasta ahora eso no ha ocurrido -admitió Alexander.

-Dejadme ver qué está pasando -replicó el doctor.

El profesional examinó a Alexander de la mejor manera que pudo, dadas las circunstancias, revisando tanto la cabeza como los ojos. Le hizo varias preguntas.

-Describidme qué veis.

-Es como si mirara a lo largo de un túnel oscuro, pero solo con un ojo, el izquierdo. Sigo sin ver nada con el derecho. Con el ojo izquierdo tengo la sensación de estar observando a través de un telescopio pero en sentido inverso. ¿Tiene algún sentido?

Tras una exhaustiva revisión y de una serie de otras preguntas, el doctor Johnson tomó asiento a donde Amelia había estado hacía tan solo un momento.

-Creo que el dolor de cabeza se irá pasando con el tiempo. Este se debe a que las cosas obviamente se han movido allí adentro. Tuvisteis muy mala fortuna en el accidente en Trafalgar cuando esas dos piezas de metal se incrustaron en vuestra cabeza ejerciendo presión sobre ambos nervios ópticos. Como ya os lo he dicho antes, si solo una de aquellas piezas se hubiera mantenido donde está, al menos habríais podido ver con un ojo. Fuisteis prácticamente acribillado por una lluvia de metralla y por tal motivo vuestros dos ojos resultaron dañados. Pues bien, parece ser que el trozo metálico que afecta el nervio óptico que controla la vista del ojo izquierdo se ha movido ligeramente de lugar debido al golpe que habéis sufrido en la cabeza. La evidente buena noticia es que la liberación parcial de la presión ejercida sobre el nervio óptico izquierdo os ha permitido ver algo con dicho ojo.

-No sé por qué tengo la sospecha de que existe un «pero» en todo lo que decís -comentó Alexander, aún intentando hablar lo menos posible, pues la cabeza le palpitaba terriblemente y ello empeoraba con el movimiento de los músculos del rostro al hablar.

-No me alegra que una pieza de metal se haya desplazado desde su lugar de descanso al interior de vuestra cabeza. No hay garantía alguna de que permanezca inmóvil en aquel nuevo lugar.

Alexander dejó escapar una exhalación larga y profunda.

-¿Si vuelve a moverse, podría causarme más daño que simplemente dejarme ciego?

Aquella fue más bien una afirmación que una pregunta de su parte. Era lo suficientemente inteligente como para entender lo que el doctor intentaba decirle.

-Así es. Si se desplaza hasta el cerebro, ni qué decir qué clase de daños podría causar. Caminando por ahí podríais estar en cualquier momento en riesgo de que aquella esquirla llegara a afectar el cerebro y ello os mataría, probablemente sin mediar aviso previo que os alertara.

-Tampoco sería vida quedarme el resto de mis días en cama temeroso de moverme para evitar morir. ¿Es posible operar?

El doctor Johnson se tomó algunos segundos antes de responder.

-Es posible, pero una cirugía así tiene sus propios riesgos. Habría que realizarla en Londres en colaboración con un médico que se especializa en este tipo de procedimientos, pero no hay garantía de que sobrevivierais ni siquiera al viaje. Las cirugías a la cabeza conllevan más riesgos que ninguna otra clase de intervención, Las opciones de morir son altísimas y podrían producirse daños incalculables, incluso si el paciente sobrevive. El cerebro es un órgano extremadamente complejo como para dedicarse a escarbar a su alrededor sin más.

-No estáis vendiendo muy bien el asunto, ¿eh? -comentó Alexander con triste ironía.

-Es preciso que sepáis exactamente cuáles son las dificultades. Para mi gusto, son demasiadas como para ocultaros nada. No sería justo si no fuera completa y absolutamente honesto con vos -replicó Johnson educado pero categórico.

-Podría morir si no me opero y morir si me opero -resumió Alexander sombríamente.

-Me temo que así es -respondió Johnson.

Sabía que Worthington era un hombre fuerte, pero las cirugías a la cabeza aún estaban en etapas muy primitivas de investigación e implicaban muchos riesgos, incluso para el ser humano más fornido y saludable del mundo.

-Creo que necesito tiempo para meditarlo. Ahora estoy demasiado cansado como para pensar con coherencia.

-¿Queréis que os dé algo que os haga dormir?

-¡No! Sabéis que detesto todas esas porquerías. Siempre y cuando tenga la certeza de que volveré a despertar algún día, creo que no tendré problemas en conciliar el sueño. Pensaba que podía morir si me dormía, pero al parecer eso podría ocurrir me duerma o no.

-Dormir no os hará ningún daño en este momento. Habéis actuado acertadamente al manteneros totalmente inmóvil, pero os sugeriría que, mientras estéis despierto, tengáis los ojos abiertos. Vuestro cerebro necesita habituarse a recibir señales a través de vuestro ojo izquierdo, tal cual lo hacía antes.

-Al abrir los ojos tras el golpe, sentí como si la cabeza me fuera a estallar -admitió Alexander.

-Tan solo puedo imaginar cómo fueron ese dolor y esa confusión, pero debéis intentarlo.

-Lo haré.

-Me instalaré en la posada más cercana y os visitaré nuevamente mañana por la mañana. Supongo que ya tendréis tomada una decisión para entonces. Tardar demasiado no ayudará.

-Tendré una respuesta mañana, os lo prometo.

***

Amelia y su padre hablaron con el doctor y le ofrecieron algún refrigerio antes de que se marchara a la posada. Johnson no les informó sobre el contenido de la charla que había sostenido con el paciente, pues consideró que Alexander en persona era quien debía comunicar a los demás que su vista había retornado parcialmente.

Cuando el doctor ya se hubo marchado, Amelia abrió la puerta de la habitación con sigilo e ingresó. Alexander se hallaba completamente inmóvil, tal cual como lo había dejado, pero su rostro ya no mostraba aquella tensión que había sido evidente hasta ahora. Fue entonces que cayó en la cuenta que el capitán dormía.

Se sentó en la poltrona habitual, junto a su cama, y se dedicó a observarlo. Inconscientemente extendió el brazo y le acarició el cabello, apartándoselo suavemente de la nueva herida. Razonablemente pensó que no le hacía nada bien que el cabello rozara el tajo, pero en el fondo de su corazón sabía que aquello era solo una excusa; había deseado tocarlo desde la primera vez que lo había visto. Alexander se movió ligeramente al sentir el contacto de sus dedos, lo cual paralizó la mano de la muchacha en el aire, pero el capitán tan solo suspiró y continuó durmiendo.

Amelia sintió que se le partía el corazón en mil pedazos ante aquella visión del hombre fuerte reducido a la total invalidez. En tiempos pasados, había sido un real placer verlo bailar; tan ligero y gracioso para alguien tan espigado y fornido como él. Su estampa en aquel uniforme naval de un azul profundo no tenía igual, aunque ya no se le permitía vestirlo. Pero, a decir verdad, no era solo el uniforme el que lo hacía ver tan espléndido, aunque ciertamente también potenciaba su natural atractivo. A todas las muchachas les gustaban los hombres que vestían uniforme, pero su caso era distinto: lucía tan bien vestido con una elegante levita de caballero como con su atavío naval. La joven se obligó a dejar sus sentimientos de lado. Debía concentrarse en cuidar de él. Si se permitía ser superada por la pena que le ocasionaba todo lo que ese hombre había sufrido y había perdido, no sería útil para nadie.

Alexander despertó en cuanto el acuoso sol invernal comenzó a asomarse furtivamente entre el cortinaje. Abrió los ojos muy lentamente, como si temiera ver el mundo después de tanto tiempo de oscuridad. Parpadeó para intentar enfocar la mirada. La vista de su ojo izquierdo no había cambiado en lo absoluto desde el aterrador momento posterior a la caída. Era evidente que algo importante y bastante grave había ocurrido allí dentro. En aquel primer instante tras la caída, el impacto de volver a ver tras tanto tiempo de vida en las sombras por poco lo supera. Aquello debería haber sido motivo de júbilo, pero el dolor lo había transformado en algo aterrador.

Ahora, ya más calmado y con la novedad asumida, se tomó su tiempo para observar detenidamente a su alrededor, intentando captar con sumo cuidado cada detalle de la pequeña habitación donde se encontraba. Dio a su cerebro el tiempo suficiente para procesar cada elemento que captaba tras más de un año de oscuridad absoluta. Parecía como si todo estuviera a mucha distancia de él, pero supuso que aquel extraño efecto se debía a que solo su visión central era la que trabajaba.

El fuego ardía tenuemente en el hogar y un pequeño reloj de repisa señalaba inmutable el paso del tiempo. Un diván había sido instalado junto a la chimenea y un biombo protegía la esquina opuesta de la habitación. Alexander supuso que allí se instalaban los artículos de aseo para que el ocasional huésped de aquel lugar pudiera lavarse. El mobiliario lucía ligeramente envejecido, pero notoriamente limpio y bien cuidado.

Giró la cabeza lentamente sobre la almohada, evitando todo movimiento brusco. De pronto sus ojos se detuvieron en la silueta dormida de Amelia. La muchacha se hallaba encogida en la poltrona cercana a la cama con las piernas dobladas contra el pecho y el grueso mantón fuertemente ceñido contra su cuerpo. Su cabeza descansaba sobre el flanco del respaldo y tenía las manos plegadas bajo la barbilla como si hubiera buscado la forma de mantenerse lo más cómoda posible.

Era la primera vez que Alexander veía a la mujer que llevaba varias semanas sin poder sacar de su cabeza y permitió que su todavía escasa visión se llenara de ella. Su piel era pálida e inmaculada. Su cabello, de un profundo color castaño y algo desordenado debido al sueño y a la falta de atención, caía libre sobre parte de su rostro. Sus rasgos eran agradables más que particularmente hermosos. Su nariz era pequeña y sus labios no gozaban del tan admirado estilo capullo de rosa, pero él no podía dejar de mirarlos. Le pareció una joven preciosa. El rostro hacía juego por completo con su personalidad y no pudo evitar esbozar una sonrisa al darse cuenta de que por fin tenía la enorme dicha de verla. Desde que se había enterado de su nombre, ella había pasado a ser «su Amelia» en sus pensamientos. Ahora tenía ante sí la verdadera imagen de su Amelia y no se sentía decepcionado.

Como si Sansón hubiera notado que había algo distinto en su amo, repentinamente se deslizó desde abajo de la cama -lugar que había sido su hogar desde ocurrido el accidente- y se incorporó, colocando ambas patas delanteras sobre el lecho para elevarse a sí mismo hasta a la altura del rostro de Alexander.

El capitán acarició al perro, admirado del espectacular espécimen que había adquirido. Ahora entendía por qué Sir Jeremy había insistido tanto en tenerlo: el animal se veía fuerte y capaz. Alexander no guardaba ninguna clase de resentimiento hacia él. Lo ocurrido había sido un accidente, no un acto de maldad, actitud que daba cuenta cuánto había cambiado su manera de enfrentar la vida desde la batalla.

Sansón gimoteó suavemente y, aunque Alexander intentó tranquilizarlo, aquel ruido bastó para sacar del sueño a Amelia.

-¡Capitán Worthington! Os habéis despertado. Lo lamento. Debo haberme dormido -tartamudeó sonrojándose mientras intentaba estirar sus adoloridos miembros.

Alexander debió reprimir una sonrisa: ella se sonrojaba incluso dando por hecho que él no podía verla. Aquel sonrojo llenó de vida su rostro, lo que hizo a Alexander desear con fervor ser el único causante de todos sus rubores. Sus ojos eran de un profundo color marrón y, aunque la joven había pasado dos días enteros en la habitación de un enfermo, no dejaban de brillar llenos de vivacidad e inteligencia. No era de extrañar que su tía no hubiera deseado abogar por ella en la búsqueda de marido. Por lo que Alexander podía recordar de Serena Basingstoke, esta no se comparaba en lo absoluto con Amelia. Serena podía gozar de una belleza clásica, pero el riquísimo mundo interior de Amelia parecía brillar por todos sus poros y era tremendamente atractiva debido a eso.

El capitán sintió de pronto unos enormes deseos de decirle que podía verla, pero se contuvo. Primero necesitaba ordenar otras cosas en su cabeza y no estaba del todo preparado para ser honesto con nadie sobre lo ocurrido.

-No os preocupéis. No era necesario que os quedarais conmigo. He dormido toda la noche –replicó con ternura.

Aunque el dolor de cabeza se había aliviado tras el reparador sueño, aún sentía un ligero aunque molesto latido.

-Quería cerciorarme de que, cuando os despertarais, hubiera alguien a vuestro lado para atenderos.

-Os lo agradezco Es muy amable de vuestra parte. Siempre parecéis estar cuidando de mí.

-No es nada -respondió Amelia, volviendo a sonrojarse.

-¿Cómo que nada? Estáis siendo muy educada. La verdad es que he causado muchos problemas y me temo que continuaré causándolos.

-¿A qué os referís?

-Necesito hablar con el doctor Johnson y recién entonces sabré con mayor certeza en qué estado están las cosas.

En esos instantes, el señor Basingstoke hizo ingreso a la habitación.

-¿Cómo ha amanecido el paciente hoy? -preguntó a ambos.

-Levemente más entero para sostener una conversación de lo que lo estaba ayer, señor -replicó Alexander mientras notaba claramente la preocupación en el rostro del dueño de casa.

Se había esforzado por comunicarse con los demás desde el momento mismo en que había perdido la vista, pero incluso dentro de su nuevo estado de acotada interacción pudo darse cuenta en qué grado extremo invalidaba a una persona el hecho de estar totalmente ciego. El señor Basingstoke había sonado animado, pero era evidente a partir del semblante del caballero que algo le preocupaba muchísimo.

-Me alegra saberlo. Yo me quedaré con el capitán, Amelia, mientras vos vais a refrescaros un poco -le ordenó el señor Basingstoke a su hija-. Tomaos el tiempo que necesitéis. No tengo prisa

Amelia no pareció alegrarse demasiado con las últimas palabras de su padre, pero dejó de todos modos la habitación sin protestar. Alexander pudo verla, entonces, por primera vez de pie y notó la elegancia de su postura. Su ropa estaba por completo arrugada, lo que era de esperarse tras una noche entera durmiendo en una poltrona. La tela era de algodón práctico en lugar de las habituales muselinas de altísima calidad que las jóvenes con dinero para gastar de sobra vestían. Sin embargo, su sencillo y desarreglado atuendo no restaba valor en absoluto a la gracia de sus movimientos. Ese no era el momento de reflexionar con demasiada profundidad, pero cruzó por su mente sin remedio la idea de que el mundo que antes había habitado había dejado escapar entre sus dedos a una persona muy especial.

Alexander se giró hacia el señor Basingstoke cuando la puerta se cerró.

-Aguardo la llegada de Richard y del doctor Johnson, pero antes de que ello ocurra, necesito haceros una pregunta.

-Soy todo oídos -replicó el señor Basingstoke con amabilidad.

-El médico me explicó cuáles eran mis opciones y me concedió la noche para decidir qué quería hacer.

-¿Y ya habéis decidido?

-Sí, pero la decisión que me ha parecido más adecuada es que, en lugar de viajar hasta Londres para someterme a la cirugía a la que inevitablemente debo someterme, me operen aquí. El doctor Johnson duda si sería conveniente que viajara mientras una serie de objetos extraños flotan en mi cabeza a consecuencia del golpe. Solo espero que tenga la capacidad de persuadir al especialista que necesito para que se traslade hasta Charmouth para la intervención. Lo que debo preguntaros es lo siguiente: ¿sería una molestia para vos disponer que el procedimiento tuviera lugar en esta casa? Sé bien que es una solicitud bastante particular, pero estoy seguro de que aquí no sufriría las infecciones a las que sí me arriesgaría pernoctando en cualquier posada de camino en el curso de mi viaje a Londres, si es que acaso sobreviviera al mismo.

-Entiendo… Naturalmente que podéis quedaros en mi casa todo el tiempo que estiméis necesario. Lamento muchísimo que debáis enfrentaros a todo esto precisamente en esta época del año -replicó convincente el señor Basingstoke.

-Os lo agradezco. La Navidad no ha sido una ocasión muy especial para mí últimamente. Sin ir más lejos, el año recién pasado no me encontraba nada bien, furioso con todo el mundo a mi alrededor por lo que había perdido.

-No debe haber sido nada fácil.

-Creo que yo mismo dificulté muchos las cosas -afirmó Alexander avergonzado-. Pero hay algo más.

-Decidme.

-Las opciones de que yo... los riesgos que deberé afrontar... tal vez no logre....

Luchó Alexander por decir las palabras exactas, no porque temiera a lo que debía enfrentarse, sino porque entendía que, si todo fallaba, jamás podría estar con Amelia y la sola idea de pensar en ello le estrujaba el pecho en tal forma que le impedía hablar con claridad.

Comprendiendo que aquellas confusas palabras eran producto de un terror natural a lo desconocido, el señor Basingstoke se inclinó sobre el enfermo y le dio unos suaves golpecitos en el brazo.

-Oraremos para que superéis con éxito la cirugía y tengáis la oportunidad de gozar de muchas Navidades futuras.

-Os lo agradezco, señor. Apreciaré mucho ese gesto -replicó Alexander conmovido.

La charla fue interrumpida por la llegada de Richard y el señor Basingstoke se excusó, suponiendo que Alexander desearía hablar a solas con su amigo.

Sin embargo, Alexander no se animó a revelar a Richard que había recuperado parte de la vista. Absurdamente sentía que expresar lo ocurrido en palabras haría que el milagro desapareciera.

Critchley escuchó en completo silencio el relato de su amigo sobre lo que el médico había dicho y sobre lo que él personalmente había decidido. Cuando Worthington terminó de hablar, Richard no pudo evitar mostrarse preocupado.

-Alex, el riesgo es demasiado grande. No os sometáis a esa operación.

-No tengo otra opción, Richard. Si no me someto a ella, básicamente deberé quedarme la vida entera en esta posición en que ahora me veis, aterrado de moverme pues los trozos de metal podrían volver a desplazarse, entrar al cerebro y matarme instantáneamente. Prefiero morir intentando hacer algo al respecto que desaparecer de este mundo un día cualquiera de una existencia inerte sin que apenas alguien lo note. Bien sabéis que este año que recién pasó no hice más que vivir a medias hasta que encontré a Sansón. No sería capaz de permitir que los muros de mi prisión se cerraran todavía más. Enloquecería. Estoy seguro de ello.

-Lo entiendo pero, según lo que decís, el peligro que conlleva una operación así es enorme. ¡El médico no haría más que escarbar al interior de vuestra cabeza!

Alexander esbozó una sonrisa.

-Yo no lo describiría tan así pero, en efecto, hurgarán en mi cabeza sin lugar a dudas. Richard, vos me conocéis: preferiría enfrentarme a la muerte con violencia y cara a cara a que me quitaran la vida en silencio y a hurtadillas. Ya he sufrido lo suficiente como para saber que no toleraría llevar una existencia así hasta el fin de mis días. Os pediría que me matarais con vuestras propias manos ahora mismo si esa fuera mi única opción.

Sus ojos volaron hasta la puerta de la habitación en cuanto oyó una respiración entrecortada tras decir aquellas palabras. Sin que él se diera cuenta, Amelia había entrado mientras hablaba y era evidente por su expresión afligida que había escuchado demasiado.

-¿Señorita Basingstoke...? -comenzó a decir Alexander, no del todo seguro de cómo resolver aquel dilema.

-Solo he venido a persuadir a Sansón de que me acompañe a dar un paseo. Creo que le vendría bien hacer algo de ejercicio -se explicó Amelia, intentando conservar la calma.

Ella no tenía derecho a sentirse de la manera en que se sentía. Él no le pertenecía y tampoco había oído la conversación completa. Seguramente había información importante que había sido dicha antes de su llegada. No podía juzgar un argumento en su totalidad a partir de fragmentos.

-Con respecto a lo que acabáis de oír... -prosiguió Alexander sin evadir el asunto.

-No es algo en lo que deba entrometerme. Cualquiera sea la decisión que debáis tomar, tendréis todo nuestro respaldo -lo interrumpió Amelia convincente.

-Agradezco vuestras palabras.

Worthington sintió unos irresistibles deseos de estrecharla entre sus brazos. Se veía pálida y demacrada y aquel destello tan particular de sus ojos había desaparecido por completo.

-¡Sansón! Venid aquí, muchacho -llamó Amelia.

El perro siguió a la joven fuera de la habitación del enfermo. Era lo suficientemente sensible como para darse cuenta de que algo malo ocurría a la muchacha y respondió en seguida a su llamado. En ciertos aspectos, tenía la astucia necesaria como para entender que su compañía podría ofrecerle algún consuelo.

-Habría esperado que, como mínimo, se desvaneciera después de oír lo que debe haber oído -exclamó Richard cuando estuvo seguro de que ella ya se había alejado.

-Como todo el mundo en nuestro círculo, vos no hacéis más que subestimarla -replicó Alexander.

Richard se quedó mirando a su amigo con detenimiento.

-Hay algo diferente en vos, Alex, y no logro descifrar qué es...

Alexander meditó unos segundos antes de responder.

-Bueno, imagino que es porque jamás me habíais visto así de inútil como me veis ahora, prácticamente amarrado a esta cama.

-No, no se trata de eso -replicó Critchley frunciendo el ceño con cierta suspicacia-. No sé qué es pero hay algo distinto en vos…

A Alexander se le presentaba la oportunidad perfecta para revelar a su amigo qué le había ocurrido en realidad, pero aun así prefirió callar. No estaba seguro si temía que, al revelar su secreto, la vista parcial recuperada desapareciera o si alguna otra inseguridad similar lo reprimía, pero lo cierto es que había otras urgencias que atender antes que nada.

-Richard, necesito que hagáis algo por mí y no quiero oír largos sermones al respecto -exclamó Alexander, cambiando de tema.

-Disparad -replicó Richard con cierto desasosiego.

-Necesito que redactéis mi testamento para que pueda firmarlo.

-¿Y acaso ya no tenéis uno?

-Sí, pero deseo hacerle algunos cambios.

-Alex...

-No, Richard -lo detuvo Alexander con cierta dureza alzando una mano delante de él para impedirle futuras interrupciones-. No quiero escuchar nada de lo que tengáis que decirme. Sin contaros a vos, ella ha hecho más por mí que cualquiera de los que se hacían llamar mis amigos. Me ayudó desinteresadamente sin pedir nada a cambio. ¿Quién más en este mundo haría algo así? Si no sobrevivo, al menos quiero irme tranquilo sabiendo que su futuro está asegurado.

-No estáis pensando razonablemente -respondió Richard con cierta hostilidad.

Le agradaba la señorita Basingstoke y reconocía abiertamente todo lo que había hecho por su amigo, pero dejarle a ella toda la fortuna que Alexander había acumulado gracias a su lucrativa carrera naval antes de Trafalgar era una manera excesiva de agradecérselo.

Worthington percibió una importante cuota de ira en las palabras de Richard, pero la verdad era que este no tenía derecho a intentar influir en él en un momento tan trascendental de su vida.

-Como mi más viejo y querido amigo, Richard, espero me deis vuestra palabra de que haréis las cosas tal como os las pido y que, si muero, cumpliréis mis deseos a cabalidad.

Pudo notar, a pesar de su limitada visión, una dura expresión reflejada en el rostro de Critchley.

-Es mi decisión, de nadie más que mía -añadió tajante comprendiendo, por la actitud que adoptaba su amigo, que era preciso enfatizar todavía más su postura.

-De acuerdo -aceptó finalmente Richard.

-¿Tengo vuestra palabra? -insistió el capitán.

Sabía que si moría, Richard jamás iría en contra de su voluntad si había dado su palabra de cumplirla.

Richard lanzó un profundo suspiro.

-Sí, os prometo que haré cumplir vuestra voluntad sin importar cuál sea mi opinión al respecto.

-Os lo agradezco.

Entonces Alexander procedió a dictar lo que deseaba que Richard escribiera en unas hojas de papel que encontraron en el cajón superior del pequeño velador que había junto a la cama. Una vez que el capitán hubo firmado el documento y Richard y el doctor Johnson hicieron lo suyo como testigos al arribo de este último, Alexander sintió como si le hubieran quitado un peso de encima. Ella estaría bien cuidada y no pasaría necesidades, cualquiera fuera el resultado. Eso era lo único que le importaba.

Richard permaneció en la habitación mientras Johnson examinaba al paciente. El médico se había dado cuenta rápidamente que ninguno de los amigos hacía alusión a la recuperación parcial de la vista de Worthington, por lo tanto, disfrazó sus preguntas al respecto al paciente para que Richard no notara lo que realmente ocurría. Comprendió que Alexander tal vez no se sentía del todo preparado todavía para contar al mundo los últimos acontecimientos vividos.

-Entonces habéis decidido someteros a la operación y que esta se lleve a cabo aquí mismo, ¿no es así? -inquirió Johnson.

-Así es. ¿Cuán rápido creéis que el doctor Clarke pueda venir?

Alexander era de la opinión que, mientras más pronto se efectuara todo, tanto mejor, más allá de cuáles fueran los resultados. Ahora que ya había tomado una decisión, no deseaba que demasiados días de espera le hicieran dudar.

-Ya tenía ciertas hipótesis fundamentadas sobre cuál sería vuestra decisión final. Después de todo, no os he atendido como médico durante tantos meses sin haber llegado a conocer algo de vuestro carácter. Es por eso que envié un mensaje urgente al doctor Clarke anoche mismo cuando salí de aquí. Yo también estuve reconsiderando la idea de trasladaros a Londres. Los enormes riesgos sencillamente no justificaban tal decisión. Pues ya recibí una nota de Clarke y viene en camino.

-Magnífico.

-Fijaré la cirugía para pasado mañana -prosiguió Johnson-. Necesito que esta habitación sea aseada como si nadie la hubiera aseado jamás, de punta a cabo. Quiero que cada superficie sea fregada hasta brillar y no admitiré el ingreso de ningún perro, incluso hasta varios días después de la cirugía. Tal como se ve ahora está bastante limpia, pero mientras más limpia esté es menos posible que os infectéis durante el procedimiento o después de él.

-Os deseo suerte cuando informéis a vuestros anfitriones que a esta habitación le hace falta limpieza -exclamó Richard en tono de chanza.

-Es cierto. No es la más agradable de las conversaciones a sostener con personas virtualmente extrañas -admitió Alexander-. Solo espero que la señorita Basingstoke comprenda que no se trata de un agravio a su familia.

-Existe otro asunto sobre el que también necesito que estéis de acuerdo -añadió el doctor Johnson-. Sé que detestáis el láudano, pero me temo que deberéis aceptarlo durante al menos los primeros dos o tres días tras la intervención. El dolor será demasiado como para haceros el valiente.

-Odio esa porquería. Ya he visto a demasiados buenos marineros volverse adictos a ella tras sufrir una lesión -gruñó Alexander.

-Pero vos lo necesitáis de manera específica en esta instancia. Lo más probable es que sufráis de intensos dolores de cabeza durante algún tiempo tras la operación y no deseo que tal padecimiento os reste fuerzas para la recuperación.

-No estoy dispuesto a depender de esa cosa por meses, ni siquiera por unas cuantas semanas, pero acepto que la uséis en mí por un par de días, nada más.

-Como gustéis. Unos pocos días bastarán -accedió el doctor.

***

Finalmente se decidió que la operación se llevaría a cabo en la habitación de Amelia. De esta forma, podría ser aseada íntegramente antes de que médicos y paciente requirieran usarla. Amelia dormiría en una cama preparada de emergencia para la ocasión en la alcoba de su madre mientras su habitación era debidamente limpiada.

Pero Alexander intentó oponerse a tal medida cuando se quedó a solas con Amelia al caer la tarde.

-No deseo causar más molestias de las que ya he causado. Vos debéis quedaros en vuestra alcoba, como corresponde.

-Esta la manera más fácil que tienen las criadas de asear debidamente un lugar para la cirugía. Con vos instalado en esta habitación y personas entrando y saliendo todo el día, jamás conseguirían tenerla del todo limpia -explicó Amelia.

Worthington nunca se enteraría de que la propia Amelia ayudaría en dichas labores. Los Basingstoke no tenían demasiada servidumbre y, para aliviar la carga de trabajo adicional, la muchacha y su madre habían decidido asistir en la preparación y limpieza de la habitación.

Alexander suspiró profundamente. No tendría más remedio que decir a la muchacha qué era lo que realmente le afligía.

-Señorita Basingstoke, podría morir durante la operación. Y, de hacerlo, moriría en vuestra propia habitación. A decir verdad, ese no es el último recuerdo que me gustaría que vos guardarais de mí...

Amelia se ruborizó intensamente al tiempo que sentía que los ojos se le llenaban de lágrimas. Se las enjugó rápidamente, molesta consigo misma por permitirse tamaña debilidad, aunque no era de sorprenderse pues, por aquellos días, apenas lograba conciliar el sueño. Nada raro era que estuviera actuando como una jovencita boba.

Enderezó los hombros lo mejor que pudo y se dispuso a hablar. Ya era hora de expresar lo que realmente sentía.

-Si es eso lo que ha de ocurrir, entonces preferiría que ocurriera en mi alcoba. Así podría sentiros cerca incluso cuando ya no estuvierais -replicó con la voz entrecortada.

-Señorita Basingstoke... Amelia... -comenzó a decir Alexander sin poder contener la emoción.

De pronto, se abrió la puerta de la alcoba y William Basingstoke asomó la cabeza mirando al interior.

-¿Se permiten visitas al héroe en desgracia? -preguntó con una amplia y refrescante sonrisa.

Alexander se ofuscó ligeramente ante tan inoportuna interrupción, pero no fue posible que se mantuviera molesto durante mucho tiempo. Se giró hacia la puerta y pudo notar que el recién llegado era muy parecido a Amelia, con cabello del color de la castaña y destellantes ojos marrones. Sonrió de inmediato ante la pícara personalidad del muchacho y lamentó no haber podido ver el rostro de Amelia, tan parecido al de su hermano, en aquel primer encuentro en Londres cuando ella se había mostrado tan chispeante y divertida. La conversación que ahora mantenían era demasiado seria debido a las circunstancias. Su mayor deseo era poder verla haciendo gala sin ninguna clase de restricciones de su lado más alegre y de aquel ingenio que le era tan propio.

-Jamás podría rechazar el culto al héroe, aunque estuviera fuera de lugar -replicó.

Amelia había lanzado un chillido de emoción, corriendo alrededor de la cama para atrapar a su hermano William en un fuerte abrazo.

-¡Lo lograsteis! ¡Oh, qué bueno es volver a veros!

Besó a su hermano en el rostro con efusividad hasta que este comenzó a hacer caras cómicas simulando rechazo.

Alexander se sintió súbitamente celoso del joven.

-¿Y cómo está el Agamenón? -preguntó intentando ser magnánimo con el hermano que recibía todas aquellas muestras de afecto, explicables tras una larga ausencia en el mar. Desterró de su mente el solo pensar que habría hecho lo que fuera por cambiar su lugar con William, tanto para recibir tales muestras de afecto de Amelia como para volver a tener una vida activa en el mar. Envidiar al muchacho de esa forma y desear que fuera él quien estuviera medio ciego y grave en lugar de él era una crueldad sin nombre.

-En la dársena otra vez, señor -respondió William mirando por sobre el hombro de Amelia que seguía abrazada a él y riendo ante su desbordada efusividad.

-¡Ha pasado tanto tiempo y jamás escribisteis ni una sola línea! -lo reprendió la joven con cariño.

-¡Claro que escribí! ¡A mamá! Bueno, ocasionalmente... -se defendió William haciendo otra divertida mueca.

-¡Marineros! -balbuceó Amelia.

-Me temo que estáis en minoría, señorita Basingstoke. Si yo fuera vos, tendría más cuidado con la censura -intervino Alexander risueño-. Señor Basingstoke, es un gusto conoceros. Dejadme deciros que vuestra hermana se siente muy orgullosa de vos.

-Pues lo oculta bastante bien -respondió William mirando afectuosamente a Amelia-. ¿Cómo os encontráis, capitán? Parece ser que seguís sufriendo los estragos de Trafalgar...

-Desafortunadamente sí -admitió Alexander-. Maldeciré a aquella fragata francesa hasta el último día de mi vida.

-Pues creedme que otros también lo harán. La Marina ha perdido mucho sin vos entre sus filas -replicó William con solemnidad.

-Agradezco vuestras palabras, pero siempre habrá un excedente de muy buenos elementos. ¡Sin ir más lejos, vuestra hermana tiene puestas grandes esperanzas en vos!

William rio de buena gana.

-Ella es adorable pero demasiado crédula.

Amelia hizo una encantadora mueca a su hermano, la cual Alexander agradeció con el alma tener la posibilidad de ver. Observarla así, en sus más mínimos detalles, le estaba permitiendo conocer profundamente su personalidad de una manera que jamás habría logrado hacer estando ciego. Una vez más la vida le recordaba cuán desventajado era antes y dio gracias al cielo por la oportunidad que le había dado de volver a ver, aunque esta tal vez se esfumara en un par de días más y para siempre.

-Sé bien que si vosotros dos, marineros, os quedáis juntos pasaréis el resto del día recordando, pero ya es hora de que os dejemos descansar, capitán. Comenzáis a lucir algo agotado y no quiero recibir las reprimendas del doctor Johnson.

-No me siento cansado -respondió Alexander.

Si lo dejaban solo, no haría más que comenzar a mortificarse por lo que podría haber pasado entre Amelia y él hacía tan solo un instante. Teniéndola cerca era capaz de olvidarlo todo y dedicarse tan solo a disfrutar de su compañía.

-Me he dado cuenta que comenzáis a lucir demacrado cuando la situación ya os supera y no es una imagen demasiado atractiva que digamos, ni siquiera para un intrépido marinero como vos -replicó la muchacha con mirada traviesa-. Regresaré pronto.

-Pensé que se suponía que debíais adularme y mimarme. Estoy enfermo después de todo -respondió Worthington fingiendo estar de mal humor.

-¿Y por qué? Decir la verdad consigue mucho mejores resultados -contraargumentó Amelia sonriendo.

-¿No tenéis hermanas, cierto capitán? -preguntó William.

-No, no tengo.

-Pues pronto os daréis cuenta que tienen garras para hacer frente a cada gato -replicó el muchacho riendo.

-Os ruego nos disculpéis, capitán Worthington. Necesito sacarle filo a mis garras con mi hermano. Regresaré pronto. Os ruego que intentéis dormir un poco. Os sentiréis mucho mejor.

Amelia y William abandonaron la habitación en completo silencio hasta alcanzar la parte superior de la escala. Abajo se oía el sonido amortiguado de múltiples conversaciones; la familia nunca estaba tranquila cuando se hallaban todos juntos y la añadida emoción de pasar una Navidad reunidos había aumentado el volumen del jolgorio.

William tomó la mano de su hermana y la estrujó con cariño.

-¿Y eso por qué? -preguntó Amelia ruborizándose ligeramente pues supuso que a alguna extraña razón se debía aquel gesto.

-Estáis enamorada del capitán. Puedo notarlo. Espero que él responda como es debido -dijo William en voz baja.

Los ojos de Amelia se llenaron de lágrimas.

-Le han dicho que es muy posible que no sobreviva a la operación. ¡Oh, William! ¡No hago más que prometer a Dios que jamás le pediré nada para mí si permite vivir al capitán Worthington!

-No creo que las cosas funcionen así para Dios. Al menos así lo esperaría.

-No me importa cómo funcionen. Solo deseo que él viva.

-Si hubierais visto en qué condiciones quedaron algunos heridos tras la batalla de Trafalgar, os daríais cuenta de que el capitán tuvo suerte de sobrevivir. Es un hombre fuerte; alguna ventaja debe darle eso.

-Así lo espero, William. Así lo espero. Conozco cuál es mi lugar en la sociedad. Sé que no estoy a su altura bajo ningún punto de vista, pero tener que enfrentar un mundo en donde él no exista me parece imposible de soportar.

-No quiero oíros hablar así. ¡Por supuesto que estáis a su altura! Él ha tenido que escalar rangos en la tropa tal cual como los demás hacemos en la vida -replicó William con cierto disgusto-. De todos modos, no tiene sentido discutir eso con vos cuando tenéis la cabeza tan llena de preocupaciones. Pero ya volveremos sobre ello cuando todo esto haya acabado.

Capítulo 12

La conversación con el doctor Clarke iba a ser tremendamente dura para Alexander. Había una enorme diferencia entre tomar una decisión que podía acabar con su vida y trazar el plan concreto para ponerla en práctica.

-Espero que podamos hallar pronto la pieza de metal que se ha movido de lugar -afirmó el galeno.

Era un hombre joven de unos treinta años. Se notaba seguro de sí mismo, como si conociera bien cuáles eran sus virtudes y capacidades.

-Necesitaré reabrir el tejido de la cicatriz y conseguir acceder al cráneo por esa vía. Confío en que el trozo de metal haya creado su propia abertura que podré emplear para entrar en él.

-Pero se debe haber movido -comentó Alexander, sintiéndose ligeramente indispuesto ante la sola idea de tener agujeros en su cráneo.

-En casos como este, los movimientos y desplazamientos pueden ser de fracciones muy pequeñas. Espero hallar la pieza problemática de todos modos.

-¿Y si no la halláis?

-Entonces deberé perforar un agujero más ancho, pero no demasiado -respondió Clarke intentando animarlo-. No deseamos perforar en exceso. No es buena idea dejar agujeros regados donde se supone no debiera haber ninguno.

-¿Cuáles son mis reales posibilidades de sobrevivir?

El doctor adoptó una actitud más seria.

-Todo depende de cuánto necesite buscar para encontrar la pieza en cuestión. Si esta ya se ha incrustado en el cerebro, las cosas se complicarán, aunque tengo la esperanza de que ello no ha ocurrido, pues hasta ahora no hemos visto síntomas que así lo sugieran.

-¿Queréis decir porque sigo vivo? -preguntó Alexander con cierta nerviosa brusquedad.

-Porque seguís vivo y porque sois capaz de hablar, moveros y funcionar tal como lo hacíais hasta antes de que la caída ocurriera. Existen muchos estados posibles entre estar vivo y morir, capitán Worthington -le explicó el médico intentando ser empático.

-¿Puedo hablar con la señorita Basingstoke y con el señor Critchley antes de comenzar? -preguntó Alexander.

Aún se hallaba en la habitación que se había convertido en su hogar durante los últimos días. El doctor ya le había explicado que, en cuanto fuera trasladado hasta la alcoba de Amelia, no tendría contacto alguno con el mundo exterior durante varios días.

-Naturalmente que sí. En el intertanto, nosotros nos prepararemos. Dos de los hijos del señor Basingstoke os ayudarán a ir hasta la otra habitación cuando ya estéis listo -añadió el doctor Johnson.

Richard y Amelia acudieron a la habitación con aspecto pálido y demacrado. Alexander extendió en seguida la mano hacia Richard, quien la atrapó para llevarla hasta su pecho. Su habitual superficialidad y carácter despreocupado parecían desaparecer por completo en un momento como ese.

-¿Estáis seguro de esto, Alex? Aún es tiempo de que cambiéis de opinión.

-No tengo opción. Ambos lo sabemos -respondió Alexander afectado por el sufrimiento de su amigo-. Richard, si lo peor llegase a ocurrir, os ruego que expliquéis las razones de mi muerte a mi hermano y a su familia. Hacedles entender que no fue porque buscara acabar con mi vida.

-Lo haré.

Critchley se sentía superado, descompuesto ante el enorme peligro que correría su amigo en las próximas horas y, si tenía la enorme fortuna de sobrevivir, también en los días por venir.

-Recordad la promesa me hicisteis -añadió enfáticamente Alexander.

-Os di mi palabra -respondió Richard dando una fugaz mirada a Amelia.

-Buen hombre... Habéis sido el mejor de los amigos que he tenido en la vida, Richard. Pero ya es tiempo de que me dejéis. Os veré pronto -exclamó Alexander estrujando la mano del joven para luego liberarla.

-Cuidaros, amigo mío -respondió Richard antes de inclinar la cabeza y abandonar la habitación, cerrando la puerta firmemente tras él.

Amelia suspiró profundamente, intentando pensar qué decir, pero su rápido ingenio y naturaleza alegre habían desertado por completo ante el pánico que le generaba pensar que tal vez esa fuera la última vez que veía al capitán con vida.

-Señorita Basingstoke... Amelia... por favor, acercaros -le pidió Alexander extendiendo una mano hacia ella. Amelia colocó su mano en la suya y Alexander atrajo a la joven suavemente hacia el lecho.

-Desearía que mi visita a vuestra casa hubiera sido muy distinta a como acabó siendo.

-Nadie podía anticipar lo que ocurriría -replicó Amelia.

-¿Estaréis aguardando por mí cuando recobre el sentido?

Las lágrimas apenas contenidas de Amelia rodaban lentamente por sus mejillas.

-Sí -replicó con la voz entrecortada.

-No lloréis -la consoló Alexander con dulzura-. Si no sobrevivo, al menos he podido conoceros, aunque sea por un corto tiempo. Estaré siempre agradecido de ello. Solo tengo una última cosa que pediros antes de que me lleven.

Amelia lo miró sorprendida. Había esperado ser capaz de disfrazar lo suficientemente bien su sufrimiento para que él no notara que estaba destruida. Pero, obviamente, el control que podía ejercer sobre sí misma en aquel momento no era el que esperaba lograr.

-¿Qué puedo hacer por vos?

-Besarme. Besarme como si nos hubiéramos besado desde vuestra primera temporada en Londres, aquella en la que era más ciego de lo que lo soy ahora.

-Arrogante quizás, pero no ciego -Amelia no pudo evitar decir con una frágil sonrisa.

Alexander respondió a su sonrisa.

-Venid aquí, chiquilla insolente.

Esta vez jaló fuertemente de la mano de Amelia y ella cayó sobre su pecho con la respiración entrecortada por la sorpresa.

-Besadme, Amelia. Besadme... -susurró el capitán antes de tocar los labios de la muchacha con los suyos.

Apartarse de él jamás pasó por la cabeza de Amelia. En cuanto sintió el contacto de aquellos labios con los que había soñado durante tantos años, colocó las manos alrededor del cuello de Alexander y profundizó el beso. El capitán lanzó un ligero gemido, estrechando con mayor vigor a Amelia contra su pecho, mientras acariciaba su espalda con ambas manos. El beso fue intenso, desbordante de pasión, expresión viva de deseo y de temor que ninguna palabra podía expresar mejor.

Ambos habían anhelado fervientemente que aquello ocurriera. Al contrario de Amelia, Alexander no había tenido tal deseo durante tanto tiempo, pero desde la primera vez que había hablado con la joven en aquella funesta noche de fiesta había soñado con tocarla, con poder sentirla.

Exploró su boca por completo, jugueteó con sus labios desterrando cualquier clase de vacilación que la inexperiencia de la muchacha pudiera causarle, mientras ella respondía abiertamente. Por último, restregó cariñosamente su nariz contra la pequeña nariz en forma de botón de Amelia y mordisqueó sus labios una vez más.

-Sois hermosa. Jamás lo olvidéis... -le susurró al oído.

-No es preciso que digáis eso -respondió Amelia con la respiración entrecortada.

-Lo digo porque es la verdad -insistió Alexander-. Nunca dudéis jamás que me agrada todo de vos, desde la manera en que me hacéis reír hasta vuestro ritmo al caminar.

-Pero... -intentó protestar Amelia.

-No hay nada más que agregar. Creo que sois la persona más bella que he conocido jamás y si tengo la enorme fortuna de salir vivo de esto, prometo que os besaré más, muchísimo más... -replicó Alexander, sellando sus palabras con un último beso en el que pareció verter hasta la última gota de emoción que estallaba dentro de él.

Un suave golpe a la puerta hizo a Amelia dar un respingo desde su posición a medio camino entre la postura erguida y la yacente sobre el pecho de Alexander. Supo entonces que ya era hora de que él la dejara.

-Capitán, ¿estáis preparado? -se oyó la voz de William preguntar.

-Tan preparado como siempre lo he estado -respondió Alexander con el corazón alborotado, aunque no precisamente a causa de los nervios por lo que estaba por venir.

-Deseadme suerte –rogó a Amelia en un susurro apenas audible mientras la puerta se abría por completo y William y Peter hacían ingreso.

-No me dejéis... -susurró Amelia en respuesta, sabiendo que sus palabras serían oídas por sus hermanos, pero aquel no era momento para pudores.

***

La sala de estar sería el centro de toda la atención en las horas por venir.

Si Amelia y Richard hubieran podido actuar según sus deseos, habrían permanecido pegados a la puerta de la alcoba de la muchacha tras la cual los doctores trabajaban. Pero el señor Basingstoke consideró que aquello solo causaría distracciones y los envió a ambos directamente a la sala de estar, con todos los demás.

Amelia tomó asiento cerca de Richard. No se habían conocido en el mejor de los términos debido a la familia londinense de la joven, pero ahora estaban completamente unidos en la espera del mejor resultado posible para Alexander. De tanto en tanto, uno u otro extendía la mano para estrujar la mano de quien le acompañaba para tranquilizarlo.

La señora Basingstoke se retiró a su alcoba. No le agradaba pasar angustias y apartándose de ellas podía ignorar el ánimo sombrío de la casa. Los hermanos más pequeños que ya habían llegado a casa se entretenían en algún pasatiempo poco bullicioso. Ya todos conocían al capitán y sospechaban que el hombre estaba interesado en Amelia. Sansón se mantuvo en todo momento cerca de la joven. Cada vez que ella se movía, él se movía. Cada vez que sus movimientos no lo conducían hasta su dueño, se desplomaba en el piso con un sentido suspiro sin dejar de mirar fijamente a la puerta herméticamente cerrada. Había sido una verdadera batalla impedir que el animal entrara a la alcoba de Amelia cuando Alexander había sido llevado a ella, pero finalmente habían logrado dominarlo.

La joven pasó aquellas tensas horas entre buscar la mejor forma de sobrellevar el sufrimiento horroroso que padecía y revivir en su memoria los besos que ella y Worthington habían intercambiado. Atribuía humildemente tal comportamiento al miedo de morir que Alexander sentía, pero aun así era incapaz de reprimir la explosión de alegría en su interior cada vez que recordaba aquel éxtasis de sentir en sus propios labios los del hombre de sus sueños. Jamás osaría suponer que nada más allá de eso pasaría entre ambos, incluso si él lograba superar la más reciente prueba que le ponía la vida, pero ella estaría eternamente agradecida que aquellos besos hubieran alguna vez ocurrido de todos modos.

El reloj marcaba la seis cuando, finalmente, el doctor Johnson ingresó a la sala de estar. Cuatro horas habían pasado desde que la puerta del improvisado pabellón quirúrgico se había cerrado. Todos los ojos se volvieron a él; nadie se atrevía a decir una palabra antes de que él lo hiciera.

-Ha sobrevivido a la operación -anunció solemne, dirigiéndose específicamente a Amelia y Richard-. Tuvo mucha suerte pues el fragmento fue relativamente fácil de localizar.

-¡La fortuna lo vuelve a salvar una vez más! -exclamó Richard con la voz estrangulada por la emoción.

-Los próximos días serán sumamente críticos -prosiguió Johnson-. Yo me haré cargo de él de ahora en adelante. El doctor Clarke se prepara para marcharse; ya no hay nada más que pueda hacer aquí. Solo el tiempo y los cuidados podrán ayudarlo ahora.

-¿Podemos verlo? -preguntó Amelia con la ansiedad desbordada. Temblaba de pies a cabeza y Richard la rodeó con su brazo por los hombros para contenerla. Hacía rato que ambos habían ido más allá de las sutilezas protocolares habituales entre personas que apenas se conocen, dadas las circunstancias.

-Me temo que no. Debo evitar por todos los medios que lo ataque la fiebre. Estaría demasiado débil como para soportarla. Tal vez permita que lo veáis cuando haya superado los siguientes dos o tres días. Por ahora, las únicas personas autorizadas a ingresar en la habitación somos su ayuda de cámara y yo. Él se hará cargo de los cuidados prácticos.

El señor Basingstoke abandonó la habitación junto al doctor y los hermanos más pequeños continuaron con sus juegos, permitiendo así a Amelia y Richard charlar con cierta privacidad.

-Está vivo... -susurró Amelia.

-Gracias a Dios... -replicó Richard todavía superado por la emoción.

La muchacha tomó y botó aire con manifiesta exageración un par de veces para intentar tranquilizarse.

-Señorita Basingstoke, ¿os sentís indispuesta?

-Estoy demasiado nerviosa -admitió Amelia, colocando una mano sobre su pecho como si así le fuera posible mantener el control. Sentía una abrumadora urgencia por estallar en llanto, algo que normalmente no se permitiría hacer en público.

-Necesito salir de la habitación antes de avergonzarme delante de vos, señor Critchley. Os ruego me excuséis.

A continuación, se puso de pie con cierta dificultad dirigiéndose hacia la puerta. William fue tras ella, señalando a Richard que él no debía seguir a la joven como este había parecido querer hacer.

-Venid aquí, hermana mía -le dijo William con afecto al alcanzar a Amelia, quien había hecho una pausa a los pies de la escala como si no estuviera segura de a dónde dirigirse.

En condiciones normales, habría buscado paz y consuelo en su propia alcoba, pero no podía permitírselo por ahora. William la abrazó estrechamente intentando contenerla, mientras ella no paraba de temblar.

-Ya pasó lo peor. Tened fe.

-La tengo. La tengo -gimió Amelia liberando finalmente los sollozos que llevaba largo rato conteniendo-. Tenía tanto miedo de que no lo lograra. Ya ha pasado por tanto, William. ¡Por tanto! No se merecía esto.

-Lo sé, querida. Pero no perdáis las esperanzas. Puede que tal vez hasta lo tengamos ya despierto y en buenas condiciones para Navidad. ¡Solo faltan dos días! ¿Ya habéis pensado en algún obsequio para él?

-No, no me sentía capaz de soñar así de tanto. Tenía mucho miedo de provocar demasiado al destino -admitió Amelia avergonzada.

-Pues creo que deberías dedicaros a buscar algún presente para él. Os haría ocupar la mente en algo positivo mientras el doctor y los dioses hacen su parte - intentó calmarla William.

-Seguro estaréis pensando que soy una boba.

-Claro que no. Sois mi hermana adorada. Jamás habría esperado menos de vos.

Los dos hermanos fueron interrumpidos por Richard quien salía en esos momentos de la sala de estar.

-Lamento perturbaros, pero me gustaría enviar una carta al hermano de Alex. No lo discutí con él antes de la cirugía, pero creo que Anthony tiene derecho a saber lo que ha ocurrido, especialmente mientras Alex se halla superando esta primera barrera.

-¿Deseáis usar el estudio? -ofreció William.

-No, gracias. Me gustaría regresar a la posada. El cansancio me las ha ganado, pero si algo llegase a ocurrir durante la noche, os ruego me lo hagáis saber en seguida. Si no sé nada de vosotros, regresaré sin falta mañana por la mañana.

-Os informaremos de inmediato si se presenta cualquier cambio -le respondió Amelia tranquilizándolo.

-Gracias.

-Creo que a vos os haría bien dormir en mi alcoba esta noche, Amelia. Pasar la noche junto a mamá no os permitirá descansar como es debido -sugirió William a su hermana una vez que Critchley se hubo retirado.

-Pero...

-Sin protestas, por favor. Lucís totalmente devastada. Yo velaré toda la noche y dormiré mañana. Si ocurre cualquier cosa, vos seréis la primera en saberlo.

-Os lo agradezco, hermano -respondió Amelia antes de desplomarse de cansancio en brazos del muchacho, quien la condujo cariñosamente escalas arriba.

***

Alexander no tenía idea cuánto tiempo había estado dormido, pero la cabeza le latía como si cien cañones dispararan simultáneamente al interior de su cerebro. Había intentado despertar en varias oportunidades, pero el láudano era demasiado poderoso y el sueño lo había vuelto a vencer cada vez que abría ligeramente los ojos.

Pero esta vez era distinto; podía al menos pensar, lo que no había ocurrido en los escasos momentos de ligera conciencia previa. Sentía un repugnante sabor en la boca que le parecía tener tan seca como un desierto. Se pasó la lengua por los labios intentando generar algo de saliva, pero no logró mayor diferencia. Su lengua estaba áspera, pesada y torpe.

Peterson se acercó hasta el lecho donde yacía su amo y, con la punta de un paño limpio empapado en agua fresca, le humedeció los labios. Si se le permitiera beber algo probablemente le produciría náuseas a consecuencia del láudano.

Alexander lanzó un profundo suspiro de alivio al sentir que la frescura del paño ingresaba lentamente en su boca. Dudaba haber probado nada más anhelado en su vida que eso. Parpadeó varias veces antes de abrir los ojos por completo, temeroso, aunque con la gigantesca necesidad de saber cuál había sido el resultado de la cirugía.

La habitación estaba en penumbras, pero todavía podía ver con su ojo izquierdo, como antes. El poderoso, valiente y determinado hombre de mar que había enfrentado a la feroz Marina Francesa sin asomo de vacilación, sintió que su labio inferior temblaba de emoción mientras sus ojos se inundaban de lágrimas de alivio. ¡Estaba vivo y veía!

De pronto percibió que se le apretaba la garganta y tosió ligeramente. Aquel leve movimiento hizo que las lágrimas rodaran libres por sus mejillas. No podía hacer nada para enjugarlas pues sus brazos parecían pesar demasiado como para moverse. Sin decir una palabra, Peterson se acercó y secó las lágrimas de su amo con el paño.

-Capitán, el doctor vendrá pronto. Se alegrará de veros despierto, señor -afirmó el fiel sirviente, untando algo más de humedad en los labios de su amo.

Peterson había servido al capitán Worthington desde que era tan solo un muchacho y podía imaginar lo que este estaba sintiendo.

-¿Qué día...? -musitó apenas audible Alexander, incapaz de formular la pregunta completa.

-Es la mañana de Navidad, señor.

El capitán relajó la cabeza sobre la almohada, sintiendo que la energía regresaba paulatinamente a su cuerpo. Había dormido durante dos días enteros, pero estaba vivo. Eso era todo lo que importaba. Cerró los ojos permitiendo que la droga se apoderara de él nuevamente mientras pensaba, camino a la inconciencia, cuánto anhelaba que Amelia lo visitara pronto.

Capítulo 13

El doctor Johnson prohibió terminantemente a Amelia y a Richard permanecer junto al convaleciente más de unos cuantos minutos cuando se dio cuenta de que ambos estaban desesperados por verlo. Solo autorizó visitas al caer la tarde de aquel día de Navidad.

Ambos ingresaron a la habitación con gran sigilo y se aproximaron al lecho.

Amelia se mantuvo ligeramente rezagada. Dudaba de la reacción que Alexander pudiera tener en cuanto la viera, pues ya no estaba sometido a la presión de creer que su tiempo en este mundo podía llegar a su fin. No era tan inocente como para no darse cuenta que aquellos besos podían haber sido apenas un impulso de su parte al hallarse enfrentado a una situación en que se jugaba la vida.

Alexander estaba allí tendido con los ojos cerrados. Sabía exactamente quiénes habían ingresado a la habitación sin necesidad de verlos; los había reconocido por el familiar sonido de sus pisadas. Se giró hacia ellos con sumo cuidado. Aquellos cañones de guerra parecían seguir dando batalla en su cabeza, pero aun así pudo moverse levemente y abrir los ojos.

Tanto Amelia como Richard se veían sumamente demacrados. Era evidente que aquellos dos últimos días no habían sido nada fáciles para ellos. El capitán extendió su mano en dirección a Amelia y notó que esta vacilaba al acercarse a él.

Pero antes de que la joven dijera nada, Richard exclamó de súbito:

-¡Podéis ver! Sabía que algo extraño os pasaba antes de la cirugía pero no podía saber qué era. Ahora lo entiendo. ¡Habéis recuperado la vista! Acabáis de extender vuestra mano exactamente hacia donde se encontraba la señorita Basingstoke.

-¿Lo que os molesta es que no fuera a vos a quien prestara la primera atención, Richard? -exclamó Alexander con la voz ligeramente débil, pero el sentido del humor intacto.

Amelia había colocado automáticamente su mano en la palma de Alexander pero, al oír los sorprendentes comentarios de Richard, intentó liberarse de él totalmente conmocionada. Alexander la sostuvo firmemente sin permitírselo.

-¿Podéis ver? -preguntó la muchacha con un hilo de voz.

Alexander lanzó un suspiro. No deseaba entrar en largas explicaciones todavía. Aún se sentía débil, pero les debía al menos una aclaración.

-No veo demasiado: tan solo tengo algo de visión central en el ojo izquierdo la que regresó tras la caída. Solamente se lo mencioné al doctor Johnson, pues no estaba seguro de que seguiría contando con ella tras la operación. Pero al parecer he tenido muchísima fortuna porque aún veo - explicó con serenidad.

-Eso quiere decir que... cuando nosotros dos nos... antes de la cirugía... ¿podíais ver? -preguntó Amelia entre titubeos y con el rostro enrojecido de profunda vergüenza ante la mirada de curiosidad de Richard.

-No deseaba que nadie se ilusionara al respecto para desilusionarse pocos días después. Yo menos que nadie -replicó el capitán.

-¡Esto lo cambia todo! -exclamó Richard emocionado-. ¡Es un milagro!

-Supongo que lo es -añadió Alexander mientras observaba detenidamente a Amelia.

La expresión de la joven había cambiado al enterarse de lo ocurrido, volviéndose más adusta. Él no tenía idea cuál era la razón de su cambio, pero no vaticinaba nada bueno.

Richard, por su parte, sonreía desbordado de alegría.

-Esto es mejor que cualquier otra cosa que pudiéramos haber imaginado. ¡Bienvenido de vuelta al mundo, Alex!

-Os hice esto para Navidad... -intervino Amelia, sin saber qué otra cosa decir-. Pero me parece algo innecesario ahora.

-¿Qué es? -preguntó Alexander intrigado.

-Un pañuelo que os he bordado -respondió la muchacha ruborizándose nuevamente-. No es gran cosa en realidad.

-Nunca nadie se había tomado el tiempo de hacer algo para mí con sus propias manos -exclamó

Alexander conmovido, extendiendo su mano libre para recibir el obsequio.

Amelia lo colocó en la palma que le ofrecía y aprovechó aquel movimiento para liberar su mano de Alexander. Se apartó ligeramente de la cama intentando que no pareciera obvio que lo que hacía era poner distancia entre ella y el capitán.

Alexander se acercó el pañuelo a los ojos para observar hasta el menor detalle de la delicada labor. Amelia lo había confeccionado preocupándose de que el diseño bordado en él sobresaliera suficientemente en la tela y pudiera reconocerse con solo seguir su línea con los dedos.

-¡Oh, vaya! ¡Es mi barco en mitad del mar! -exclamó Alexander fascinado al poder hacer uso de su tacto y de su vista simultáneamente después de tanto tiempo.

-Así es... -respondió Amelia.

-Es hermoso. Os lo agradezco. Lo cuidaré como a un tesoro -exclamó el capitán besando el diseño bordado en aquella sencilla tela antes de introducirlo bajo su camisón de dormir, en contacto directo con su pecho.

Amelia volvió a ruborizarse intensamente ante aquella apasionada manifestación, mientras Richard se limitaba a sonreír.

-¡Pronto volveréis a ser el que siempre fuisteis, mi amigo!

-No estoy tan seguro de ello... -respondió Alexander sin quitarle los ojos de encima a Amelia.

Percibía que las cosas habían cambiado entre ella y él en cuestión de minutos, al parecer no en la dirección correcta. Ella había puesto clara distancia física entre ambos y él no deseaba eso. Pero aquel no era el mejor momento para aclarar las cosas, mientras Richard no paraba de hablar excitado cual colegial y la cabeza de Alexander parecía querer explotar.

-Ya es hora de irnos -exclamó Amelia intentando mantener la calma-. El doctor Johnson jamás nos permitirá regresar si os agotáis por nuestra causa.

-¿Cómo se encuentra Sansón? -preguntó Alexander.

-William lo ha llevado a dar un largo paseo. Pensamos que no sería posible que ingresáramos a la habitación sin que él intentara colarse.

-Me gustaría verlo pronto. ¿Regresaréis cuando os autoricen a hacerlo?

-Claro que sí. Pero ahora es mejor que nos vayamos -insistió Amelia.

En cuanto cerraron la puerta de la alcoba, Richard comentó a la joven, frotándose las manos de alegría:

-¡Jamás pensé que tendría noticias tan espléndidas que comunicar a la familia de Alex! No pasará mucho tiempo antes de que el gran capitán Worthington esté de regreso al redil y una vez más podamos gozar de todas las maravillas que la vida social ofrece. Os ruego me excuséis con vuestra familia, señorita Basingstoke. Necesito enviar un mensaje urgente a Lord Newton. ¡Esto es un verdadero milagro navideño! ¡Un verdadero milagro!

Amelia no necesitó decir una palabra. Richard estaba tan emocionado con el futuro que se avecinaba para ambos amigos, que su silencio pasó totalmente inadvertido.

Critchley bajó la escala a brincos y, en cuestión de minutos, ya estaba fuera de casa. La joven, una vez a solas, apoyó su espalda contra el artesonado que bordeaba la zona del descansillo, totalmente abatida.

Él ya no estaba ciego...

Suspiró profundamente. Se sentía dichosa por tan magnífica noticia pero, al mismo tiempo, entendía que las cosas cambiarían mucho de ahora en adelante, tal como Richard también lo había entendido. Alexander volvía a ser un hombre completo o, al menos, lo suficientemente completo para las exigencias de la alta sociedad británica. Sus antiguos amigos reaparecerían y las diversiones londinenses volverían en gloria y majestad para él.

La joven sintió un ligero estremecimiento. ¿Cómo podía ser tan cruel de preferir que él no hubiera recobrado la vista jamás? Se avergonzó de sus sentimientos y maldijo el hecho de que ella no era mejor persona que aquellos que habían abandonado al capitán tras Trafalgar. Lo deseaban cerca solo si era perfecto y ella parecía desearlo a su lado solo cuando no lo era.

Se apartó del artesonado intentando recobrarse. Se estaba mintiendo, pensó. Lo quería a su lado así tuviera vista, no la tuviera o le faltara una o ambas piernas. Siempre sería un hombre ideal para ella, pero cuando volviera a su vida de perfección anterior, jamás se haría acompañar en sociedad de una muchacha tan modesta como ella.

Mientras descendía las escalas se encontró con William quien traía de regreso a un jadeante Sansón.

-Este muchacho sí que corre, ¿eh? -exclamó el joven de buen talante.

-Sí, no es fácil cansarlo.

-¿Qué ocurre, Amelia? -preguntó William intrigado, al percibir al instante la actitud de simulada calma de su hermana.

-El capitán Worthington ha recuperado parcialmente la vista -explicó la joven intentando parecer tan dichosa como debería estarlo.

-¡Vaya! ¿Y eso es algo que no merece celebrarse por...?

-¡Merece celebrarse! ¡Por supuesto que merece celebrarse! Pero el señor Critchley ha ido corriendo a informar la noticia a la familia del capitán y en estos instantes probablemente debe estar disponiéndolo todo para su regreso a Londres.

-Comprendo... ¿Y qué opina el propio capitán de todo esto?

-Estoy segura que deseará regresar a casa en cuanto el señor Critchley tenga todo dispuesto.

-Yo no asumiría eso con tanto apresuramiento. Sé bien lo que vi en sus ojos cuando el hombre estaba con vos. No os precipitéis en esperar solo lo peor.

-Sé que yo le agradaba, lo sé -admitió Amelia-. Pero era solo porque no había nadie más. En esas circunstancias, yo era la mejor de todas porque era la única, pero las cosas volverán a ser tal como fueron durante mi primera temporada, cuando el capitán ni siquiera miraba las bancas de las alhelíes, mucho menos se aproximaba a ellas para hablarles.

-Si llega a hacer algo así, entonces no merece ni una sola lágrima vuestra, aunque no podría creerlo viniendo de él -defendió William a su héroe.

-Pues así era antes de Trafalgar -insistió Amelia.

-Pero demasiadas cosas han ocurrido desde entonces, hermana. Demasiadas... -reflexionó William conduciendo a la joven hacia la sala de estar.

***

Pasaron varios días sin que Alexander pudiera ver a Amelia. Sabía que la muchacha había preguntado constantemente al doctor Johnson y a Peterson sobre su evolución, pero no había regresado ni una sola vez a la alcoba del enfermo.

Worthington se sentía tremendamente frustrado. Richard lo visitaba con regularidad y se la pasaba hablando todo el tiempo sobre lo que ambos amigos harían una vez que el convaleciente estuviera en condiciones de emprender el viaje de regreso a Londres. En ocasiones le producía dolor de cabeza todo aquel jolgorio y, más de una vez, se fingió dormido para alentar a su amigo a que se marchara.

También había recibido una carta de Anthony. La misiva comenzaba con una reprimenda por no haberle informado sobre el accidente en cuanto este había ocurrido y luego pasaba a insistirle que debía recuperarse en casa con la familia durante un par de meses. Anthony había llegado incluso a animar a su hermano para que regresara prontamente a la escena social londinense a pesar de que, tal como Alexander bien sabía, odiaba todo aquel ambiente. Parecía como si todo el mundo a su alrededor quisiese que retornara a su antigua vida lo antes posible y ello ya comenzaba a abrumarlo.

Así no era como las cosas se suponía que debían salir cuando había decidido visitar a Amelia. Aún no tenía ideas concretas al respecto ni una decisión tomada, pero muy íntimamente sabía qué era lo que realmente deseaba que ocurriera, aunque aquel destino ahora parecía muy lejos de poder alcanzarse.

***

Una semana después de la cirugía, el señor Basingstoke visitó al enfermo. Alexander tenía la esperanza de poder hablar al fin con alguien sensato sobre lo que le ocurría.

-Lucís estupendamente -exclamó el dueño de casa tomando asiento junto a la cama-. Vuestras mejillas han recuperado un sano color. Estabais completamente pálido cuando os pude ver tras la intervención.

-Así es, ya me siento muchísimo mejor. Gracias. Desearía poder salir de la habitación, pero el doctor Johnson ha sido muy riguroso en sus cuidados -se lamentó Alexander, odiando volver a sentirse tan inútil como se sentía antes.

-Solo está siendo precavido. En esta época del año abundan las enfermedades.

-Lo sé… Prácticamente he olvidado cómo es pasar una Navidad normal en casa -admitió el capitán-. Y estaré siempre en deuda con vos por haberme permitido perturbar de esta manera la vuestra.

-Creedme que tener ocho hijos varones jóvenes es una perturbación, no vos. De hecho, hemos sido testigos de un verdadero milagro navideño gracias a vos: ¡habéis recuperado parcialmente la vista! Al menos vuestro amigo así lo ha llamado.

-Para ser del todo honesto, el supuesto milagro ocurrió antes de Navidad -admitió Alexander.

-Ello no le resta mérito para que todos estemos maravillados con la noticia -argumentó el señor Basingstoke con actitud positiva.

Alexander no pudo evitar recordar el carácter directo y la manera simple en que enfrentaba la vida Amelia y en ese momento supo de quién había heredado tales rasgos.

-¿Quién soy yo para interferir en la magia de la Navidad?

-¡Precisamente! La señora Basingstoke disfrutará ufanándose con la historia que se ha inventado en torno a vuestro milagro, mientras yo disfrutaré que ella resulte más fácil de sobrellevar. Además, ver a todos mis hijos reunidos en un mismo sitio es, simple y llanamente, un verdadero milagro para mí.

-Sois muy afortunado de tener una familia tan numerosa y unida.

-Ciertamente lo soy, pero vos también tenéis a vuestra familia y a un muy buen amigo que se preocupa por vos. El señor Critchley ha estado muy emocionado estos días planeando todas las diversiones que ambos podrán disfrutar en Año Nuevo.

-Dudo mucho que tenga una sola noche libre en un buen tiempo si permito que Richard se salga con la suya -respondió Alexander sombríamente.

Decidió que había llegado el momento de preguntar al padre de Amelia lo que deseaba preguntarle desde el momento mismo en que se había presentado en su casa.

-Señor Basingstoke, tengo algo más que pediros...

-Decidme -replicó el aludido.

-¿Me permitiríais...? ¿Sería un atrevimiento de mi parte si yo...? Estaría encantado de... ¡Oh, maldición! ¿Por qué me cuesta tanto decirlo?

Inspiró profundamente intentando calmarse.

-Señor Basingstoke, le estaría eternamente agradecido si obtuviera vuestro permiso para cortejar a vuestra hija. ¿Me concederíais su mano? -preguntó finalmente de manera apresurada y casi sin hacer pausas para respirar. Se sintió avergonzado por haberse liado tanto con las palabras y por el hecho de que ni siquiera había tenido oportunidad de hablar con la propia Amelia antes de pedir el consentimiento a su padre.

-¿Deseáis desposar a Amelia? -preguntó el señor Basingstoke arrastrando las palabras.

-Sí, lo deseo. Más que nada en este mundo -replicó enfático Alexander.

-Entiendo... Lo lamento, capitán Worthington. Sé que habéis soportado mucho más de lo que cualquier joven de vuestra edad debiera soportar en esta vida, pero no puedo permitir que eso influya en mi opinión. No sería un buen padre si aceptara vuestra propuesta. Me temo que no puedo concederos la mano de Amelia.

Capítulo 14

Alexander sintió una opresión en el pecho tan intensa que inconscientemente restregó nervioso su mano contra el camisón de noche intentando aliviarla.

-¿N... no? -tartamudeó.

-Así me temo -respondió el señor Basingstoke manteniendo la calma.

-¿Puedo preguntar por qué, señor? Tengo la suficiente fortuna como para permitirnos a ambos un muy buen pasar el resto de nuestras vidas -replicó Alexander sin poder creer lo que oía. Jamás le había rogado nada a nadie, pero era capaz de hacerlo allí y en ese mismo instante si esa era la única manera de no perder a Amelia-. Si os negáis porque creéis que vuestra hija no tiene ninguna inclinación hacia mí, pues permitidme deciros que sí la tiene.

-Ese es precisamente el motivo por el cual estoy diciendo «no» a un hombre que cualquier padre recibiría con los brazos abiertos.

La mente de Alexander daba vertiginosas vueltas.

-¿Queréis decir que la señorita Basingstoke en efecto siente algo por mí y esa es la razón por la cual os negáis a concederme su mano? ¿Acaso esperáis desposarla con alguien que no le agrada?

La opresión en el pecho se volvió francamente insoportable de solo pensar en que Amelia pudiera casarse con otro hombre. Alexander luchaba por tragar el nudo de angustia y desesperación que tenía atorado en la garganta.

El señor Basingstoke sonrió magnánimo.

-Permitid que os explique. Cuando mi hija retornó de Londres, me desilusionó mucho enterarme que no había recibido las propuestas de matrimonio que había esperado que recibiera cuando la vi marchar. Sé bien que la muchacha no puede jactarse de dote alguna, pero hubiera esperado al menos que los hombres de vuestro círculo social supieran ver la joya que en ella se oculta. Al parecer, en parte debido a los prejuicios de esos hombres y, según lo que Amelia misma me ha dicho, a la actitud de mi cuñada, la muchacha regresó a casa sin haber disfrutado de su estancia en Londres como tanto la ilusionaba.

Alexander sentía deseos de cerrar los ojos y darle la espalda al mundo. Además de aquella maldita opresión en el pecho, la sensación de que tenía un grumo de plomo formándose paulatinamente en el estómago le estaba generando verdaderas náuseas.

-Cuando Amelia regresó de Londres, me pareció distante y retraída. Al comienzo pensé que se debía a que extrañaba la buena vida que Londres tenía para ofrecer, pero pronto comprendí que su actitud tenía más que ver con el dolor que sentía por alguien que había conocido. No estoy violando ninguna clase de confidencia si os digo que Amelia os extrañaba a vos.

-Y yo la extrañaba a ella como jamás había extrañado a nadie en toda mi vida -susurró Alexander casi para sí mismo.

-No tengo dudas de eso. Según parece, ella había sido una estupenda compañía para vos por un par de semanas.

-Lo fue -reconoció Worthington.

-Cuando ella me contó lo que había ocurrido entre vosotros dos, pensé: ¡ahí está el motivo; ha encontrado a su alma gemela! Sin embargo, pronto se volvió evidente que vos solo le habíais prestado atención a causa de vuestras particulares circunstancias, no porque os atrajera realmente.

-Jamás habíamos sido presentados antes - se defendió débilmente Alexander.

-Eso es cierto. Pero permitidme la siguiente pregunta: Lord Eckersley tiene una hija que hizo su estreno en sociedad el mismo año que Amelia. ¿Os las arreglasteis para que ella sí os fuera presentada? -preguntó el señor Basingstoke con la voz firme y desprovista de emociones.

-Lo hice -respondió Alexander cerrando los ojos derrotado.

-En efecto, lo hicisteis. Las columnas de chismes sociales de los periódicos no hacían más que hablar del gran capitán Worthington como uno de los primeros en ser presentado a la novedad femenina de la temporada.

-Lo lamento...

-Esa es una manera bastante triste de vivir, en mi humilde opinión, aunque lo que yo piense muy poco importa, dada mi irrelevante posición social. Comprendedme: no puedo permitiros que rompáis el corazón de mi Amelia. De aceptar yo vuestra propuesta, regresaríais a Londres y la muchacha sería arrojada a vuestro círculo social sin contemplaciones. ¿La aceptarían como uno de los suyos o la despreciarían tal como vos lo hicisteis una y otra vez sin siquiera daros por enterado antes de la batalla de Trafalgar?

-Mi familia la aceptaría de muy buena gana...

-Pues así esperaría que ocurriera y les concedo el mérito de no mostrar, al menos hasta ahora, los mismos prejuicios tan propios de los demás. Sin embargo, supongo que jamás sabremos si vos os sentisteis atraído hacia mi muchacha simplemente porque nadie más se sentía atraído hacia vos. Amelia me explicó cómo fuisteis rechazado por vuestro círculo social a causa de la ceguera y ella se sentía razonablemente furiosa por ello. Mi hija es un tesoro para mí, capitán Worthington, y no permitiré que nadie juegue con su corazón. Deseo que una su vida a alguien que la quiera por sobre todas las cosas y con vos no puedo estar del todo seguro al respecto.

-¿Existe algo que yo pueda hacer para haceros cambiar de opinión, señor?

-Me temo que no. Creo que lo mejor que podéis hacer es marcharos, cuando vuestra salud lo permita, sin decir una sola palabra sobre esta conversación a nadie. Con el tiempo Amelia os olvidará y sinceramente espero que encuentre a alguien que la merezca.

Alexander dejó caer la cabeza hacia un lado de la almohada, totalmente derrotado.

***

El capitán se hallaba tendido con los ojos cerrados. De alguna manera sentía que haber recuperado parcialmente la vista ya no tenía ninguna importancia después de la conversación que acababa de sostener. Era un hombre arrogante. Lo sabía. Siempre lo había sido. Tan arrogante que ni por un instante se le había pasado por la mente que el señor Basingstoke se negaría. Pero ahí estaba: lo había rechazado por completo como yerno ¡y en qué forma!

No podía evitar recordar la conversación una y otra vez. ¿Cómo habría podido contraargumentar al padre de la joven si todo lo que había dicho era completa y absolutamente cierto? Él solo le había prestado atención en una época en que todos los demás lo habían ignorado. Podía buscar mil excusas para defender su actitud, pero la triste verdad era que, en otras circunstancias, ella jamás habría estado entre sus opciones. Era irónico que solo hubiera anhelado su compañía precisamente cuando la sociedad lo había vuelto un ser solitario.

Reflexionando sobre sus motivaciones y sobre lo que realmente sentía por Amelia, aguardó durante horas en absoluta soledad hasta que el doctor Johnson y Richard aparecieron.

-Deseo mudarme a la posada donde os alojáis -exclamó en cuanto ambos ingresaron, dirigiéndose a Richard.

-¡Pero solo ha pasado una semana desde la cirugía! ¿Estáis en condiciones de emprender tal travesía, así sea breve? -preguntó Richard.

Cierto era que Critchley estaba desesperado por regresar a Londres, pero jamás lo haría a costa de la salud de su amigo.

-Ya es hora de que dejemos de incomodar a estas buenas personas. Deseo trasladarme mañana.

-Aún existe riesgo de que contraigáis fiebre -lo previno Johnson-. No olvidéis que los vendajes ocultan heridas. Detestaría que hayamos conseguido tanto para que acabéis cayendo enfermo por una tontería.

-No me ocurrirá nada. Cada hora que pasa me siento mejor y más fuerte. Me mudaré hasta la posada con o sin vuestra ayuda -replicó Alexander beligerante.

Richard y el doctor intercambiaron una mirada. En honor a la verdad, ya no había razón de peso alguna para mantener a Alexander a donde estaba. En efecto, parecía recuperarse estupendamente bien.

Los amigos se quedaron a solas una vez que el médico hubo realizado los exámenes diarios de rigor y Richard se sentó junto al capitán para ayudarle a beber el té que sus anfitriones amablemente le habían servido.

-¿Así que pronto estaremos planeando nuestro regreso a Londres, eh?

-No regresaré a Londres -respondió Worthington tajante.

-Bueno, no inmediatamente. Pero pronto.

-No, Richard. Nunca.

-¿Nunca? ¿Y por qué?

-¡No me importa no volver a ver ese maldito lugar jamás! -sentenció Alexander con extrema dureza.

-Pero las cosas han cambiado. Estáis en condiciones de regresar a los salones. ¡En condiciones de bailar! -insistió Richard persuasivo.

-Y de codearme con lo más bajo de la humanidad mientras las señoritas Basingstoke del mundo son ignoradas.

-Alex... la muchacha es adorable, no lo niego. Admito que no pensé así en un comienzo, pero es una verdadera joya. Sin embargo, alguien como ella no es lo que siempre habéis buscado. No es la clase de muchacha con la que hombres como nosotros se casan -afirmó Critchley lapidario.

-Richard, ¿prestaríais atención a lo que estáis diciendo, así fuera por un instante? ¿No es la clase de muchacha con la que hombres como nosotros se casan? ¿Quién demonios creéis que somos? Pues yo os lo diré: somos la clase de personas que solo le dirigen la palabra a alguien cuando lo consideran suficientemente conveniente; somos la clase de personas que ridiculizan a una muchacha sentada en las bancas de las alhelíes porque consideramos que no merece la pena nuestro respeto ni nuestra atención. Muy por el contrario, la señorita Basingstoke me recibió con los brazos abiertos sin preguntar nada y me ayudó cuando más lo necesitaba de una manera tan particular que cambió mi vida por completo. En lugar de condenar a quienes son menos adinerados, deberíamos reflexionar sobre lo que ellos tienen para aportar.

-Creo que estáis siendo demasiado duro con vos mismo.

-¡No estoy siendo ni la mitad de duro que merezco! Decidme algo, Richard: ¿qué esfuerzo significaría para nosotros si, en cada baile al que asistiéramos, pidiéramos a cualquiera de esas muchachas que aguardan abandonadas en una banca que nos concediera un par de piezas? ¿Prestar atención a alguna joven que no fuera la más acaudalada ni la más hermosa de la velada realmente arruinaría nuestra noche?

-Bueno, supongo que no nos arruinaría nada, aunque sería una tarea bastante tediosa. Preferiría bailar con una cara bonita -admitió Richard con honestidad, encogiéndose de hombros.

-¿Cuántas veces no hemos bailado con una cara bonita solo para acabar descubriendo que es la pareja más aburrida del mundo? ¿O con la más reciente debutante en sociedad que no es más que una chiquilla mimada? Nunca se sabe, Richard. Pasar media hora en compañía de una completa desconocida y olvidada por la sociedad puede resultar un deleite. Hemos sido demasiado arrogantes e injustos. No somos tan especiales, Richard. No lo somos...

-Somos hombres jóvenes, atractivos y acaudalados, Alex. ¿A qué mejor opción podría aspirar una muchacha?

Alexander agitó la cabeza desalentado.

-No puedo creer que aún penséis que con eso basta. ¿Acaso estos últimos meses no os han demostrado que ser superficial no es suficiente en lo absoluto? En lo que a mí respecta, ciertamente que busco algo más de la vida. Ciertamente...

-¿Me estáis diciendo que pediréis la mano de la señorita Basingstoke? Eso es, ¿no es cierto? Creéis que estáis enamorado de ella, pero lo que sentís por ella es gratitud. Simple y pura gratitud. No es preciso que os amarréis de por vida a alguien solo para agradecerle -exclamó Richard casi riendo.

-Estoy enamorado de ella -respondió Alexander con solemnidad-. Creo que lo estoy desde la primera vez que me dirigió la palabra en aquel maldito salón de baile.

-No confundáis gratitud con amor, Alex. Ese podría ser un error que pagaríais muy caro.

-¡No me hagáis reír! ¡Un error que pagaría muy caro! No tenéis ni idea, Richard. Ni idea.

-¿De qué habláis, Alex? Obviamente aquí hay algo que está pasando y que desconozco -replicó Richard genuinamente preocupado por su amigo.

-Esta mañana he pedido la mano de su hija al señor Basingstoke y él se ha negado. No soy lo suficientemente bueno para ella y, a pesar de que he cambiado, él no cree en mí. Sin embargo, me he dado cuenta por mi comportamiento anterior cuán superficial he sido y no podría más que estar de acuerdo con él en que no soy lo bastante valioso para su hija.

Richard parecía conmocionado.

-¿Os ha rechazado?

-Así es. Me he pasado horas meditando sobre sus palabras y, honestamente, es imposible no concordar con sus argumentos. Ella se merece a alguien que la valore sin importar su origen ni cuál es su familia. Yo no he sido más que un maldito arrogante y ello me ha costado perder a la única mujer que he amado en toda mi vida.

***

La residencia de los Basingstoke era un torbellino de actividad. Los huéspedes se marchaban en un espléndido y confortable carruaje que el señor Critchley había contratado. El trayecto apenas se extendía por algo más de un kilómetro, pero se tomarían todas las precauciones posibles con el paciente. Los hermanos Basingstoke que aún permanecían en casa ya se habían despedido de los que partían y colaborado también en cargar valijas y baúles. La señora Basingstoke les había proporcionado algunos ladrillos calientes para los pies a ambos viajeros, insistiéndoles que le enviaran una carta una vez instalados debidamente en el *Golden Lion*.

Sansón permanecía en todo momento junto a Alexander, al que ya se había autorizado a ingresar a su habitación por las mañanas. Cuando el capitán comenzó a dar sus primeros pasos, no obstante la celosa vigilancia de Peterson, resultó evidente que aún necesitaba de la ayuda del perro para moverse con confianza.

Amelia se había restado por completo de todo el trajín del viaje, pero al llegar la hora de la partida, era evidente que ya no podía seguir encerrada en su alcoba. Se sentía confundida y molesta por el curso que habían tomado los acontecimientos, pero era lo suficientemente sensata como para admitir que dicho curso era justamente el que ella había supuesto: él la había besado solo empujado por la desesperación de pensar que podía morir. No podía condenarlo por eso, sin importar cuánto dolor sintiera en su corazón.

Se aproximó a la puerta abierta de la habitación y fue recibida por la inquieta cola de Sansón golpeando alegremente el piso junto a Alexander, quien se hallaba sentado en un diván frente a la chimenea. Estaba listo para emprender la marcha, con su ropa impecable y luciendo tan inmaculado como siempre. Su gabán se hallaba extendido sobre el respaldo del diván a la espera de ser usado. Lo único distinto en su apariencia era que no llevaba el cabello ordenadamente atado en una cola, como era su costumbre, pues el vendaje que tenía en la cabeza le impedía peinarse; aquella exuberante melena revuelta contrastaba enormemente con su habitual imagen donde nada quedaba al azar.

-Señorita Basingstoke, me alegra mucho veros. Os confieso que no me resultaba muy cómodo intentar buscaros por la casa, pues aún me cuesta mantener el equilibrio -exclamó Alexander tratando de parecer despreocupado.

Notó su palidez y expresión atribulada y tuvo que contenerse para no ir corriendo hasta ella y estrecharla entre sus brazos. Deseaba con el alma poder abrazarla, pero hacer algo así sería injusto para ambos. Se le había denegado el permiso para cortejarla y debía respetar la decisión del señor Basingstoke.

-Me imagino lo difícil que debe de ser -admitió Amelia.

-He extrañado vuestras visitas -dejó escapar Alexander antes de darse cuenta siquiera de lo que decía.

-Pensé que sería lo mejor... -respondió Amelia ruborizándose.

-¿Lo mejor para quién? -preguntó Alexander antes de una exhalación larga y profunda con la cual buscó gobernarse-. Lo lamento. Estoy siendo egoísta, como siempre lo he sido. Os agradezco de corazón todo lo que habéis hecho por mí. Jamás podré retribuiros vuestra amabilidad durante todo el tiempo que hemos compartido.

«Él piensa que soy amable», reflexionó Amelia desolada. Esa no era precisamente la declaración de amor que tanto había anhelado escuchar desde que permitió que todos aquellos pensamientos absurdos la dominaran.

-Ha sido un placer. Vos me ayudasteis a mí en mis últimas semanas en Londres. Fue una colaboración mutua.

-Sois muy generosa -replicó Alexander con una ligera sonrisa.

La charla fue interrumpida por la llegada de Richard.

-Ya está todo listo y dispuesto para vos, Alex.

El capitán se incorporó, se colocó el gabán e inmediatamente Sansón se instaló en su posición habitual, a su izquierda. Worthington acarició el cuello del animal, dándole confianza. En su primera incursión rumbo a la planta baja de la casa tras la caída, precisaba más que nunca de la orientación y el respaldo que le daba Sansón.

-¿Seguiréis necesitando de Sansón? -preguntó Amelia.

-Supongo que nunca volveré a ser capaz de desplazarme sin él, salvo en los lugares que me resulten familiares. Aunque mi capacidad visual, así sea escasa, es mucho mejor que como era antes, aún me resulta difícil moverme -explicó Alexander-. A Sansón lo necesitaré siempre.

-Solo espero que no lo necesitéis cuando ya estéis en condiciones de regresar a las pistas de baile -acotó Richard sonriendo alegremente-. ¡No pasará mucho tiempo antes de que estéis de regreso al redil!

Alexander lanzó una sombría mirada a su amigo. Era como si la conversación que habían sostenido nunca hubiera ocurrido. Richard parecía empeñado en cuestionar todo lo que Alexander le había dicho al respecto. El joven verdaderamente no entendía cuánto había cambiado y, dada la triste expresión en el rostro de Amelia, era evidente que sus últimas palabras le habían hecho mucho daño.

-Me despido ahora, caballeros -exclamó la muchacha, sabiendo que sería totalmente incapaz de observar partir al carruaje.

Él estaría apenas a un par de kilómetros de distancia, pero ella no lo volvería a ver jamás. No sería apropiado que lo visitara y dudaba que ningún miembro de su familia fuera en su búsqueda una vez que ya estuvieran enfrascados en sus propias vidas.

-Espero que continuéis con tan rápida recuperación –añadió dirigiéndose específicamente al capitán.

-Gracias, señorita Basingstoke. Que tengáis un buen día -respondió Alexander extendiendo su mano a la espera de que ella extendiera la suya. Cuando la joven respondió al gesto, él llevo aquella pequeña mano hasta sus labios y la besó, estrujando afectuosa y suavemente sus delicados dedos entre los suyos.

Amelia sintió que los ojos se le ahogaban en lágrimas, pero parpadeó intentando disimularlas. Aquel no era momento de mostrarse débil. Había sabido desde el primer instante que él era demasiado bueno para ella, sin importar lo que su padre hubiera dicho intentando convencerla de que todas las personas eran iguales.

Le sonrió por última vez, a pesar de sentir que el corazón se le destrozaba.

-Adiós, capitán Worthington.

Richard hizo la inclinación de cabeza de rigor y ambos jóvenes abandonaron la habitación.

Amelia podía oír a lo lejos las palabras de despedida de su padre, su madre y sus hermanos, pero se mantuvo imperturbable controlándose como fuera preciso. Jamás se permitiría convertirse en una mujer débil.

Tras despedirse de los viajeros, William ingresó al salón y, al ver a su hermana allí parada en absoluta rigidez, con el rostro adusto y un caudal de lágrimas inútilmente contenidas, se le acercó de inmediato y la abrazó.

-Lo lamento tanto, Amelia.

La joven dejó descansar la cabeza sobre el hombro de su hermano, agradeciendo la entereza que este intentaba transmitirle.

-Dios debe de haber aceptado mi oferta. Él se ha ido y pronto retomará su antigua vida. Es lo que pedí. Solo desearía que no doliera tanto... tanto... -susurró totalmente devastada.

Capítulo 15

Alexander no esperaba que el corto viaje hasta la posada le significara tanto esfuerzo. Tras él, se mantuvo por propia voluntad en cama los siguientes días, la mayor parte del tiempo durmiendo. El doctor Johnson permaneció también en las cercanías; Alexander había pagado una importante suma de dinero por el privilegio de contar con él al instante cuando fuera preciso. Mientras todavía existiera la menor posibilidad de recaída, deseaba a su médico a la mano. Pero al galeno no le preocupaba que aquello ocurriera. Un paciente que dormía la mayor parte del día permitía que el cuerpo se recuperara a su propio ritmo.

En efecto, habían pasado apenas cinco días desde su traslado a la posada y el capitán ya era capaz de sentarse en una silla durante gran parte de la tarde sin acabar extremadamente agotado por la postura. Un gran sillón de orejas y alto respaldo había sido llevado a su alcoba para que pudiera estar cómodo. El sillón enfrentaba a un sofá y ambos se hallaban junto a una acogedora chimenea de ladrillos que mantenía la habitación bien calefaccionada. Salvo el biombo que ocultaba el lavabo, la cama y el guardarropa, la habitación estaba vacía. Todo era muy limpio pero modesto.

Alexander había vivido en barcos durante varios años, por lo tanto, no necesitaba demasiado mobiliario ni adornos inútiles.

Sin embargo, no estaba cómodo. Se sentía inquieto e insatisfecho.

Una tarde en la que se hallaba sentado en su sillón, la criada llamó a la puerta y anunció la llegada de Lord Newton. Alexander se puso de pie con una exclamación de sorpresa y ambos hermanos se abrazaron.

-Es tan bueno volver a veros, Alex -exclamó Anthony emocionado.

-¡Y yo a vos! ¡Vaya que sí! Aunque debo decir que se os han encanecido las sienes desde la última vez que tuve la ocasión de contemplaros -respondió Alexander con sonrisa risueña.

Anthony alejó a su hermano con los brazos para mirarlo desde cierta distancia.

-Las canas se deben a las preocupaciones que me ha dado este tedioso hermano pequeño mío. ¡Oh, Alex! No os podéis imaginar qué alegría sentí cuando recibí la carta de Richard informándome que habíais recuperado parcialmente la vista.

-Si fue la mitad de la alegría que sentí yo, ciertamente que puedo imaginarlo. Aunque admito que los primeros días fueron aterradores. Venid, sentaos aquí conmigo mientras ordeno algo de beber.

Los dos hermanos charlaron animadamente y bebieron entre ambos una jarra de cerveza ligera hasta que las novedades ya fueron intercambiadas por completo. Tras ponerse al día, Anthony se reclinó en el sofá con una sonrisa de satisfacción en el rostro.

-La carta de Richard no hacía más que reiterar lo que vosotros dos haréis al retornar a Londres. Creo que ha extrañado verdaderamente las diversiones que ambos tanto parecíais disfrutar en la gran ciudad.

Una nube oscura ensombreció por completo el semblante de Alexander.

-No logro hacerle entender lo que ya le explicado cien veces.

Anthony se mostró intrigado.

-¿A qué os referís?

-Richard cree que retornaré a la vida que llevaba tal cual era antes de Trafalgar. Pero he cambiado mucho después de la batalla. Todos quienes estuvieron allí no han podido evitar cambiar, hayan resultado heridos o no. Vosotros fuisteis testigos de cuánto afectó a mi vida la ceguera. Pero no se trató meramente de algo físico. No obstante estar ciego, fui capaz de ver por primera vez cuán superficial y caprichoso era el entorno social en el que me desenvolvía. Volvería a ser como todos ellos si me reintegrara a la sociedad, ahora que he recuperado parte de mi vista, pero creedme si os digo que es la última cosa que deseo hacer en este mundo.

Anthony se sentía tremendamente sorprendido. El Alexander que tenía en frente, físicamente apto, parecía ser el mismo de antes que estaría de juerga hasta que literalmente ya no quedara nadie en el salón, el mismo que necesitaba la buena vida para satisfacer su exigente umbral de aburrimiento. Había adquirido una mansión en el centro de Londres, a tan solo pasos de muchos de los clubes que frecuentaba. Detestaba la vida en el campo, salvo si se trataba de un viaje de cacería o con ocasión de alguna competición. Alexander era todo lo que él, adorador de la vida rural, no era. El capitán le había comentado que la sociedad lo había hecho a un lado después de Trafalgar, pero Anthony había supuesto que su hermano deseaba de todos modos continuar con su antigua vida ahora que había recuperado parcialmente la vista.

-¿Y qué es lo que deseáis hacer entonces?

Alexander sonrió con cierta amargura.

-Pues desposar a la mujer que tuve la enorme fortuna de conocer y a quien seguí hasta esta región. Ella es la única a quien concibo junto a mí por el resto de mi vida.

-¿Y por qué no estamos brindando ahora por vuestras futuras nupcias?

-Su padre se negó a concederme el permiso para cortejarla -respondió Alexander desplomándose en el sillón totalmente abatido.

-Mejor será que me digáis todo al respecto -respondió Anthony del todo consternado, pues era plenamente consciente de que su hermano sería visto como el hombre ideal para cualquier muchacha casadera, especialmente para una sin dote y a punto de quedarse para vestir santos, como el propio Alexander había descrito a la joven que tanto admiraba.

-Es una muchacha sin dote. No se encuentra ni a la mitad del nivel que la sociedad tontamente exige para ser alguien en esta vida y su tía y su prima son el tipo de personas con las cuales nadie desearía tener relación alguna -explicó Alexander con honestidad.

-¡Qué mujer fascinante! -exclamó Anthony con sarcasmo, sin lograr explicarse por qué su hermano se enamoraría de una muchacha así.

-Pues sí que lo es. Sabía que era hermosa incluso antes de poder verla físicamente. Por lo demás, nunca tuvo ninguna indulgencia conmigo. Al contrario, siempre sentí que era yo el que debía esforzarme por ser suficientemente bueno para ella. Hizo todo lo que estuvo a su alcance para ayudarme, pero de una manera tal que jamás me llevó a sentir compasión de mí mismo. Incluso si jamás me hubiera presentado a Sansón, ella habría logrado que me liberara de la prisión en la que me encontraba, tan solo por el hecho de poder ser yo mismo cuando estaba en su compañía.

Anthony notó cuánto se animaba Alexander al hablar de la joven que tanto parecía haber influido en su vida. Después de todo, no le sorprendía que la hubiese seguido hasta su casa a considerable distancia de la gran ciudad. Sabía que si Alexander se enamoraba algún día, lo haría con el alma, y todo indicaba que aquello había finalmente ocurrido.

-Lógico es suponer que, una vez pedida su mano, yo no habría tenido más que aguardar la noticia de vuestro compromiso -comentó Anthony con franqueza.

-Obviamente adolecéis de las mismas tendencias arrogantes de las que yo adolezco. Su padre me hizo ver, con justa razón, que yo no había tenido ni el menor interés en su hija antes de quedar ciego. No creyó que yo estuviera genuinamente enamorado de ella, sino que simplemente me pareció que estar con ella era mejor que estar solo.

-¿Y así fue? -preguntó Anthony cuidando sus palabras.

-¡Claro que no! -respondió Alexander prácticamente gritando-. En un primer momento no le dije a nadie que había recuperado la vista. Tenía miedo de que se tratara tan solo de un desajuste pasajero, mientras mi cerebro parecía gritar, intentando procesar todas aquellas imágenes que volvía a ver después de tanto tiempo. Por lo tanto, no me sentía con fuerzas para enfrentar las largas charlas que habría debido enfrentar si admitía públicamente lo ocurrido. Os confieso que, en esos primeros instantes, pensé que la cabeza me estallaría.

-Debe haber sido verdaderamente aterrador.

-Lo fue y ello puede sonar bastante absurdo: ¡poder ver más aterrador que estar ciego! -intentó explicarse Alexander-. Ella se mantuvo todo el tiempo a mi lado y, tras ser examinado por el doctor Johnson, comencé a abrir los ojos más confiado y entonces, en una ocasión, pude verla sin que ella lo supiera.

El capitán revivió en su memoria aquella primera vez en que había visto efectivamente a su adorada Amelia.

-Fue como si hubiera podido verla siempre, incluso cuando estaba completamente ciego, pues sus rasgos no me resultaron una sorpresa. Era la misma jovencita hermosa que me había imaginado. Su belleza no es en absoluto clásica y la sociedad no la consideraría jamás la hermosura de moda de la temporada, pero hay algo en su manera, en su estilo que me hace sentirme atraído hacia ella y desear con toda mi alma pasar el resto de mi vida a su lado.

La charla fue interrumpida por un nuevo llamado a la puerta. La criada anunció esta vez que el señor William Basingstoke había llegado a visitar al capitán Worthington. Alexander le indicó a la chiquilla que lo condujera hasta su habitación y sonrió amistosamente al verlo entrar.

-Muy buenas tardes, señor Basingstoke. ¡Qué sorpresa tan agradable! -exclamó-. Por favor, pasad. ¿Puedo pediros otra jarra de cerveza? -añadió, dirigiéndose a la criada al tiempo que esta hacía una reverencia y se retiraba.

-Buenas tardes -respondió William con su usual sonrisa espontánea-. Parto mañana de regreso a Portsmouth, pero no podía marcharme sin antes ver cómo os iba yendo y para desearos lo mejor en vuestra recuperación.

-Os lo agradezco. Permitid que os presente a mi hermano. Anthony, este el Marinero de Primera William Basingstoke del Agamenón. Este es mi hermano, el conde de Newton.

Ambos caballeros hicieron las respectivas inclinaciones de cabeza y tomaron asiento. Alexander sirvió a William una copa de cerveza y rellenó la suya y la de Anthony.

-Así que retornáis al mar… No os imagináis cuánto os envidio.

-Recordaré vuestras palabras cuando esté fregando la cubierta -replicó William bromeando.

-Seguiréis mejorando vuestra posición en la tropa de todos modos. Todos hemos tenido nuestra cuota de trabajo pesado. Algunas callosidades que aún conservo en las manos lo demuestran.

-Amo lo que hago. Sinceramente... -admitió William.

-Es como para amarlo. Fue un placer para mí volver a escuchar el sonido del mar cuando di comienzo a mi visita a Lyme. Espero que, cuando esté en condiciones de abandonar esta habitación, pueda volver a verlo, no solo oírlo, antes de dejar la región.

-¿Os marcháis pronto?

-No estoy seguro. Todo depende de la opinión del doctor Johnson. Sigo sus órdenes al pie de la letra

-¡Eso sí que es novedad! -exclamó Anthony riendo.

-¿No amáis tanto como yo a los hermanos? -preguntó Alexander a William con ironía tras el comentario de Anthony.

-¡Con siete de ellos, no puedo más que comprenderos!

-¿Cómo se encuentra vuestra hermana?

Alexander no había sabido cómo sacar a colación a Amelia, pero inadvertidamente Anthony le había dado la ocasión perfecta para hacerlo.

William vaciló algunos segundos.

-Se encuentra bien, muchas gracias.

Pero el capitán percibió la vacilación en la respuesta del muchacho.

-¿Algo no anda bien, señor Basingstoke? -preguntó mirando a William con intensidad.

No contar con visión total le impedía percibir muchas expresiones en el rostro de las personas, por lo tanto, estaba aprendiendo a estudiar muy detenidamente al interlocutor cuando charlaba.

-¡No! No se encuentra enferma, os lo aseguro. Tan solo que... que parece algo callada por estos días. Si soy del todo honesto, hubiera preferido quedarme un tiempo más. Se efectuará una fiesta la Noche de Reyes en el salón de baile de Lyme. Me hubiera gustado acompañar a mi hermana para animarla a disfrutar la velada, pero el deber llama y me será imposible hacerlo.

-¿Todos vuestros hermanos se encuentran fuera de casa?

-Así es. Todos regresaron ya a sus quehaceres. Nuestros padres asistirán a la fiesta. Es el plato fuerte del calendario social de la región. Sin embargo, mi hermana se limitará a acompañar a nuestra madre sin ninguno de nosotros allí para que la motive a disfrutar también ella de la ocasión -explicó William con total honestidad. Le preocupaba muchísimo Amelia, pero no deseaba decir nada inadecuado que violara algún secreto suyo.

-¿A vuestra hermana no le agradan los bailes? -Anthony no pudo evitar preguntar. La contradictoria información que recibía acerca de la escurridiza señorita Basingstoke despertaba cada vez más su curiosidad y seguía sin entender por qué razón Alexander se había enamorado tan perdidamente de ella.

-¡Oh, ciertamente que sí! -replicó William-. Habitualmente disfruta mucho de los bailes, aunque creo que no demasiado este último tiempo. Y ahora, si me disculpáis, ya debo marcharme, capitán Worthington. Parto de madrugada. Solo deseaba desearos una recuperación rápida y sostenida -exclamó finalmente, levantándose.

Alexander y Anthony lo imitaron.

-Ha sido un placer conoceros y os agradezco vuestra amable visita, señor Basingstoke -respondió Alexander.

-No podía marcharme sin presentaros mis respetos. Insisto que la Marina Británica ha perdido muchísimo sin vos en sus filas.

-Os lo agradezco -respondió Worthington con una inclinación de cabeza.

-Capitán Worthington, Lord Newton... -hizo lo suyo William, inclinándose.

-Por favor, dad mis más calurosos saludos a la señorita Basingstoke -añadió Alexander conforme William avanzaba hacia la puerta.

De pronto el joven se detuvo en seco, se giró muy lentamente y volvió sobre sus pasos. Parecía algo nervioso, sus manos jugueteando torpemente con su sombrero.

-Capitán, debo preguntaros...

-¿Qué cosa? Por favor, hablad... -lo animó a explicarse Alexander.

-Si alguna vez ella se entera de lo que dije, me torturará por el resto de mi vida... -confesó William pensando en voz alta.

Alexander sonrió.

-Os prometo que guardaré el secreto.

-Desearía decir algo, aunque podría pareceros impertinente. Capitán, os ruego me disculpéis, pero había pensado que vos sentíais algo por mi hermana. No sería capaz de llegar tan lejos como para afirmar que vosotros dos ya os entendéis, pero...

-Sí, siento algo por ella... -lo interrumpió Alexander con categórica franqueza.

En efecto, lo que William había dicho había sido del todo inapropiado. Un oficial de menor rango jamás osaría interrogar sobre asuntos personales a su capitán si estuvieran ambos a bordo. La sanción para un acto así sería inmediata y muy severa. Incluso en su actual situación apartado del mar, Alexander podía escribir una carta a quienes conocía informándoles sobre la falta cometida por William y su carrera naval estaría arruinada en cuestión de minutos. Sin embargo, la enorme preocupación que el muchacho sentía por su hermana lo llevó a hablar tan abiertamente arriesgándolo todo.

La expresión que cruzó el rostro de William al oír la tajante declaración del capitán fue en parte de alivio y en parte de confusión.

-Mis hermanos y yo adoramos a Amelia. Ella es muy querida para todos nosotros, aunque me gusta pensar que yo soy el más cercano a ella de todos… Desde un comienzo noté que ella mostraba cierta inclinación hacia vos y pensé que vos también sentíais algo por ella, tal vez no exactamente lo mismo, pero algo...

-Lo que siento por vuestra hermana es muy profundo.

-En tal caso, no lo comprendo, señor - exclamó el muchacho con expresión confundida.

-¿No comprendéis por qué no le he propuesto matrimonio y por qué no estamos efectuando los preparativos para la boda? -preguntó Alexander con cierto tono de desaliento.

-Bueno, así es, señor -admitió William.

-Pedí la mano de vuestra hermana a vuestro padre y él se negó a concedérmela. Es de la opinión que yo le haría daño a la señorita Basingstoke si la desposara única y exclusivamente porque nadie más me acepta.

-Si ese fuera el caso, pues nos tendríais a los ocho hermanos tras de vos, capitán. Tal vez no seamos gente de gran importancia social, pero jamás toleraríamos tamaño insulto a nuestra hermana -replicó William con severo gesto.

-Después de lo que mi hermano me ha confesado, algo así no puede estar más lejos de la verdad -intervino Anthony, decidiendo que era apropiado defender a Alexander.

-Gracias por el voto de confianza, Anthony -respondió el capitán antes de volver a dirigirse a William. -Jamás insultaría de esa forma a nadie en este mundo, muchísimo menos a vuestra hermana. Os lo aseguro.

-Pero si dijisteis a mi padre lo mismo que me estáis diciendo ahora, ¿por qué estamos teniendo esta conversación? -quiso saber William aún confundido.

-Pues porque no lo convencí -admitió el capitán, mientras percibía que la expresión del joven cambiaba-. Por favor, no vayáis a pensar que estoy siendo deshonesto con vos. Os digo la verdad. Estoy total y completamente enamorado de vuestra hermana y no tengo la menor idea de cómo podré soportar no volver a verla más.

-¿Y entonces...?

-Cuando escuché las objeciones de vuestro padre, pude ver las cosas desde su perspectiva y me fue imposible hallar un solo argumento que lo contradijera -admitió finalmente Alexander-. Si yo tuviera una hija tan adorable como la suya, tampoco aceptaría de buen grado mi propuesta.

-¿Estáis diciendo que no os consideráis merecedor de la mano de la señorita Basingstoke? -preguntó Anthony sin poder creer lo que oía.

No podía decirse que formaran parte de la nobleza, pero Anthony era plenamente consciente del linaje de su familia y del hecho incuestionable de que muchos ingleses aspiraban a relacionarse con ellos. Considerarse a sí mismo inmerecedor de la mano de una jovencita sin importancia social alguna demostró a Anthony que su hermano menor hablaba muy en serio.

-No la merezco -declaró solemnemente el capitán, dirigiéndose a su hermano-. Así viviera cien años, jamás sería digno de ella. Ella es comprensiva, acepta a las personas tal cual son, hace frente a las adversidades con una fortaleza que emociona y es extremadamente generosa, además de inteligente y con un humor delicioso. Es y siempre será muchísimo mejor persona que yo.

-Señor Basingstoke -exclamó Anthony dirigiéndose a William-, jamás había oído a mi hermano expresarse de esta forma. Os ruego nos digáis de qué manera podríamos persuadir a vuestro padre para que cambie de opinión.

Alexander está evidentemente enamorado de vuestra hermana y su vida será una auténtica pesadilla que sobrellevar si no logra unirse a ella. Por favor, tened piedad y salvad a la familia de tener que enfrentar tan sombrío futuro.

William sonrió.

Se había sentido intimidado de hablar con tanta franqueza delante de su idolatrado capitán, pero añadir a su público ni más ni menos que a un Lord había acabado revolviéndole el estómago. Sin embargo, recuperó inmediatamente la confianza en cuanto notó que ambos hombres dejaban de lado cualquier atisbo de condescendencia con él, tan propia de las clases superiores para con las inferiores.

-Será un verdadero placer colaborar si así logro que la sonrisa vuelva a los labios de mi hermana. No parece ella misma.

-¿Qué creéis que debo hacer? -preguntó ansioso Alexander-. Obviamente no voy a raptarla, aunque confieso que en ocasiones he llegado a creer que esa sería la única salida.

-No, algo así no resolvería nada. Lo único que conseguiríais es que fuéramos tras vosotros dos hasta atraparos -respondió William. Estaba siendo enteramente honesto y su tono de voz era de alguien bien intencionado y dispuesto a colaborar, más que beligerante-. Necesitáis convencer a mi padre de que la amáis por sobre todas las cosas.

-No estoy del todo seguro de poder cambiar su decisión... -balbuceó Alexander con desaliento.

-Me sorprende muchísimo que Amelia no tenga nada que decir al respecto -añadió William.

-Ella no lo sabe. Dado mi estado de salud, no tuve ocasión de poder plantearle mis intenciones directamente y luego vuestro padre me pidió de manera expresa que no comentara sobre nuestra conversación con ella. Respeté su deseo y no le dije una palabra.

-No estoy tan seguro si la propia Amelia sería tan respetuosa de sus deseos como lo habéis sido vos -reflexionó en voz alta William rascándose la barbilla-. Nuestro padre puede llegar a ser tremendamente obstinado una vez que ha tomado una decisión.

-No tengo esperanza de hacerle cambiar de parecer. Se mostró inamovible en cuanto a su negativa -admitió con desolación Alexander.

-¿Es este el mismo hombre que encaró a la Marina Francesa? -intervino Anthony alzando una ceja.

-¡Por favor, Anthony! -exclamó Alexander lanzándole una rápida mirada.

-Señor Basingstoke, habéis sido de enorme utilidad y os agradezco vuestra visita, pero dejadnos el resto a nosotros. Ya hallaremos la forma de convencer a vuestro padre, y a vuestra propia hermana si es preciso, que merece la pena luchar por ella —exclamó finalmente Anthony dirigiéndose a William.

-Después de todo, me alegra que, para entonces, ya estaré muy lejos de aquí, mi Lord. Adoraría poder ver a Amelia feliz, pero si ella llegase a sospechar siquiera que yo tuve alguna intervención en ello, mi vida ya no merecería la pena vivirse, ¡incluso si ella llegara a desposar a vuestro hermano!

William se marchó y los dos hermanos guardaron silencio, ambos reflexionando por separado sobre lo que había dicho el muchacho. Finalmente fue Anthony quien habló.

-Al parecer me quedaré aquí más días de los previstos. Os dejaré para ir en busca de algún alojamiento. Luego regresaré para que estudiemos qué se puede hacer.

Anthony se levantó y caminó hasta la puerta, pero la voz de Alexander lo detuvo.

-Si no tenemos fortuna, Anthony, no sé cómo seré capaz de enfrentar el futuro sin ella. Estos últimos días me he obligado a aceptar que la había perdido por completo, pero tener esperanzas nuevamente para volver a perderlas después...

-Fe, querido hermano, fe -lo interrumpió Anthony, abriendo la puerta para marcharse.

Capítulo 16

Amelia se vistió para el baile sin ninguna clase de emoción o expectativa. En cierta medida, se sentía con el mismo desgano con que se había sentido en Londres. Un baile no era más que otra distracción social de tantas con las que debía cumplirse. Había considerado la posibilidad de pedir que la excusaran de asistir, pero finalmente decidió hacerlo; su madre jamás le permitiría perderse tan magno evento. La localidad al completo y habitantes de las villas cercanas asistían a la celebración de la Noche de Reyes.

Al menos este año, Amelia tendría el consuelo de un vestido lindo para usar. Sir Jeremy se había ofrecido de buena gana a financiar un nuevo guardarropa para la muchacha a su llegada a Londres. Lady Basingstoke había insistido en que no estaba dispuesta a ser acompañada por una chiquilla vestida con ropa corriente. Se dio cuenta demasiado tarde, para su infortunio, que Sir Jeremy le compraría a Amelia un guardarropa nuevo completo en respuesta. Desde allí en adelante, no dejó de maldecir que la jovencita les debiera a ellos la ropa que vestía.

El vestido de aquella ocasión no era tan fino como los bellísimos atuendos que llevaban las mujeres de la alta sociedad británica, quienes habitualmente optaban por la seda, material tan delicado y elegante que parecía flotar en torno al cuerpo de la afortunada. El vestido de Amelia estaba confeccionado de un sencillo tafetán lila. Una cinta de un lila más profundo adornaba el ruedo. El ajustado canesú moldeaba el busto de la joven a la perfección y el color del vestido complementaba estupendamente bien su tono de piel mate. Unos peines hechos de perla sujetaban su cabello en lo alto, permitiendo que algunos rizos sueltos enmarcaran su rostro de manera natural. Observándose al espejo, Amelia admitió que su atuendo encajaría perfectamente con el resto de las jóvenes que asistirían al baile de esa noche. Su color, además, era adecuado para una dama que ya asumía su papel de solterona. Dejaría los blancos y marfiles para las más jovencitas que aún tenían esperanzas de lograr algún día una feliz unión.

Sin embargo, su ánimo era gris. Tendría que arrancar de algún modo de su alma aquella profunda melancolía que la embargaba. No tenía ningún sentido sufrir así. Debía olvidar al capitán Worthington y retornar a su habitual carácter optimista. Este humor sensiblero que ahora la consumía no le hacía bien a nadie. Lo que había ocurrido ya había quedado atrás. Siempre había deseado casarse y formar una gran familia, pero ese no sería su destino en la vida. Tenía que aceptarlo. Había mucho por lo cual sentirse agradecida e interiormente se reprendía a sí misma por no reconocerlo. De pronto, una sonrisa casi imperceptible torció la comisura de sus labios. Al menos había sido apasionadamente besada. Eso era probablemente mucho más de lo que cualquiera de las solteronas que frecuentaban las bancas de las alhelíes podía decir. Jamás olvidaría la intensidad de aquellos besos.

Se reunió con sus padres en la planta baja donde se colocó su gruesa capa de lana. Sendos ladrillos calientes para los pies se habían instalado en el vetusto carruaje familiar al que se le colaban corrientes de aire por todas partes. Las mismas cabalgaduras que se empleaban en el trabajo agrícola eran las que tiraban de él: no habían caballos de trabajo y caballos de placer para los Basingstoke.

El carruaje debió dejar a sus ocupantes al final de la calle *Broad*, pues no le fue posible llegar hasta la puerta misma del salón de baile ubicado en *Cobb Gate*. Amelia se envolvió fuertemente en su capa mientras preparaba el ánimo para evitar el habitual trajín de las decenas de sillas de manos que depositaban a sus ocupantes directamente en frente de la puerta de acceso al salón. El bullicioso griterío de los porteadores, que lanzaban imprecaciones a sus colegas para que se dieran prisa en dejar a sus pasajeros para dar paso al resto, resultaba abrumador en medio de la confusión propia de la noche. Las luces de bienvenida del salón guiaban a los asistentes hasta el umbral de acceso, ya desprovisto del bullicio de la llegada y del intenso frío nocturno. Amelia no tuvo más remedio que unirse a la multitud que presionaba por entrar.

Mientras avanzaba a lo largo del muro interior del recinto que daba hacia el océano y desde donde alcanzaba a oírse el sonido del agua golpeando contra la piedra, no pudo evitar recordar el anhelo de Alexander por volver al mar. Para ella era un elemento ciertamente admirable pero del cual había que cuidarse. Desde pequeña había sido testigo de los efectos producidos por múltiples naufragios que depositaban siniestros restos de palos y objetos en las costas de Charmouth y aquello le aterraba. Para Alexander, sin embargo, el mar era algo reconfortante que lo tranquilizaba y, debido a él, ella siempre lo vería a partir de ahora de manera distinta.

El salón de baile ostentaba una hilera de ventanales que miraban precisamente al mar, aunque el efecto de aquella vista espléndida se perdía debido a la luz de cientos de velas que impedían observar nítidamente hacia el exterior. Sin embargo, Amelia no tuvo mayor oportunidad de pensar en el hombre que aquel mar le evocaba, pues su madre la condujo inmediatamente hasta el salón de juegos. Desde allí podía oír a la orquesta, pero su función aquella noche sería la de colaborar en las partidas de naipes en las que su madre deseara participar. Una aburrida velada le aguardaba. Sin duda alguna prefería cien veces observar a las parejas bailar que jugar a las cartas.

Durante la primera media hora, la señora Basingstoke ni siquiera tomó asiento, ocupadísima como estaba en saludar con efusividad a cuanto vecino y conocido se topara. Todavía no era tiempo de distraerse con naipes. Una vez satisfecha y completamente segura de que nadie había quedado sin recibir su saludo, hizo una pausa y escogió con detenimiento la mejor ubicación posible para pasar allí la velada.

En esa tarea estaban madre e hija, cuando de pronto Amelia dio un respingo: Richard Critchley y otro caballero que no conocía, avanzaban en ese momento hacia ellas. No contaba con encontrarse con él en el baile y maldijo aquella pequeña esperanza que aleteó durante algunos instantes en su interior de que Alexander pudiera haber también asistido, antes de que la realidad de la situación la obligara a aceptar lo absurdo de tal idea.

-¡Buenas noches! -exclamó Richard con entusiasmo-. Mi amigo aquí presente desea conocer a las damas más finas que pueda haber en el salón, por lo tanto, evidentemente he decidido traerlo de inmediato ante vosotras.

Tanto Amelia como su madre sonrieron al par de caballeros y Richard efectuó las respectivas presentaciones.

-Señora Basingstoke, señorita Basingstoke: permitid que os presente al conde de Newton.

-Mi Lord... -saludaron ambas damas haciendo una reverencia ante la inclinación de cabeza de Anthony.

Amelia sabía perfectamente a quién le estaban presentando y no pudo evitar observar detenidamente al hermano de Alexander. Era casi tan espigado como el capitán, pero como la diferencia no solo era en estatura sino también en contextura, en realidad parecía muchísimo más pequeño y enjuto que su hermano. Ambos compartían el mismo tipo de cabello negro azabache y, ahora que Alexander se había apartado de la vida en el mar, también el mismo cutis pálido, aunque Amelia consideraba que el tono tostado por el sol y el viento marino le había sentado de maravillas al capitán en su momento. Los ojos de Anthony eran azul verdosos, no del color azul intenso, tan intenso como el mar, característico de los ojos de Alexander. Amelia anhelaba poder volver a contemplar aquellos ojos algún día...

Conocer a Anthony fue una tortura para la joven. ¡Tenía tantos rasgos similares a Alexander a pesar de ser al mismo tiempo tan distinto!

-Señorita Basingstoke, antes de que el señor Critchley tenga tiempo de acapararos, ¿me concederíais el honor de bailar las siguientes dos piezas conmigo? Espero que todavía no os hayáis comprometido con alguien más -exclamó Anthony en tono amistoso.

-No estoy comprometida para bailar con nadie, mi Lord. Encantada acepto, siempre y cuando mi madre lo apruebe -replicó Amelia consultando con la mirada a su progenitora.

-¡Naturalmente que lo apruebo! -aceptó la señora Basingstoke entusiasmada.

¡Un conde bailando con su hija! Sería el tema de la noche tan pronto informara a su grupo de amigos sobre la identidad del recién llegado.

Anthony condujo a Amelia hasta la pista de baile al tiempo que tres violines y un violonchelo comenzaban a interpretar la siguiente pieza. Danzaron en completo silencio durante los primeros movimientos mientras se observaban mutuamente en detalle.

Finalmente, Amelia tomó la iniciativa.

-Espero que vuestro hermano continúe mejorando tras la cirugía.

Tal comentario podía parecer un acto de transparencia que las mujeres sofisticadas jamás considerarían emitir, pero la muchacha necesitaba desesperadamente saber cómo se encontraba Alexander.

-Lo está. Gracias por preocuparos. Su recuperación ha sido un verdadero alivio para la familia.

-Y para sus amigos... -acotó Amelia casi para sí misma, aunque inmediatamente supo que Anthony la había oído por el gesto que este hizo arqueando una ceja.

-Muy pocos de ellos lo han visitado estos últimos días.

-Entiendo. Por mi parte, mi padre decidió que sería mejor que no lo hiciéramos -replicó Amelia con franqueza.

La joven comprendía que su padre quería lo mejor para ella, pero aquella prohibición la había sentido como un castigo, sabiendo que Alexander se encontraba tan cerca y aun así no podía verlo.

-¿Vuestra familia os acompaña en este viaje?

-No, mi esposa está nuevamente en cinta y no deseaba viajar.

-Prudente decisión en esta época del año. Acabamos de tener una terrible nevazón.

-Espero que mi hermano se marche conmigo a casa cuando regrese -comentó Anthony, percibiendo en seguida que la expresión de Amelia se ensombrecía ante sus palabras.

-Él necesitará un buen tiempo de recuperación, supongo. Es una lástima que no viváis cerca del mar; dormiría mucho mejor.

-¿Cómo así?

-¡Oh! Una vez él me dijo que el sonido del mar parecía acunarlo hasta conseguir un sueño profundo. Puedo entender por qué. ¡Es hipnotizante! -explicó Amelia con una sonrisa al no poder evitar recordar sus charlas con el capitán en Green Park. Todos aquellos momentos le parecían ahora tan inmensamente lejanos en el tiempo…

Las piezas de baile terminaron y Anthony ofreció su mano a la muchacha, conduciéndola hasta el borde de la pista.

-Señorita Basingstoke, ¿renunciaríais al siguiente baile para acompañarme hasta la parte alta de las gradas?

-¿Las gradas? ¿De noche y con un mar que, a pesar de no ser de los más tormentosos, está lejos de hallarse en calma? -preguntó Amelia francamente sorprendida.

-Sé que suena extraño, pero hay alguien aguardando en una silla de manos allá afuera que no puede estar aquí, de lo contrario habría ingresado. Creo que él y vos necesitáis algún tiempo a solas para hablar -respondió Anthony.

-¿Él está allá afuera aguardando en una silla de manos? ¿De noche y con este clima? -exclamó

Amelia absolutamente perpleja. -¡Qué inconciencia, Dios Santo! ¡Morirá de frío!

Anthony estudió detenidamente la reacción de Amelia y una sonrisa de sorpresa se dibujó casi imperceptiblemente en su rostro. No estaba seguro de qué clase de recepción su hermano esperaba de Amelia cuando se vieran, pero si sus palabras y la expresión de enojo en el rostro de la joven servían para orientarse, esta sería una feroz reprimenda.

Amelia recuperó su capa y se envolvió estrechamente en ella para salir del salón. Aún la concurrencia era nutrida lo que le permitió escabullirse del lugar sin ser notada. Sabía perfectamente que, en otras circunstancias, habría rechazado tajantemente una petición de tal naturaleza. Pero si se trataba de Alexander, no podía negarse, especialmente considerando que él no debería haberse aventurado a salir tan pronto tras la cirugía.

Se divisaba solo una silla de manos en la parte alta de las gradas que había sido dejada allí a una distancia prudente de las olas, pero lo suficientemente cerca como para que su eventual ocupante pudiera ver el mar. La oscuridad de la noche apenas permitía percibir la blanca espuma de las olas acariciando la orilla, pero a Alexander eso bastaba para llenarse de la paz que le brindaba el mar.

Amelia avanzó directamente hasta la silla y abrió la puerta de golpe y sin preámbulos.

-¿Acaso padecéis de algún instinto suicida, capitán Worthington? ¡Estoy casi segura de que sí!

Probablemente habéis venido hasta aquí sin la autorización de vuestro médico.

Alexander dio un brinco en el asiento ante la súbita apertura de la puerta y se quedó mirando sorprendido a Amelia. Anthony había supuesto correctamente: esta no era la recepción que él había previsto.

-No, el doctor Johnson no sabe que estoy aquí.

-¡Francamente me sorprendéis! -replicó Amelia con cierta nota de sarcasmo-. ¿Y qué esperáis conseguir arriesgando vuestra salud a la intemperie de este modo cuando hasta yo, que he estado bailando durante la última media hora, puedo sentir el rigor del frío?

-Llevo más ropa encima que la que cualquier ser humano haya llevado jamás y ya empiezo a sentirme incómodo con tanto ladrillo caliente bajo mis pies, os lo aseguro.

-Deberías regresar a vuestra habitación de inmediato.

-Antes necesito hablar con vos -insistió Alexander.

-Os visitaré mañana -respondió Amelia tajante, sintiendo la imperiosa necesidad de que él regresara lo antes posible a la seguridad y comodidad de un lugar bien calefaccionado. Si cogía un resfrío, probablemente no tendría la fortaleza necesaria para enfrentar una nueva batalla contra su salud a tan solo días de una cirugía altamente compleja.

-Seguramente me visitaríais con alguno de vuestros padres y, en tal caso, no podría deciros lo que necesito deciros.

-¿Y qué es lo que necesitáis decirme? -preguntó Amelia comenzando a ceder. Su enojo le había impedido la formación de las habituales mariposas en el estómago cada vez que se encontraba cerca de Alexander, pero las últimas palabras del capitán parecieron despertarlas en su interior y la ira comenzó inmediatamente a suavizarse.

-Señorita Basingstoke, necesito deciros toda la verdad. Por favor, subid aquí conmigo -suplicó Alexander extendiendo su mano hacia la muchacha.

Amelia retrocedió dubitativa.

-¿Subir a una silla de manos a solas con vos? No hay suficiente espacio. No... no es apropiado.

-Os aseguro que nos acomodaremos bien. Por favor... -insistió Alexander en un susurro.

Amelia sintió que un ligero gemido explotaba en su interior. No podía rechazarlo, pero muy probablemente alguien los descubriría y su reputación estaría arruinada para siempre. Lanzó un profundo suspiro, reconsiderándolo. Con la reputación mancillada o no, una solterona era de todos modos una solterona. Sus opciones de conseguir algún futuro marido no se verían en lo absoluto afectadas, pues tales opciones no existían.

Aceptó entonces la invitación de Alexander y abordó el pequeño transporte, dejándose arrastrar hacia el interior por el suave movimiento ejercido por la fornida mano del joven.

El corazón de Alexander pareció brincarle en el pecho en cuanto sintió a Amelia tan cerca suyo. Por lo que le pareció una eternidad, sus palabras iniciales le habían sugerido que lo rechazaría. Había intentado estudiar su expresión, pero le resultó tremendamente difícil poder verla con claridad debido a la cerrada oscuridad de la noche. Su visión era limitada, por decir lo menos, y la falta de luz hacía las cosas más difíciles aún.

La ayudó a acomodarse en el vehículo sujetándola con firmeza. El habitáculo era sumamente estrecho, pero Alexander se arrastró levemente por el asiento cediendo el mínimo espacio necesario a la muchacha para que se sentara pegada a él. La atrajo con su brazo todavía más para que ella no se sintiera incómoda aplastada contra la madera interior. Las ventanas tenían una pequeña cortinilla que Alexander cerró. No deseaba llamar la atención de nadie.

Amelia había perdido por completo el habla al hallarse de un momento a otro en un espacio tan reducido completamente a solas con Alexander. Tenía el corazón fuera de todo control y sentía la boca seca.

Alexander giró el tronco ligeramente para poder mirarla y entonces tomó la barbilla de la muchacha obligándola también a mirarlo.

-Amelia, tenía que veros. Os he extrañado tanto, tanto... -susurró Alexander, empleando el nombre de pila de la joven sin pedir el debido permiso.

-Yo... yo también os he extrañado... -balbuceó Amelia sintiendo que la abandonaban las fuerzas.

-Qué dicha saberlo. Os besé hace un tiempo cuando no estaba seguro si algún día volvería a veros. Necesitaba sentir vuestros labios al menos una sola vez si mi destino era morir. Sin embargo, desde que desperté de la cirugía, el recuerdo de aquellos besos me ha tenido completamente obsesionado. ¿Puedo...?

Amelia tragó saliva mientras asentía ligeramente con la cabeza.

Alexander esbozó una sonrisa.

-Me alegra que digáis que sí. He soñado con vuestros besos, con vuestra boca...

El capitán ya no dijo más y comenzó a rozar muy suavemente los labios de la muchacha con los suyos. Ella dejó escapar un leve gemido cuando él desechó la suavidad del contacto inicial para besarla ahora mucho más apasionadamente. Tras aquel primer beso, Alexander la apartó ligeramente de sí para mirarla intensamente a los ojos. La joven parecía nerviosa e insegura, pero él logró ver algo en ella que le dio el coraje que necesitaba para continuar besándola: vio necesidad.

Esta vez los labios de Amelia se abrieron en seguida al contacto de la boca de Alexander, mientras él soltaba su barbilla para sumergir ambas manos entre sus cabellos. Los peines de perla quedaron regados por el piso de madera de la silla de manos, pero a ninguno de los dos pareció importarle. Amelia envolvió con sus brazos los hombros de Alexander deseando poder acariciar su cabello como él hacía con el suyo pero, consciente del vendaje que aún llevaba en la cabeza, se contuvo.

A Alexander, por su parte, nada lo contenía y aprovechó al máximo el hecho de tenerla al fin entre sus brazos. La vez pasada corrían el riesgo de que alguien los descubriera. Esta vez, Anthony vigilaba atentamente los alrededores. Nadie los molestaría y Alexander estaba decidido a conocer a su Amelia en profundidad. Una vez que acabó de explorar el hermoso cabello de la muchacha, dejándola por completo desarreglada, deslizó una de sus manos hasta introducirla bajo la capa. Al comienzo, Amelia no movió un solo músculo ante la expectativa de a dónde la llevaría aquella nueva incursión, pero Alexander comenzó a besarla mucho más intensamente aún y aquello la relajó por completo entre sus brazos.

Mientras más plenamente respondía la muchacha a su desborde de pasión, Alexander más se convencía de que no había otra mujer posible en este mundo para él. Finalmente sucumbió a la feroz tentación de acariciar sus pechos y no pudo más que disfrutar ante el gemido de placer que ella lanzó y que él atrapó con su boca en un nuevo beso.

Con renuencia, se vio obligado a detener la intensidad del encuentro. No importaba cuántos deseos tuviera de continuar disfrutando de aquella pasión: solo tenían un tiempo limitado para estar juntos.

Entonces rodeó a la joven con ambos brazos por su delicada cintura y dejó descansar su frente contra la suya.

-Tenemos que hablar... -exclamó en voz casi inaudible.

-Espero que no contéis con coherencia alguna de mi parte en este momento -respondió Amelia con la respiración alterada-. No podéis besarme y acariciarme de este modo y luego esperar que sostengamos una conversación razonable, capitán Worthington. ¡Es injusto!

Alexander rio en voz baja mientras besaba su pequeña nariz totalmente embelesado.

-Lo primero es lo primero: mi nombre de pila es Alexander. Deseo oírlo de vuestros labios.

Amelia esbozó una deliciosa sonrisa.

-Bueno, al menos eso sí puedo hacerlo, Alexander.

-Deseo oíros decirlo cada día de lo que me resta de vida -exclamó Worthington intensamente emocionado.

-¿De qué habláis? -preguntó Amelia sorprendida.

La muchacha de pronto sintió que la garganta se le cerraba.

-Debo ser completamente honesto con vos. ¿Oiríais todo lo que tengo que deciros?

Alexander necesitaba abrirse por completo ante Amelia para conseguir la participación que precisaba de ella, pero algunas de las cosas que debía decirle no necesariamente serían agradables de oír.

-Por supuesto -respondió la joven sin apartar los ojos del capitán.

Aquella iba a ser la más importante conversación que Alexander pudiera sostener en toda su vida y confundir las cosas no se hallaba entre sus planes.

-Amelia, Amelia... vuestro nombre es tan hermoso... -susurró apasionado, mientras engarzaba con delicadeza un mechón suelto del cabello de la muchacha tras su oreja.

Deseaba poder seguir amándola y besándola, pero había llegado el momento de actuar sensatamente y ser honesto con ella.

-Ambos sabemos que, si yo no hubiera resultado herido en Trafalgar, nuestros caminos jamás se habrían cruzado.

Amelia asintió con la cabeza. Lo que Alexander decía era cierto; no tenía sentido ignorar un hecho incuestionable.

-Lo sé -replicó con sensatez.

-De no ser así, yo habría seguido siendo el sujeto flemático que era y habría desposado a alguna chiquilla cualquiera de la alta sociedad, permaneciendo ambos eternamente en nuestro pequeño mundo de superioridad -prosiguió Alexander.

Amelia se puso súbitamente tensa. Tan solo imaginarlo con otra mujer le resultó mucho más difícil de asimilar que antes, tras haber gozado de aquel momento tan inmensamente apasionado con él.

-No os imagináis cuánto agradezco que Richard me haya sentado a vuestro lado en aquella banca de las alhelíes el pasado noviembre -continuó explicándose el capitán-. Ahora miro hacia atrás y comprendo con profunda vergüenza qué clase de persona había sido hasta ese momento. Y ni siquiera puedo culpar a la educación recibida por ello. Cuando conozcáis mejor a Anthony, os daréis cuenta de que él no es en absoluto como era yo por aquel entonces.

-Es un buen bailarín -acotó Amelia sonriendo.

-¡Ah! Detesto que todo el mundo haya podido bailar con vos menos yo. Cuando me recupere del todo, si las cosas salen según lo esperado, burlaré todas las convenciones que existan y bailaré con vos cada baile posible, no solo los dos o tres de rigor. De cualquier modo, alguien me ha cuestionado recientemente al considerar que la razón por la cual deseo desposaros es porque sois la única mujer que me aceptaría debido a mi incapacidad y, en primer término, admito avergonzado que no hallé argumentos para refutarlo.

-¿De qué habláis? -exclamó Amelia conmocionada-. ¿Deseáis desposarme?

-¡Naturalmente que lo deseo! Sois la mujer más maravillosa, amable, generosa y bella que he conocido en toda mi vida.

-Vaya... -replicó Amelia sin poder hallar mejores palabras que aquella y guardó silencio de inmediato.

-Yo habría respondido con más elocuencia pero, dadas las circunstancias, creo que deberé considerarlo como un cumplido -replicó Alexander, divertido ante la sorprendida expresión en el rostro de Amelia.

El comentario del capitán pareció surtir efecto, pues el semblante de la muchacha se suavizó. La joven intentó recobrar la compostura, concentrándose en la conversación en general y no solo en aquella parte en que él había dicho que deseaba casarse con ella.

-¿Decís que lo que sentís por mí ha sido puesto en duda? -preguntó.

-Así es y no hallé palabras para rebatirlo -retomó su explicación Alexander-. Pero, de alguna forma, me pareció que la duda era injusta. Somos conscientes de que nunca nos hubiéramos conocido en otras circunstancias, pero ello no resta validez a lo que siento por vos. Jamás tomé en serio la posibilidad de casarme hasta que aparecisteis en mi vida. Disfruté de vuestra compañía desde la primera vez que nos encontramos y no fue porque no había nadie más disponible que os consideré como posible esposa. Vine hasta Lyme porque, a pesar de que había conseguido grandes logros en mi vida tras Trafalgar -principalmente gracias a vos-, sentía que aún me faltaba algo. Privado de vos día tras día, tales logros ya no parecían tener sentido. Deseaba compartirlo todo con vos. Deseaba estar junto a vos cada segundo.

-¿Y así fue como llegasteis a quererme?

-No, así fue como llegué a amaros, que es diferente; os quise desde el primer momento -aclaró Alexander con una sonrisa que le iluminó el rostro entero-. Vine hasta Lyme única y exclusivamente para veros pues os extrañaba con desesperación. Ni siquiera había considerado seriamente la opción de matrimonio hasta que os visité en casa. Entonces comprendí que jamás volveríamos a disfrutar de la privacidad de la que habíamos gozado en nuestros paseos por Green Park y eso era lo que más deseaba en esta vida: deseaba estar a solas con vos, cada momento de cada día de mi existencia, sin testigo alguno. No deseaba hablar de asuntos sin importancia con vos; deseaba hablar de nosotros. Estaba dichoso de tener la excusa de llevar a Sansón para que os saludara al día siguiente, pues aprovecharía la oportunidad para hablar con vuestro padre y pedir vuestra mano.

-Pero entonces ocurrió el accidente...

Las ideas de Amelia danzaban eufóricas en su mente. ¡Él la quería por esposa! Ni en el más fantasioso de los sueños posibles ella habría imaginado jamás que él la amaba tanto como ella lo amaba a él. Tal vez en alguna ocasión osó pensarlo, pero pronto desechó tal idea por considerarla absurda. Y ahora ahí estaba, el capitán Alexander Worthington, delante de ella, declarando que quería desposarla y que tenía sentimientos por ella desde antes de recuperar la vista.

La joven guardó silencio esperando a que él continuara.

-Así es. Aquel tonto accidente arruinó mis planes. Jamás olvidaré la primera vez que pude veros. Dormíais y me parecisteis tan pálida y frágil. No pude evitar maldecirme a mí mismo por haber sido yo el causante de vuestro estado. Sin embargo, aquella fue una situación muy extraña pues me pareció conoceros, como si os hubiera visto antes. Comencé a reflexionar entonces por qué motivo vuestros rasgos me resultaban tan familiares. ¿Sería que en realidad sí me había fijado en vos antes de Trafalgar? Pero, de haberos notado, no habría podido evitar admiraros en secreto y eso no ocurrió. Pues, no. Nunca os vi antes de quedar ciego, pero sí os conocía... de alguna forma que no consigo entender, os conocía... si es que acaso algo así tiene sentido. La única explicación que me parece plausible es que, obligado a escuchar a las personas mucho más atentamente que antes, ya sabía qué había en vos que os hacía tan especial, incluso sin veros.

-No soy hermosa y una vez vos dijisteis que sí lo era -lo interrumpió Amelia cayendo en la cuenta de que él efectivamente la estaba viendo cuando había pronunciado aquellas palabras.

-¿No os dais cuenta de que lo sois para mí? Sois aquella persona que puede decir algo y hacerme reír cuando todos los demás me harían gruñir. Sois aquella persona que aterraría al mismísimo Napoleón con una sola mirada suya cuando está disgustada, pero que a mí me mira con los ojos más llenos de amor y ternura de este mundo, una mirada que me roba el aliento... Para mí sois hermosa y nada de lo que digáis podrá cambiar mi opinión al respecto.

-Estoy empezando a pensar que os dañasteis el cerebro con la caída -replicó Amelia risueña.

Alexander la volvió a atraer hacia él para besarla apasionadamente una vez más. Ahora sostuvo la cara de la muchacha entre ambas manos y la besó con tal frenesí que ella apenas podía respirar. Tras aquel nuevo beso que pareció eterno, finalmente alejó el rostro de Amelia del suyo aunque lo mantuvo entre sus manos.

-Cada vez que os neguéis a aceptar que sois hermosa, esta será la consecuencia, sin importar donde nos encontremos.

-Creo que seremos el tema de moda de la sociedad en muy corto tiempo -respondió Amelia intentando parecer dueña de sí misma, aunque sus pupilas lucían dilatas a consecuencia de aquel último y apasionado beso.

Alexander rio.

-¡Magnífico! ¡Jamás esperaría vivir una vida aburrida con vos!

Amelia se apartó ligeramente de él. Todavía necesitaba aclarar algunas cosas.

-¿Me estáis pidiendo que me case con vos, Alexander?

-Lo haría, pero no puedo -llegó la honesta respuesta del capitán.

Amelia dio un respingo de impaciencia.

-¿Por qué no?

-Prometí a vuestro padre que no os diría nada al respecto. Ya le pedí vuestra mano y él me la negó.

Aquella era la parte de esa intensa noche que Alexander temía pudiera salir mal en muchos sentidos para él.

¿Y por qué os la negó? -preguntó Amelia sin poder creer lo que oía.

-Él considera que yo no soy suficientemente bueno para vos y, sinceramente, no podría contradecirlo.

-¡Santo Cielo! ¡Pamplinas! -replicó Amelia enérgica-. Mi padre me ha dado largos sermones en más de una ocasión sobre la igualdad entre todos los seres humanos. ¿Por qué él habría de decir algo así de vos?

-Él desea lo mejor para su hija y comprendo plenamente sus deseos. Para ser honesto, aún lucho por hallar la manera de convencerlo de lo contrario.

-Alexander, mi mente es un caos en estos momentos. Os ruego me permitáis aclarar todo esto. Si mi padre acaba dando su autorización, ¿aún desearíais desposarme?

-Si vos me aceptáis... -replicó el capitán, sintiéndose por primera vez no tan seguro como lo había estado hasta ahora.

Amelia sonrió con ternura y alzó una mano para acariciar el rostro de Alexander. Era la primera vez que lo tocaba de esa forma, salvo cuando se habían besado.

-¡Naturalmente que os acepto! Creo que ser vuestra esposa ha sido mi mayor deseo desde el primer día que os vi ya hace tres años.

-¿Y podréis algún día perdonar mi suprema estupidez de aquel entonces? -preguntó Alexander emocionado.

-Solo si vos sois capaz de perdonar mi baja autoestima...

-¿Qué vamos a hacer para persuadir a vuestro padre?

-Mi padre corre por mi cuenta. Dejádmelo a mí.

Capítulo 17

Amelia se apeó de la silla de manos sabiendo que no estaba en condiciones de volver a reunirse con sus padres en el salón. El hermoso y ordenado cabello se había convertido en una salvaje melena al viento. Incluso sin necesidad de mirarse en el espejo, sabía que su aspecto delataba que había sido apasionadamente besada. Una sonrisa se dibujó en sus labios. Claro que sí... había sido apasionadamente besada...

Se aproximó al hermano de Alexander.

-Mi Lord, os agradecería si pudierais enviar un mensaje a mi madre explicándole que he debido regresar a casa. ¿Sería pedir demasiado si me permitierais compartir el carruaje con vosotros de regreso al *Golden Lion*? Sería más sencillo para mí que hacer venir el carruaje de mi padre.

-¡Naturalmente que podéis acompañarnos! Mi carruaje ya está listo y dispuesto a la espera de nuestra orden para retornar a la posada. Supongo que el señor Critchley querrá permanecer en el baile.

Anthony dio algunas instrucciones a su lacayo y este desapareció en medio de la oscuridad para organizar la partida. A continuación dejó un momento a Amelia para informar a Alexander sobre lo que harían, al tiempo que enviaba el mensaje de la muchacha a su madre. Ni siquiera intentó averiguar qué había ocurrido entre ella y su hermano; el destello en los ojos de Amelia hablaba por sí solo.

Mientras aguardaba partir, Amelia regresó a los brazos del capitán. Deslizó las manos tras su cabeza y atrajo el rostro del joven hacia el suyo.

-Creo que aún tenemos algunos minutos a solas hasta que arribe el carruaje -le dijo.

-Aprovechémoslos lo mejor que podamos, entonces -respondió Worthington volviendo a besarla sin poder esperar un segundo más.

***

Amelia se paseaba de un lado a otro de su alcoba. Tenía que hacer las cosas bien o, de lo contrario, el resultado sería perder al hombre que amaba o al padre que adoraba. Ninguna de las dos opciones era digna de considerarse. Sus pensamientos habían sido un torbellino de proporciones desde que había regresado a casa. Sin embargo, no podía evitar sonreír para sus adentros.

¡Qué maravilloso había sido viajar en el carruaje de Lord Newton mientras Alexander sostenía su mano! El capitán se había sentado junto a ella, su pierna rozando la suya, su mano sujetando la mano de la muchacha con extrema pasión como si no quisiera dejarla ir jamás. Cuando el carruaje se había detenido, Alexander la había vuelto a besar en los labios a vista y paciencia de su hermano. Amelia se había ruborizado como jamás lo había hecho en toda su vida, mientras Alexander -mucho más desinhibido- reía de buena gana ante el ataque de tos nerviosa que le había sobrevenido a Anthony.

Y ahora había llegado el momento de que ella pusiera en orden sus ideas para convencer a su padre de que les diera la bendición.

Después de un par de horas de espera, al fin escuchó llegar el carruaje familiar. Era apenas pasada la medianoche, pero a su madre nunca le había gustado estar fuera de casa hasta el amanecer.

Permaneció en su habitación hasta que las voces se apagaron por completo en la planta baja, asegurándose así de que no se encontraría con su madre subiendo las escalas cuando bajara a hablar con su padre.

El señor Basingstoke solía disfrutar a solas de una o dos copas de *brandy* tras una noche de fiesta. Siempre decía que le ayudaban a reflexionar sobre los eventos de la velada, pero los hermanos sospechaban que más bien se trataba de una vía de escape al pormenorizado relato de los acontecimientos que a la señora Basingstoke le gustaba hacer en voz alta.

Finalmente, Amelia cogió su mantón de lana y abandonó la tibieza de su alcoba. La casa se hallaba sumergida en el más absoluto silencio cuando descendió las escalas, mientras el habitual calor diurno iba paulatinamente dando paso al gélido aire nocturno de mitad del invierno. Abrió la puerta del estudio de su padre y agradeció que la chimenea aún crepitara acogedora al interior.

-Padre, ¿me concederíais un momento?

-Naturalmente, querida. Entrad -respondió el señor Basingstoke, trasladándose de su ubicación tras el escritorio hasta una de las butacas junto al fuego-. Nos sorprendió que os marcharais tan pronto. Espero que no estéis indispuesta. ¿Necesitáis que llame al doctor?

-Estoy bien. O, mejor dicho, lo estaré tras hablar con vos -admitió Amelia tomando asiento en la butaca que enfrentaba a la que había ocupado el señor Basingstoke. La joven adoraba a su padre, con aquella sonrisa fácil y calma suya, aquel carácter tranquilo, pero por primera vez en su vida estaba dispuesta a ir en contra de sus deseos si no lograba hacerlo cambiar de parecer.

-¿Debería servirme una copa más de *brandy*? -preguntó risueño, ante el comentario de su hija.

-Tal vez... o tal vez sea yo quien la necesite para reunir agallas... -respondió Amelia con honestidad.

-¡Vaya! ¡Pues ahora sí que me intrigáis!

-Me gustaría tener vuestra bendición para desposar al capitán Alexander Worthington -exclamó Amelia tras una breve pausa y sin mayores preámbulos, decidiendo que evitar rodeos era la mejor opción.

-Entiendo... -respondió el señor Basingstoke quitándose con parsimonia las gafas y dejándolas sobre la mesita lateral-. ¿Y el capitán no os explicó las razones que le presenté para negarme cuando se acercó a pedir vuestra mano?

-Lo hizo y, antes de que lo condenéis, él está de acuerdo con vos sobre aquellas razones -defendió Amelia al hombre que amaba.

-¿Y él os lo dijo todo a pesar de que le pedí expresamente guardar el secreto?

Basingstoke rara vez perdía la compostura y el buen humor, pero esta vez Amelia podía ver claramente que su padre estaba ofuscado.

-Padre, ¿qué es lo que realmente objetáis de él?

-¿Sinceramente? Pues creo que a él no le importáis tanto como él os importa a vos. No al menos de la manera en que debiera ser si declara quereros como esposa -respondió el caballero con seriedad-. Me doy perfecta cuenta de que, si mis vecinos y conocidos se enterasen de que he rechazado tan magnífico ofrecimiento de matrimonio para mi hija, pondrían en tela de juicio mi sanidad mental. Honestamente creo que al capitán Worthington nunca nadie le había dicho «no» en toda su vida.

-Sé bien cuán distante se mostraba antes de perder la vista, pero eso tampoco lo convierte en peor persona que cualquier otro miembro de la alta sociedad británica. Al oíros hablar pareciera que desearais establecerlo a él y solo a él como algún tipo de ejemplo a condenar -se defendió Amelia tranquila aunque algo sorprendida de las palabras de su padre.

-Solo deseo lo mejor para vos -insistió en su postura el señor Basingstoke.

-¿Y si lo mejor para mí fuera desposar al capitán Worthington?

-Pues os estaríais subestimando, Amelia. Odiaría veros marchitar a causa de un matrimonio infeliz.

La joven se puso de pie y comenzó a pasearse por el pequeño estudio, inquieta y frustrada. Finalmente, se detuvo junto a la butaca que acababa de abandonar apoyándose en el respaldo con ambas manos, decidida.

-Padre, ya tengo veintitrés años. Regresé a casa tras mi estadía en Londres sin más expectativa que acabar mis días como una solterona. Todos supusimos que me casaría cuando planeamos mi viaje a la capital hace tres años, pero fuimos demasiado ingenuos.

-Sois una muchacha espléndida. La falta de dote no debería haber importado...

Amelia se quedó observando a su padre y por primera vez en su vida se dio cuenta de algo: él era un romántico sin remedio. Siempre había sabido que se había casado por amor, pero tan solo ahora era capaz de entender la realidad de las cosas.

Suspiró profundamente antes de retomar la palabra.

-Padre, existen cientos... sí, cientos de muchachas solteras, todas con dote y todas mucho más hermosas que yo.

Alzó una mano en el aire para impedir que su padre la interrumpiera, como pretendía hacer.

-No, no estoy siendo extremadamente dura conmigo misma ni intento inspirar lástima. Pero fui testigo de la realidad, con mis propios ojos. Había jóvenes muchísimo más bellas que yo ¡sentadas junto a mí en las bancas de las alhelíes! Chiquillas más jóvenes que yo, más hermosas que yo, más acaudaladas que yo acabarían la temporada convertidas en solteronas. No, ninguna mujer se merece eso, lo sé, pero así es el mundo, nos guste o no. Optamos por probar fortuna en Londres cuando, a decir verdad, aquellas sin dote, como yo, lo que deberían hacer es probar fortuna allí donde las probabilidades jueguen algo más a su favor.

-Pero eso no significa que deberíais aceptar a cualquiera, Amelia.

-No, no debería y tampoco lo haría, os lo aseguro. ¿No os acordáis de la conversación que tuvimos cuando regresé? Me enamoré del capitán Worthington el primer instante en que lo vi. Después de observarlo detenidamente durante aquel primer año de mi estadía, ya sabía que no había ningún otro hombre en este mundo con el cual pudiera estar. Al comienzo no me di completa cuenta de ello, sino solo hasta esta última temporada en que comenzamos a pasar tiempo juntos en Green Park. Hasta entonces, se trataba de un amor a la figura, al personaje idílico que se observa a la distancia, pero cuando llegué realmente a conocerlo, supe en seguida que no había nadie más para mí sino él, si alguien más para mí siquiera existía. Lo amo a él y solo a él, padre. Soy completamente incapaz de amar a ningún otro.

Conforme hablaba, gruesas lágrimas resbalan por las mejillas de la joven, ya totalmente incapaces de seguir conteniéndose.

-Sin embargo, si las cosas hubieran sido distintas... -reflexionó en voz alta el señor Basingstoke.

-Lo sé. Si las cosas hubieran sido distintas jamás habría tenido esta oportunidad. Seré feliz con él, padre. Sé que lo que él siente por mí es profundo. Quizás no me ame tanto como yo lo amo a él. Ya sabéis... en ocasiones uno ama más que el otro... Ambos hemos visto esa clase de uniones, pero a mí me basta con ello.

-¿Estáis segura de lo que estáis haciendo, Amelia? No soportaría verlo haciéndoos a un lado una vez que regrese a su antigua vida en Londres. Soy lo suficientemente realista para entender que vos jamás seríais aceptada en los altos círculos sociales de la capital.

-Nunca he anhelado serlo -respondió Amelia sonriendo-. Sé bien que tendremos dificultades, pero él es un hombre bueno que, como todos, tiene defectos, y yo lo amo profundamente, padre, profundamente...

-Lo único que deseo en esta vida es que seáis feliz, querida mía -afirmó solemne el señor Basingstoke, finalmente comprendiendo que no podía seguir negando su bendición para casarse a su hija favorita.

-Os prometo que lo seré -exclamó Amelia saliendo de detrás de la silla para ir a arrojarse a los pies de su padre, envolviendo sus piernas con los brazos-. Llegaréis a quererlo mucho, padre. Os lo aseguro.

-Espero que él sepa valoraros. Sinceramente lo espero.

-Por lo pronto sabe que tendrá tras suyo a ocho hermanos y a un padre iracundos si no lo hace -replicó Amelia mientras se incorporaba para besar a su padre en la mejilla-. Os lo agradezco, padre. Infinitamente.

***

El día en que el señor Basingstoke llevó del brazo a su única hija hasta el altar fue, al mismo tiempo, el más feliz y el más triste de toda su vida. Le satisfizo comprobar por sí mismo la adoración que brilló en los ojos del capitán Worthington al girarse a mirar a su novia avanzando en dirección a él. Sin embargo, en aquel momento también estaba entregando a su adorada niña a otro y una punzada de inevitable dolor le atravesó el pecho ante la inminente pérdida.

Amelia resplandecía en su vestido de raso color marfil. Los peines de perla que sujetaban su cabello eran los mismos que habían acabado en el piso de la silla de manos hacía solo un par de semanas. Un collar color ámbar adornaba su cuello, obsequio de William quien no había podido estar presente en aquel día tan feliz para ella.

La pareja se tomó de las manos mientras pronunció los votos mirándose uno al otro profundamente a los ojos como si nada ni nadie más existiera alrededor, totalmente inmersos en su pequeño mundo propio.

El desayuno de bodas fue servido en la residencia de los Basingstoke. Lord Newton había insistido en costear él mismo la fiesta para

301

agradecer a la familia de la novia por haber cuidado tan amablemente a su hermano durante aquellos difíciles días del accidente y la cirugía. Amelia se había sentido agradecida de que su boda no significara una sangría económica para su familia y le agradó el sentido del tacto con que Anthony había abordado el asunto.

Alexander, por su parte, se esforzó por confirmar de diversas formas a su suegro que el amor que sentía por su adorada hija era absoluto y auténtico. De todos modos, el señor Basingstoke debió admitir muy tempranamente durante las visitas del capitán a la casa antes de la boda que este estaba demostrando ser un pretendiente verdaderamente enamorado y cariñoso. Amelia sintió una sensación de satisfacción que jamás había esperado sentir cuando observó por primera vez a su padre y a su amado riendo juntos.

Finalmente, el desayuno de celebración acabó y Amelia abordó el carruaje de los Newton para dar inicio a su nueva vida. La pareja iría inmediatamente a la residencia de Anthony, pero este viajaría con Richard para dar a los recién casados algo de privacidad. Le alegraba saber que Alexander vendería su residencia en la calle *Jermyn* y establecería su hogar en algún lugar alejado de la capital, cuando marido y mujer tuvieran el tiempo y la oportunidad de decidir qué pueblito o villa rural más les agradaba para vivir. En el intertanto, se hospedarían con Anthony y su familia.

Si es que Richard llegó a sentir algo de pesar al saber que Alexander se desharía de su espléndida mansión de Londres, pues se encargó de ocultarlo muy bien. Estaba genuinamente feliz por la dicha de su amigo y, si aún conservaba alguna pequeña reserva con respecto a la señorita Basingstoke, el tiempo le demostraría que Alexander había desposado a su alma gemela en todo sentido.

Los chismosos londinenses especularon sobre el anuncio de la boda apenas por una mañana a raíz de la respectiva publicación en el *Times*. Sin embargo, en líneas generales, prácticamente no se habló del asunto: Amelia Basingstoke era demasiado insignificante para que se le prestara atención y el capitán Worthington ya había dejado de importar a la sociedad capitalina hacía mucho.

Donde la noticia sí caló hondo fue en la residencia de Sir Jeremy Basingstoke. Lady Basingstoke reprendió a Serena una semana entera por dejar escapar a un capitán de la Marina Británica forrado en dinero ante su humilde e insignificante prima, cuando ella debiera haberlo atrapado mucho antes de que Amelia siquiera osara poner sus ojos en él. Serena envió una hipócrita carta a Amelia la que, junto a otra de Lady Basingstoke en que sugería que esta invitara a su prima a pasar una temporada con los recién casados, acabó con muy poca ceremonia siendo lanzada al fuego por Alexander antes de que Amelia tuviera tiempo de detenerlo.

Y Sansón... El leal can hizo compañía al capitán Worthington hasta que ya estuvo demasiado anciano como para servirle de guía. De allí en adelante, se le brindó la mejor de las vidas posibles en la sala de estar de la residencia Worthington, donde todo el mundo que ingresaba lo mimaba y acariciaba. Finalmente murió en paz mientras dormía, habiendo sido amado más de lo que cualquier animal pudiera alguna vez esperar serlo.

Mucho antes de que se volviera viejo y enfermo, se le había buscado pareja. Bella, una hermosa San Juan de carácter tranquilo había dado a su novio muchos cachorritos. Uno de ellos, Ben, había sobresalido entre sus hermanos prácticamente desde el momento mismo de nacer y fue entrenado tal cual como Sansón lo había sido en su momento. Se trataba de una descendencia definitivamente espléndida de su magnífico padre, pues era capaz de guiar a Alexander tan bien como Sansón lo había hecho, de modo tal que el capitán aún podía sentir el apoyo del desaparecido Sansón a su lado en la forma de Ben.

Cada mañana al despertar, lo primero que hacía Alexander era contemplar a su esposa mientras esta dormía. Ambos entendían que aquella pequeña porción de vista recuperada podía no durar para siempre y, por ende, el capitán deseaba asegurarse de que su memoria estuviera repleta de imágenes de Amelia si la oscuridad decidía regresar algún día.

Al saber que la joven estaba en cinta, se emocionó profundamente ante la posibilidad de ver el rostro de sus propios hijos, algo que jamás se habría animado a esperar durante aquellos primeros días negros tras Trafalgar.

Cuando años más tarde su vista efectivamente comenzó a perderse para ya no regresar, pudo contar con el apoyo de Ben, aunque siempre estuvieron ahí sus cinco hijos y seis hijas para ayudar en lo que su adorado padre necesitara.

De enfrentar una vida totalmente a oscuras, Alexander pasó a vivir años plenos de luz y alegría gracias a una joven muchacha que había sido casualmente instalada junto a todas aquellas alhelíes relegadas por quienes se consideraban a sí mismos lo mejor que la sociedad podía ofrecer.

Viviría el resto de sus días agradecido y enamorado de aquella alhelí, de su adorada Amelia.

FIN

Acerca de este libro

Estimado lector:

Hacía mucho tiempo que deseaba escribir una historia que incluyera a un perro en su trama, a uno como aquellos que conocí cuando colaboré con la organización benéfica *Guide Dogs*.

Los perros de aquella organización eran impresionantes, al igual que quienes ponían toda su confianza en ellos, algo no siempre fácil de lograr. No podía creer, por aquel entonces, que cada perro guía costara alrededor de 50.000 libras esterlinas (¡unos 60.000 dólares!), cifra verdaderamente exorbitante y un cuantioso gasto para *Guide Dogs*.

Resulta estremecedor tomar conciencia que, a cada hora, una persona pierde la vista en el Reino Unido. En tal sentido, la hermosa misión de *Guide Dogs* consiste en garantizar que la libertad de aquellas personas no se pierda junto con su vista. La cifra de la población británica que debe hacer frente a la ceguera asciende actualmente a las dos millones de personas. Se estima que dicha cifra ya será el doble alrededor del año 2050.

Para mi libro escogí un perro de la raza San Juan, pues estos animales eran populares en actividades de caza durante el período histórico de la Regencia y además se parecen mucho a los actuales Labradores *Retriever* que *Guide Dogs* emplea hoy en día. Además, necesitaba un perro de grandes dimensiones para que Alexander pudiera dejar descansar su mano sobre él al caminar sin necesidad de inclinarse. De hecho, el tamaño del animal es un factor muy importante a la hora de buscar el perro guía más adecuado para su amo, incluso hasta nuestros días.

Por otra parte, es probable que usted haya notado una ligera diferencia entre esta historia y otras novelas románticas ambientadas en el período de la Regencia que pueda haber leído. En efecto, hasta que el capitán Worthington recuperó parte de su vista, no describí con demasiado detalle a Amelia en términos físicos. Deliberadamente quise intentar que el lector tampoco pudiera «verla» con el objetivo de que su personalidad fuera su mayor atractivo, comprendiendo así los motivos por los cuales Alexander se enamoró de ella.

Cuando comencé a escribir esta historia asumí que sería necesario contar con un importante voto de confianza de parte del lector, pues los perros guía, tal como los conocemos sistemáticamente entrenados hoy en día, solo comenzaron a emplearse en los años de la Primera Guerra Mundial. Sin embargo, existen múltiples registros de perros guiando personas sin vista en tiempos muchísimo más pretéritos.

A continuación transcribo la siguiente información histórica con el debido consentimiento de *Guide Dogs*:

Historia del movimiento internacional de perros guía

La primera relación especial surgida entre un perro y un ser humano ciego se pierde en medio de la niebla de los tiempos. Sin embargo, quizás el primer caso conocido fue descubierto en un mural pintado en el siglo I tras excavar las ruinas de Herculano, ciudad arrasada por la erupción del Vesubio.

También existe otra representación en una placa de madera medieval donde se observa a un perro guiando a un hombre ciego con una correa.

Sin embargo, el primer intento verdaderamente sistemático de entrenar perros para que actuaran como guías de personas ciegas se efectuó alrededor de 1780 en el hospital *Les Quinze-Vingts*, dedicado exclusivamente a la atención de personas privadas de la vista en París.

Pocos años después, en 1788, Josef Reisinger, un fabricante de cedazos vienés que había perdido la vista, entrenó tan magníficamente bien a un perro de raza *spitz* para que lo guiara, que las personas a menudo dudaban, al ver su desempeño, de que el hombre estuviera realmente ciego.

Más tarde, en 1819, Johann Wilhelm Klein, fundador del *Institute for the Education of the Blind* (*Blinden-Erziehungs-Institut*) de Viena, acuñó el concepto de «perro guía» en su libro sobre cómo entrenar a personas ciegas para que pudieran desenvolverse adecuadamente (*LehrbuchzumUnterricht der Blinden*). Desafortunadamente, no existen registros que indiquen que sus ideas hayan sido alguna vez puestas en práctica.

El suizo Jakob Birrer escribió en 1847 sobre sus experiencias al ser guiado durante un período de cinco años por un perro que él mismo había especialmente entrenado.

Pero la historia moderna de los perros guía comienza, como ya lo he dicho, recién durante la Primera Guerra Mundial, cuando miles de soldados retornaban del frente completamente ciegos, la mayoría a causa de gases tóxicos. El médico alemán Gerhard Stalling tuvo la idea de entrenar perros guía de forma masiva para ayudar a los afectados por el conflicto. Todo comenzó un día en que paseaba con uno de sus pacientes ciegos por los terrenos del hospital. Fue llamado de urgencia desde el interior del recinto y dejó a un perro de su propiedad en compañía del paciente. Al regresar junto a ellos, tuvo la clara impresión, por la forma en que el animal se comportaba, que este «cuidaba» del ciego.

De esta forma, el doctor Stalling empezó a estudiar diversas maneras de entrenar perros para que se convirtieran en guías confiables. En agosto de 1916 abrió la primera escuela de perros guía para ciegos del mundo en Oldemburgo. La iniciativa fue todo un éxito y se inauguraron más escuelas en Bonn, Breslavia, Dresde, Essen, Friburgo, Hamburgo, Magdeburgo, Münster y Hannover, consiguiendo entrenar en total 600 perros al año. Según algunos registros, estas primeras escuelas de entrenamiento brindaron perros guía no solo a los veteranos de guerra, sino también a civiles ciegos de Inglaterra, Francia, España, Italia, Estados Unidos, Canadá y la Unión Soviética.

Desafortunadamente, la iniciativa debió cerrar sus puertas en 1926 pero, para entonces, otro enorme centro de entrenamiento de perros guía ya había sido inaugurado en Potsdam, cerca de Berlín, con enorme éxito. El trabajo de este nuevo centro rompió esquemas en el terreno del entrenamiento de perros guía, siendo capaz de preparar hasta 100 perros simultáneamente y brindar a la comunidad 12 especímenes completamente entrenados como guía por mes. En sus primeros 18 años de funcionamiento, la escuela entrenó a más 2.500 perros, con una taza de fracaso de apenas un 6%.

Por aquellos años, Dorothy Harrison Eustis, una acaudalada estadounidense, ya entrenaba perros para el ejército, la policía y los servicios de aduana en Suiza. Fueron su energía, entusiasmo y experiencia los que masificaron el movimiento de perros guía a nivel mundial. Habiendo oído sobre la tarea realizada por el centro en Potsdam, Eustis sintió curiosidad por conocer sus métodos de entrenamiento y pasó varios meses allí. Acabó tan profundamente impresionada que escribió un artículo sobre su experiencia para el *Saturday Evening Post* en octubre de 1927.

Un hombre ciego de su país de nombre Morris Frank se enteró de la publicación y compró una copia de la revista. Años más tarde, comentó que los cinco centavos que le había costado adquirirla en realidad equivalían a un millón de dólares para él, pues aquel artículo había cambiado su vida por completo. Más adelante, Frank escribió a Eustis diciéndole que le interesaba mucho poder llevar la iniciativa de los perros guía a Estados Unidos.

Aceptando el desafío, Eustis entrenó a un perro de nombre Buddy y llevó a Frank a Suiza para que aprendiera a trabajar con el animal. De esta forma, Frank regresó a Estados Unidos con el que se cree fue el primer perro guía en la historia del país americano.

El éxito de esta experiencia animó a Eustis a establecer escuelas para perros guía de su propiedad en Vevey, Suiza, en 1928 y al poco tiempo en el mismo Estados Unidos. Bautizó a sus escuelas como *L'Oeil qui Voit* o El Ojo que Ve (nombre que proviene del Antiguo Testamento: «el oído que oye y el ojo que ve», Proverbios, XX, 12), las que pasaron a constituirse en las primeras escuelas para perros guía en el sentido moderno del concepto.

En 1930, dos británicas -Muriel Crooke y Rosamund Bond- supieron sobre la existencia de El Ojo que Ve y contactaron a Dorothy Eustis, quien envió a uno de sus entrenadores de perros a visitarlas. En 1931, los primeros cuatro perros guía británicos de la historia completaron su entrenamiento y tres años después se fundaba la *Guide Dogs for the Blind Association*.

Desde entonces, se han creado cientos de escuelas para perros guía en todo el mundo y más de ellas abren sus puertas día a día. Miles de personas han visto sus vidas transformadas gracias a la acción de estos animales y de las organizaciones que los preparan y facilitan. El compromiso asumido por quienes colaboran en esta causa es tan profundo hoy en día como lo fue antaño y los herederos del legado de Dorothy Eustis continúan trabajando actualmente para mejorar la movilidad, la dignidad y la independencia de las personas ciegas o parcialmente ciegas de todo el mundo. El movimiento no se detiene.

Acerca del autor

He tenido la enorme fortuna de hacer realidad mis sueños. Siempre quise escribir, pero la vida se interpuso en el camino, como suele hacerlo, hasta hace no muchos años. Entonces, un cambio en mis circunstancias me permitió hacer lo que tanto deseaba.

Actualmente, escribir domina mi vida entera y mis viajes, paseos y vacaciones siempre se relacionan con alguna clase de investigación histórica. Tanto así que, sin importar a dónde estemos, mi paciente esposo suele preguntarme qué relación guarda tal o cual edificio, jardín o ciudad con el período de la Regencia.

Aprecio enormemente cuando los lectores opinan en diversos medios y plataformas, en particular si aman la historia que he escrito tanto como yo misma la he amado. Esas primeras semanas tras el lanzamiento de algún libro no son un período fácil para mí, pues siento la imperiosa necesidad de que todos se enamoren de mis personajes, aquellos a los que me tomó tanto esfuerzo y trabajo dar vida.

Si ha disfrutado de «El alhelí del capitán», ¿se tomaría usted un minuto para opinar sobre él en Amazon? Las críticas de libros son fundamentales para un autor que recién comienza, aunque admito que aquellas de contenido negativo me resultan devastadoras. Admito también que, desde mi humano egoísmo, deseo que mis lectores adoren mis libros tanto como yo los adoro.